늑대와 향신료

XVIII

Spring Log

하세쿠라 이스나 지음
아야쿠라 쥬우 일러스트
박소영 옮김

온천장 '늑대와 향신료'의 주인장
로렌스

온천장 '늑대와 향신료'의 여주인
현랑 호로

여행의 여백

행복과 웃음이 샘솟는다는 온천장

'늑대와 향신료'.

"아직 여행은 계속되는 거지?"

"여행은 계속돼. 조금 더."

황금빛 기억

"야. 내 것도 좀 남겨 놔."

호로는 모르는 척, 여봐란 듯이 맛있게 마신다.

'하여간….' 하며 한숨을 짓자.

코 밑에 흰 수염을 듬뿍 단 바보 같은 얼굴로

호로가 희희낙락한다.

'왜 저러지?' 하고 있는데, 로렌스의 어깨에 머리를

기대고는 이렇게 말했다

"나는~ 이 맛을 자~알 기억해 둬야 하거든."

이 땅의, 지금 이 순간을 떠올리게 하는 맛으로서.

양피지와 낙서

현랑의 딸 뮤리.

앞날이 걱정되는 소녀였다.

CONTENTS

늑대와 향신료 ⅩⅧ

Spring Log

학산문화사

여행의 여백

눈을 뒤집어쓴 침엽수가 과묵한 병사처럼 우뚝 서 있다. 사방은 고요하고 멀리서 새 울음만이 또렷이 들려온다.

하늘에 구름 한 점이라도 있으면 이런저런 상상도 해 볼 수 있으련만, 오늘의 하늘은 바다 속처럼 푸르다.

끝내 어떤 표정을 지어야 할지 몰라 발끝만 내려다보았다.

"그럼 가시지요."

음성이 들려 고개를 들자, 모든 준비가 끝나 있다.

선두에 선 사제 역을 맡은 이가 진지한 표정으로 예를 표한다. 두 남자가 자신의 키만한 장대를 각각 끌어안다시피 잡고 있다. 두 개의 장대 위로는 꽤 묵직해 보이는 쇠로 만든 문장기가 달렸다. 또한, 그 뒤로는 여섯 명쯤 되는 남자들이 좌우로 나뉘어 어깨에 관을 짊어지고 서 있다.

"신과 성령의 가호가 있으시기를."

사제 역이 엄숙히 외치자 일행이 꾸물꾸물 나아가기 시작한다. 그러자 길가의 침엽수 그늘에서 머뭇거리며 사람들이 나왔다.

어떤 이는 옷을 차려입었고, 어떤 이는 일을 하다 빠져나온 행색이었다. 그들은 숲에서 인간과 마주친 사슴처럼 어쩔 줄 몰라 했으나, 사제 역이 채근하자 관으로 다가와 저마다 이별의 인사를 속삭였다. 짧지만 열심히 생각한 것이 느껴지는, 마음이 담긴 한마디들이었다. 그들의 말을 듣고 있노라니 마치 나를 향해 하는 말 같아 조금 울컥했다.

아니, 그렇게 받아들여도 무방할 것 같다. 모퉁이에 다다르자 훌쩍 왔던 길을 향해 방향을 튼 것을 보면.

거기에는 건물 한 채가 서 있다. 갓 지었을 때는 어설픈 느낌이 영 감춰지지 않더니 어느새 각이 잡혀 어엿이 그 자리에 어우러졌다. 적잖은 사람들의 도움도 받았지만, 이곳을 지켜 낸 것은 다름 아닌 우리다. 그런 점에는 가슴을 펴도 될 것이다.

그런 속마음이 들렸는지 관 앞에서 문장기를 든 남자들이 장대를 한층 높이 쳐들었다. 겨울철 햇살에 비쳐 둔하게 번쩍이는 저것은, 간판이다.

거기에 새겨진 것은 한 마리의 늑대와….

"신의 가호 아래 무사히 신의 집에 다다를 수 있었습니다. 우리 동포의 혼은 이곳에서 영원한 안식을 얻을 것입니다."

벽촌의 산중, 교회를 대신하여 급히 개조한 창고 앞에서 사제역이 선언하자 사람들은 공손히 고개를 숙였다. 남자들이 창고 안으로 관을 운반한다. 잠시 뜸을 들였다가 안으로 들어가자 이미 제단 앞에 관이 놓여 있다. 남자들은 이쪽에 길을 양보하듯 좌우로 나뉘어 밖으로 나갔다. 문이 닫힌 것은 일종의 배려이리라.

천천히 관으로 다가가 곁에 앉는다.

꽃 속에 누운 그 얼굴에서 베일을 거두자, 당장에라도 잠결에 내는 고른 숨소리가 들려올 것만 같았다.

"설마하니 내가 네 장례식을 치르게 될 줄은 생각도 못 했다."

로렌스는 그렇게 말하고는 관 속의, 연하게 분을 바른 뺨을 손가락으로 쓸었다.

"호로."

문 너머로 구슬픈 종소리가 들려온다.

맑게 갠 어느 겨울날의 일이었다.

점심밥을 먹고 난 냄새가 여전히 감도는 식당으로, 욕탕 쪽에서 은은한 류트 가락이 들려온다.

동 트기 전부터 일에 치이다가 비로소 한숨 돌린 것은 어지간히 늦은 오후가 되고서였다.

"신비한 온천의 고장 뇨히라. 허나 꿈같은 황홀함은 온천객들의 몫일 뿐인가…."

온천장 '늑대와 향신료'의 주인인 로렌스는 목을 기울여 우득 소리를 냈다. 고충거리는 허다하게 널렸다.

예를 들어, 이곳을 이용하는 손님 중에는 고위 성직자들이 많은데, 그들은 기본적으로 고집불통이다. 아침 일찍 기도를 드리고 싶다고 하면 "예."라고 대답하는 수밖에 없다. 기도를 위한 성전을 가져다 놓고, 촛대에 꽂을 초의 길이를 가지런히 맞춰 불을 붙이고, 기도를 드릴 때 바닥에 무릎을 꿇어도 아프지 않게끔 모직물도 깔아 두어야 한다.

그들이 이쪽의 고생에는 아랑곳없이 기도를 드리는 사이, 욕탕 청소에 들어간다. 간밤 늦게까지 탕에 들어가 있던 이들이 내팽개친 식기류를 거두고, 쓰레기를 치우고, 탕에 떠 있는 낙엽을 끌어내고, 안채에서 욕탕으로 이어지는 얼어붙은 길이 녹게끔 뜨거운 물을 뿌린다. 가끔은 슬며시 탕에 들어가 앉은 짐승들을 쫓아내기도 하고.

그러저러하고 있노라면 취사장 굴뚝에서 연기가 피어오르고 새로운 전투가 시작된다. 아침밥 준비다. 성직자들이니 아침밥은 소박하고 간단하게, 라는 생각일랑 전혀 없다. 잠들기 직전까지 부어라 마셔라 먹어 대는 손님은 아침밥도 수북이 요구한다.

혼자 세 사람 몫을 해내는 일손인 요리 담당 하나의 곁에서 로렌스는 그릇을 닦고 또 닦아 댄다. 온천장 주인이 무슨 설거지냐는 소리를 할 때가 아니다. 지금까지 이런 허드렛일을 해 주던 인재가 둘이나 빠져 버렸으니 어쩔 도리가 없다.

그런 뒤에는 띄엄띄엄 조식을 먹으러 오는 손님들을 맞이하고, 탕으로 가는 손님에게 수건이며 걸칠 거리를 건네고, 악사와 무희들이 오면 자리 배치도 해 준다. 탕 크기에 차이가 있어 곳에 따라 벌이가 다른지라, 악사와 무희들이 다투지 않게끔 누가 어디에서 공연을 할 것인지는 주인장인 로렌스가 정해 주어야 한다.

거기에 더해, 그들의 공연이 좀 더 화려하게 연출될 수 있도록 초록 잎이 달린 생나무와 꽃, 또는 자수가 수놓인 천막 같은 소도구도 준비해야 한다. 그런 것에 인색하게 굴었다가는 손님 주머니에서 나오는 놀음값이 줄고, 놀음값이 줄면 악사들은 다른 가게로 가 버린다. 풍악과 춤이 빠진 온천장처럼 쓸쓸한 데도 없다. 무희들이 차갑고 젖은 돌 위에서 춤을 추게 할 수도 없으니 하루 전에 난롯불로 말린 모직물을 깔아 두는 것도 물론 잊어서는 안 된다.

그리고 마지막 조식 그릇을 다 정리하는 것과 거의 동시에 성급한 손님의 점심밥을 늘어놓는다.

마치 퍼붓는 장대비를 냄비로 모조리 받아 내려 드는 것 같은 일거리의 양에 허망할 때도 종종 있다. 하지만 좌우지간 죽기 살기로 하다 보면 언젠가는 끝이 난다.

게다가, 그런 시끌벅적한 시간도 이제 곧 끝나게 될 것이다.

"애 많이 쓰셨습니다."

로렌스가 조용해진 식당 한구석에 앉아 한숨 돌리고 있자, 처녀라 칭하기에는 미묘하게 실례일 것 같은 한나가 다가왔다. 덩치가 큰 것도 아닌데 당당한 분위기에, 아침부터 그 야단법석을 떨고도 피곤한 기색 하나 없다. 아이 열을 여자 혼자 몸으로 키우고 있다 해도 그만 믿고 말 것 같다. 그런 한나가 들고 있는 쟁반에는 수북한 삶은 콩과 두툼한 훈제고기, 그리고 포도주가 얹혀 있다. 아직까지 기름이 지글지글 튀는 훈제고기에는 마늘과 겨자가 듬뿍 들어가, 모독적이리만큼 좋은 냄새가 난다. 로렌스는 아침부터 아무것도 먹은 게 없다는 생각이 대뜸 나서 군침을 삼켰다.

"한나 씨야말로 오늘도 수고 많았어."

아무리 허기가 져도 온천장의 주인이니, 밥상에 달라붙기 전에 인사말을 빼놓지 않는다. 한나는 로렌스의 그런 빈틈없는 자세를 아는지 모르는지, 그릇을 늘어놓고는 컵에 포도주를 따라주었다. 스푼으로 삶은 콩을 떠서 입으로 가져가자, 과하다 싶은 짠기에 지친 몸이 열광한다.

"갑자기 두 사람이나 일손이 빠져서. 저야 상관없지만, 주인어른이 쓰러지시면 큰일이에요."

맵고 짠 음식을 포도주로 입가심하는 사치에 감동하며 훈제고기를 잘라 한 조각 입에 물었다.

주인어른이라는 호칭에도 이제야 익숙해졌다.

"물론 사람을 새로 고용할 생각이지만, 이 난리가 오래가지는 않겠지. 산 아래에는 슬슬 봄이 올 무렵도 됐고."

"어머나, 벌써 그럴 때가 됐나요? 산중은 겨울이 너무 길어서 계절 달라지는 것도 모르고 지내게 된다니까요."

"한나 씨는 봄이 기다려지지도 않나 봐?"

눈이 펑펑 내리는 산중이 아니더라도 겨울이라는 계절은 '인내'라는 단어와 동의어다.

사람, 짐승, 나무 할 것 없이 죄다 봄의 해방감을 꿈꾸며 몸을 웅크리고 있다.

"그런 건 아니지만, 봄이 되면 다들 산을 내려가서 여름이 될 때까지 한동안 온천장이 한산해지잖아요? 그게 좀 우울하죠."

팔짱을 끼고 뺨에 손을 얹으며 아련한 눈빛을 하는 한나의 모습에 로렌스는 쓴웃음을 지었다. 바빠서 정신없이 일하는 게 보람인 건 로렌스도 마찬가지지만, 한나는 각별했다. 고용인으로서는 더할 나위 없으리만큼 든든한 존재이긴 한데, 남들처럼 봄의 해방감이 기대되고 요즘에는 체력이 영 예전만 못해 봄철 휴식 기간이 그리운 처지로서는 한나의 말에 속이 뜨끔한다.

그런 한편, 낭비라면 질색인 행상인 출신이다 보니, 월동과 피서 사이의 한산하기 짝이 없는 시간이 신발 속 돌멩이처럼 마음에 걸린다. 그 사이에도 온천객을 조금 불러들일 수 있으면 어영부영 쉬면서도 일을 해 돈을 벌 수 있을 텐데. 하지만 그것이 또 그리 쉬운 일은 아니다.

"그런 그렇고, 부인께서는 아직 주무시나요?"

점심때가 지난 지 오래이건만 이 온천장의 여주인은 안 보인다.

로렌스는 삶은 콩을 입에 넣고, 자신에 대한 포상으로 값비싼 수입 포도주를 마신 뒤, 훈제고기에 겨자를 듬뿍 얹어 씹으며 대답했다.

"그 녀석은 봄을 기다리고만 있지 못하는 성미니까."

"아이고."

한나는 나직이 웃고는 "저녁 식사 밑준비 좀 하고 오겠습니다."라며 취사장으로 돌아갔다.

로렌스는 그 후 느긋하게 밥을 마저 먹고 그릇을 직접 설거지했다. 그러는 참에 작은 술통에 포도주를 새로 담아 온천장 2층에 있는 자신의 침실로 향했다.

낮에는 거의 모든 손님이 탕에 가 있기에 건물 안은 몹시 고요하다. 문을 열고 침실로 들어서자 활짝 열린 나무창 너머로 탕에서 이는 소음이 어렴풋이 들려온다.

"야, 언제까지 잘 거야?"

침대 위 불룩한 곳에 말을 걸어도 아무 소리가 없다. 몸을 잔뜩 웅크리고 있는 것도 활짝 열린 나무창을 닫는 수고조차 하기 싫어서겠지.

어이없는 한숨을 지은 로렌스가 깃털 펜과 종이 다발이 놓인 책상 위에 포도주를 내려놓는데도 아무 반응이 없기에 조금 걱정이 되었다.

"호로?"

이름을 불러도 꼼짝 않는다. 로렌스는 침대로 다가가 이불을 살짝 들춰 보았다. 그 아래에서 드러난 것은 십 대로 보이는 소녀의 잠든 얼굴. 평소에는 되도록 나이 들어 보이도록 머리형이

나 복장에 신경을 쓰지만, 이러고 있으면 앳된 느낌마저 든다. 귀
족처럼 긴 머리카락에 얼룩 하나 없이 옥 같은 피부는 일용할 양
식을 얻기 위한 고된 노동과는 거리가 멀어 보인다. 눈을 감은 채
미동도 없이 고요히 거기에 누워 있는 모습은 온갖 고통과 고뇌
에서 해방된 것만 같다. 죽으면 이런 식으로 죽어 보고 싶다는 생
각이 들게 할 만큼 평온한 얼굴, 이라는 표현이 가장 가까우려나.

로렌스가 그 뺨을 손가락으로 슬쩍 쓸어내리자 소녀의 귀가 쫑
긋쫑긋 움직인다. 그것도 상당히 큼직하고 뾰족한 귀가. 아마색
머리카락보다 한층 짙은 털로 뒤덮인 세모꼴 귀가. 한마디로 말
하자면 짐승의 귀가 머리에 쏙 솟아 있다. 더 나아가 허리께에
는 훌륭한 꼬리털까지 달렸다. 호로의 참모습은 겉보기처럼 나
이 어린 소녀가 아니라, 사람을 한입에 삼킬 수 있을 만큼 거대
한 늑대이자 보리에 깃들어 수백 년의 세월을 살아온 정령 같은
것이다.

그런 호로를 어떤 인연에서인지 아내로 맞게 된 행운을 로렌스
는 신께 아무리 감사드려도 모자란다.

하지만 일상생활이라는 것은 설화 속 이야기처럼 흘러가지는
않는다.

고른 숨소리와 달리 오른쪽 왼쪽으로 다소 바쁜 귀를 보고 로
렌스는 한숨을 섞어 가며 이렇게 말했다.

"밥 먹고 싶으면 일어나서 식당으로 와."

그 한마디에 그제야 숨소리가 달라진다. 감은 눈을 더욱 꾹 감고, 누워 웅크린 몸을 한층 웅크리더니 귀가 머리 위에서 부들부들 떨린다. 이불 밑에서는 귀에 호응해 짐승의 꼬리털도 부들대고 있겠지.

"크아…아홉."

끝으로 얼빠진 하품을 하더니 호로가 어렴풋이 눈을 뜬다.

"일어나기 싫어…."

그러면서 구중궁궐 가녀린 공주님 같은 투정을 한다.

"요즘 매일 밤… 늦게까지 잠을 못 자게 하니까…."

힐끗 이쪽으로 돌린 눈에 살짝 비난이 어렸다.

하지만 호로의 말이 틀린 것은 아니니.

"그건… 뭐, 고맙게 생각하고 있어."

로렌스는 그렇게 말한 후, 몸을 기울여 호로에게 얼굴을 갖다 댔다.

"하지만 잠자는 공주도 이러면 일어날 테지?"

뺨에 입을 맞추자 호로는 눈을 감은 채 간지러운 듯이 귀를 쫑긋댄다.

한 지붕 아래에서 10년이나 살면 질리지 않을까 싶었지만, 그럴 조짐은 눈곱만큼도 없다.

참 행복한 일이라며 혼자 웃는데, 보니까 호로도 웃고 있다.

"하여간 멍청하긴."

"매일 밤 일을 하느라 지치고 피곤한 건 알겠지만, 이젠 좀 일어나. 수선해야 할 것들이 쌓였다고."

로렌스가 현실적인 이야기를 하자 호로도 포기했는지, 마지막으로 늘어지게 하품을 하고는 이불 밖으로 꿈지럭꿈지럭 기어 나왔다. 다른 일은 시키면 불만이 뚝뚝 떨어지면서, 바느질은 뜻밖에 호로의 성미에 맞는지 일도 꼼꼼하다.

"크윽, 추워!"

"자, 이거 걸쳐."

추위에 덜덜 떠는 호로에게 모직 로브를 입히고 컵에 포도주를 살짝 따라 건넨다.

"애걔."

어린애 같은 한마디도 툭 날아든다.

"마시려면 밥 다 먹고 마셔. 안주인이 대낮부터 취해 있으면 볼썽사납잖아."

"여전히 깐깐하기는."

호로는 투덜대면서 포도주를 마신다.

"그런데, 어젯밤은 어땠어?"

호로의 아담한 등에 공손히 팔을 둘러, 공주님을 안내하듯 침실 밖으로 이끌며 로렌스는 물었다.

"당신은 요즘 바로 곯아떨어지더라?"

호로가 어깨를 슬쩍 부딪쳐 오며 항의를 표한다.

로렌스는 몸을 약간 빼며 헛기침을 했다.

"그쪽 얘기 말고."

그리고 덧붙인다.

"그쪽이야 뭐…, 어… 힘을 내려 노력 중이다만…."

"쿠후. 지금은 바쁜 시기니까?"

의미심장한 말투에 두려움을 느끼면서도 로렌스는 무언가를 약속하듯 호로를 살며시 끌어안아 둔다.

"그리고 어젯밤 산을 둘러보니, 뭐, 괜찮을 듯싶어. 위험해 보이는 곳은 전부 눈을 무너뜨려 놨고."

"그래? 수고했어."

요사이 눈이 줄곧 내린 데다 봄의 도래를 맞아 햇살은 강해졌기에 눈사태가 염려됐었다.

이즈음엔 하산하는 사람들로 산길의 교통량도 는다. 그래서 요 며칠 사이 호로가 밤에는 늑대의 모습으로 돌아가 곳곳을 둘러보고 있었다.

아무래도 로렌스에게는 불가능한 일이기에 호로에게 떠맡다시피 한 것이 영 미안하다. 그나마 다행이랄 것은, 호로는 호로대로 늑대의 모습으로 산을 뛰어다니는 게 좋은 기분전환이 되는가 보다. 그리고 심야와 새벽 사이에 돌아와 싸늘한 몸뚱이 그대로 아무도 없는 탕에 뛰어드는 게 소소한 즐거움인 듯했다.

"손님들이 다 돌아갈 때까지 한동안 밤엔 바쁘겠지만, 수고 좀 해 줘."

"염려 마. 우리 온천장은 웃으면서 와서 웃으면서 돌아가는 게 영업 비결이니까."

온천장 경영은 혼자서 전부 해내는 행상 일과는 다르다. 때로 힘겹다는 생각이 들기도 하지만, 이렇게 힘이 되어 주는 존재가 곁에 있으니 그런 버거움이 기쁨으로 바뀐다. 로렌스가 웃으면서 고개를 끄덕이자 호로도 소녀처럼 웃었다.

그런 후 1층으로 내려가려 하니, 호로도 주섬주섬 얇은 모직물을 머리에 뒤집어쓴다. 손님은 죄다 시종일관 취해 있으니 별 문제 없을 성싶지만, 그래도 호로의 귀를 내보일 수는 없으니까. 뇨히라에서 호로의 참모습을 아는 것은 이 온천장의 식구들뿐이다.

식당으로 들어가자 발소리를 들었는지 한나가 호로를 위해 차린 밥을 들고 온다. 양은 그다지 많지 않지만, 콩과 고기의 비율이 아까보다 고기 쪽으로 확 쏠려 있는 것에 로렌스는 쓴웃음이 났다. 아직은 나도 젊다고 생각하지만, 자고 일어나자마자 저만한 양의 고기를 먹기는 좀 버겁겠지.

보리에 깃든 늑대의 화신인 호로와 자신의 수명에 큰 차이가 있다는 것은 진작 각오한 바다. 하지만 그 사실을 몸으로 느끼는 기회가 차츰 늘고 있다.

머리로 이해하는 것과 삶 속에서 실감하는 것은 이야기가 또 다르다.

그런 점을 느낄 때마다 좀 더 하루하루를 음미해야겠다고 마음을 고쳐먹는다.

"그리고, 당신."

"응?"

왈가닥 소녀처럼 고기를 맛있게 먹어 치우는 모습을 바라보고 있노라니, 당사자인 호로가 불쑥 말을 걸었다.

"당신이 더 큰일 아냐? 일손이 달려서 난리 아니냐고."

"아아. 그거야 뭐, 아직 괜찮아. 바쁜 거야 좀만 버티면 끝날 테고, 무엇보다 콜한테는 신세를 너무 졌지. 여행을 떠나고 싶다는데 어떻게 붙잡아."

10년도 더 전에 호로와 만나 도처에서 소동에 휘말리며 여행을 하던 중, 콜이라는 소년과도 만났다. 당시 콜은 신학을 공부하고자 하는 방랑학생이었고, 앳된 소녀처럼 보이던 호로보다도 더 어렸었다.

그러던 콜이 이제는 당시의 나만한 나이를 먹은 청년이 되었다고 생각하니, 로렌스는 세월의 무서움을 느낀다.

그런 한편, 우여곡절은 있었지만 성직자가 되겠다는 목표를 품은 콜에게 내내 온천장 일을 시킨 것이 영 마음에 걸렸었다.

그런 콜이 어느 날 온천객에게 들은 이야기에 안절부절못하다가 끝내 마음을 굳히고 길 떠날 허가를 요청했다. 응원하는 수밖에는 선택의 여지가 없었다.

"하지만 봄까지 기다려 주었으면… 했던 게 사실이기는 해."

"흠. 움, 우…움. 뭐, 콜도 못 말리게 성실하니까. 그때를 놓쳤다면 또 한도 끝도 없이 꾸물댔을 거야. 단호하게 떠나보낸 당신 판단이 틀리지 않았다고 생각해."

"그리 말해 주니 마음은 가볍네. 전도유망한 젊은이의 앞길을 막을 수야 없으니까."

자기도 놋쇠 컵에 포도주를 따르면서 로렌스가 영감님 같은 소리를 하자 호로가 나직이 웃었다.

"그렇긴 해도, 그걸 틈타 **사랑의 도피**를 할 줄은 몰랐지."

툭, 쿵! 놋쇠 컵과 포도주 통이 쓰러지고, 긴 탁자 위로 포도주가 좌악 번졌다.

로렌스는 포도주처럼 넘친 자신의 동요를 필사적으로 얼버무리려 컵과 술통으로 손을 뻗었지만, 쏟아진 물은 도로 담을 수 없다. 소리를 들은 한나가 수건을 들고 오는 사이에도 호로는 내내 웃고만 있었다.

"크크크. 당신은 진짜 멍청하다니까. 이만 인정하지그래?"

"뭐, 뭐를."

한나를 거드는 로렌스의 음성은 경직되어 있고, 그런 로렌스를 힐끗 본 한나의 얼굴에도 쓴웃음 비슷한 것이 어렸다.

포도주를 한바탕 닦아 낸 후 의자에 도로 앉자 호로가 나이프 끝을 까딱이며 로렌스를 보았다.

"콜은 좋은 수컷이잖아? 그러니 여기를 이어받아 주면 만만세라고 생각하는데?"

"으…."

호로의 논리는 알고도 남으며 지극히 옳다고도 생각한다. 하지만 논리로 이해하는 것과 실제로 그런 현실을 맞닥뜨리는 것은 전혀 다르다. 로렌스는 날이면 날마다 그 점을 통렬히 느끼고 있다.

더욱이 딸아이의 일이니 더더욱 냉정할 수가 없었다.

그렇다. 요사이 온천장 운영이 눈이 핑핑 돌 만큼 바쁜 것은, 다행히 손님의 평판이 좋아서 그런 것도 있지만, 자질구레한 일을 처리하던 젊은 일꾼 둘이 별안간 빠지는 바람에 로렌스가 그 구멍을 메우고 있어서다. 그 일꾼 중 하나는 방금 말한 콜. 그리고 설마하니 그럴 줄은 상상도 못 했던 또 한 사람은 로렌스와 호로의 외동딸인 뮤리.

여행길에 나선 콜에게 붙어, 어처구니없게도 외동딸까지 온천장을 뛰쳐나가 버렸다.

그 이유를 묻는다면 물론 몇 가지 짐작 가는 바가 있기는 하다. 하지만 그 중심에 떡하니 자리한 것이 무엇인지 모르려야 모를 수 없다. 이 마을은 좁고, 온천장은 더 좁다. 누가 누구를 좋아하는지 훤히 드러난다.

"그 녀석이 결혼이라니, 아직 한참 일러."

그래도 열심히 이성에 바탕을 둔 반론을 내놓았다 생각했는데, 호로뿐 아니라 한나까지 웃는다. 저러니 남자는 아무리 나이를 먹어도 멍청하다니까, 하며 여자 둘이 의기투합한 듯한 웃음.

"그럼 몇 살이면 안 이른데?"

"어…으…."

"주인어른, 너무 무리하지 마세요."

위로를 하는 것인지 놀리는 것인지 모를 한나의 말에 고뇌하다가 로렌스는 그냥 귀를 닫기로 했다. 이성으로 어찌 될 문제가 아니다. 안다. 알고는 있다. 딸아이가 태어난 때부터 이런 날이 올 거라는 각오는 했으니까.

"쿠후. 사랑의 도피를 한 상대가 콜이라 다행 아니야?"

"사랑의 도피는 무슨!"

얼결에 대꾸를 하고 만다. 호로와 한나가 재미있다는 듯이 더 깔깔댔다. 아, 다른 온천장 주인들과 술이나 마시고 싶다.

"아니, 좋아하는 상대에게 할 말도 제대로 못 하고 참는 게 무슨 이득이 되는지 모르겠어. 내 딸인데 오히려 너무 늦었다 싶을 정도라고."

호로도 나름대로 애가 탔나 보다.

그러는 본인도 생각하는 바를 꾹 참고 끌어안는 점에서는 남 말할 처지가 아닌데, 하며 로렌스는 10년도 더 전의 여행길을 떠올린다. 물론 이런 말을 입 밖에 내었다가는 어찌 될지 뻔히 알기에 가만히 입 다물고 있지만.

"교회 놈들이 많아서 그 영향을 받았나?"

"교회?"

로렌스가 되묻자 호로는 머릿속으로 실을 둘둘 말듯 나이프 끝을 빙글빙글 돌렸다.

"왜, 그런 거 있잖아. 교회 놈들은 숨넘어가기 직전까지 중요한 말을 하지 않는 요상한 습관이 있잖아."

"아아, 임종 고해?"

"음. 그거."

죽음을 앞두고 신의 중재를 구하며 사제에게 이런저런 고백을 하는 것인데, 대부분은 죄의 참회이거나 유언이다. 개중에는 옹고집에 괴팍한 노인이 꽁꽁 감추고 있던 비밀을 마침내 가족들에게 전하거나, 이루지 못한 사랑을 고백하기도 한다고 하니, 호로의 생각이 아주 틀린 것도 아니리라.

"중요한 건, 말을 해야 할 때 말을 안 하면 의미가 없다는 거지."

맞는 말이라고 로렌스도 생각한다. 특히 어느 정도 나이를 먹고 보니, 세월이 얼마나 빨리 흐르는지에 전율할 때도 있다. 젊은이들은 좀 더 치열하게 살아야 한다.

하지만 말은 그렇게 해도 여전히 뮤리에게 사랑이니 뭐니 하는 것은 아직 너무 이른 게 아닌가 하는 생각을 하고 있자, 호로가 불쑥 말했다.

"손주 얼굴도 빨리 보고 싶구려."

"뭣! 무슨…!"

로렌스는 기가 막혀 숨을 들이마시지도 내쉬지도 못했다. 그야 당연히 귀엽겠지만, 뮤리는 아직 어린아이다. 물론 세간에서야 시집을 가도 될 나이인지도 모르겠으나 단연코 이르다. 암. 세간은 세간, 우리는 우리.

닥쳐드는 현실을 필사적으로 밀어내고 있는 로렌스와 달리 호로는 느긋이 포도주를 마신다. 여유 만만한 것은 나이 차 때문인가. 아니면, 아버지와 어머니라는 성별의 차이에서인가.

콜은 여행을 떠나겠다는 말을 꺼낸 후 이런저런 준비를 마치고 산에서 내려갔는데, 이 산골 마을 밖에 펼쳐진 세계를 보고 싶다는 말을 입에 달고 살던 딸아이가 콜의 짐 속에 섞여 가출한 것을 알았을 때도 저랬다.

여행에 위험은 따르게 마련이니 외동딸의 신변을 걱정해 당장 돌아오라고 하고 싶건만, 편지를 쓰기도 애가 타 직접 썰매를 끌고 나서려는 것을 말린 사람도 호로였다.

어떻게든 되지 않겠느냐며 웃으면서.

사랑하는 자식에겐 여행을 시키라는 말도 있다. 호로의 저런 모습을 보고 있으면 그게 옳은 것 같으면서도 완전히 납득이 되지는 않았다.

우으으, 신음하는 로렌스는 아랑곳없이 호로는 탕 속에 몸을 담그고 있는 것처럼 눈을 감고 진지하게 말했다.

"어쨌거나 첫 여행인데 재미있게 보내고 있으면 좋겠네."

무책임한 듯해도 걱정하고 있지 않은 것은 아니다. 부모로서 좋은 부분은 모조리 독차지하는 호로에게 로렌스는 원망 어린 눈빛을 던진다.

호로는 그런 로렌스에게 쓴웃음을 짓고는 어이없다는 투로 몸을 붙여 왔다.

"모든 것이 변화하는 와중, 그래도 나만큼은 언제까지나 당신 곁에 있지."

로렌스보다 키 작은 호로가 아름다운 눈매를 들어 이쪽을 지긋이 올려다본다.

"그런데도 여전히 불만이야?"

그런 소리를 하면 대꾸할 말이 아무것도 없다. 몇 백 년이나 살아온 호로 입장에서는 눈앞에 있는 모든 것이 잠깐 새에 지나는 여행의 한 막에 불과하다. 호로는 그게 괴로워서 로렌스와 헤어지려 한 적도 있었다. 반드시 떠나보낼 수밖에 없다면 상처가 깊어지기 전에 헤어지자며. 그런 호로가 이별의 고통보다 지금의 즐거움을 선택해 주었다.

로렌스는 어깨의 힘을 풀고 항복했다.

"당치도 않습니다."

"쿠후."

호로가 조그맣게 웃고는 이편의 어깨에 머리를 얹는다. 현랑(賢狼)이라 불리던 호로의 머리에 가만히 손을 얹자, 그 머리가 손바닥 안에 쏙 들어올 만큼 작고 둥글다.

내 손에 쥘 수 있는 행복은 아마도 이 정도가 고작이겠지.

그리고 이것이면 족하리라.

"술 더 줘?"

로렌스가 묻자 호로는 이렇게 말했다.

"당신이 대작해 주겠다면."

못 당하겠네, 하며 로렌스는 웃을 수밖에.

호로의 머리에 살짝 입을 맞춘 후, 질린 표정의 한나에게 술통을 내밀었다.

이날 밤은 마침 한 달에 한 번 열리는 마을 모임이 있는 때였다. 술과 음식을 꾸려서 옆구리에 끼고, 달이 나왔다 들어갔다 하는 추운 밤길을 덜덜 떨면서 걸어간다. 이 마을에 처음 왔을 때는 으슥한 산 기척에 밤이 으스스하기만 했는데 이제는 이것도 완전히 익숙해졌다.

게다가 손님이 많은 이 시기에는 마을 곳곳에 따스해 보이는 불이 밤늦게까지 지펴지고, 웃음소리 음악소리도 들려온다. 그런 광경이 왠지 현실 같지 않고 몽환적인 분위기가 돌아서 이따금 호로와 일부러 보러 나온 적도 있었다.

가는 도중, 이 가게에서 저 가게로 이동하는 인기 악사들과 스쳐 지나며 가볍게 인사를 나누고 걸어간다. 이 지역에 뿌리를 내린 지 10년을 넘어서자 비로소 녹아든 느낌이다.

하지만 거기에도 장단점은 있으리라.

"오오―! 우리 로렌스 씨가 오셨네!"

햇불을 내건 집회소 건물로 들어서자마자 갈채가 터졌다.

당황한 로렌스에게 얼굴이 이미 불콰한 온천장 주인장들이 다가와 어깨를 퍽퍽 쳤다.

"아이고, 로렌스. 오늘은 내일 아침까지 실컷 마시세나!"

"예? 아, 예에."

로렌스도 이 마을에 와서 십여 년을 보냈지만, 대부분의 주인장은 로렌스의 나이만큼, 혹은 그 이상의 세월을 이곳에서 영업해 왔다. 선배들 앞에서는 얌전할 수밖에 없으나, 한편으로는 장사의 적수이기도 하기에 그런 면에서는 영 막역해지질 않는다. 오히려 때로는 자재를 놓고 다투느라 데면데면한 일이 잦을 정도다.

별안간 왜들 이러나 싶은데, 손에 술을 든 한 사람이 말했다.

"로렌스, 괴롭겠지만, 영 괴로운 일만 있는 건 아니라네!"

"아…. 저기, 무슨 말씀이신지."

"됐어, 됐다니까! 딸을 놓아주어야 하는 그 괴로움, 우리도 잘 알지!"

"예? 아, 아아⋯."

로렌스는 그제야 자신에게 자꾸 술을 권하는 사람들의 낯을 알아보았다.

대부분이 딸 가진 아버지들이다.

"어, 아니, 걔네 둘이 그리 된다고 정해진 건⋯."

"그래, 그렇지. 인정하고 싶지 않은 그 심정 잘 알지. 알고말고!"

또 다른 이의 강경한 위로에 어정쩡하게 웃어 둔다. 하지만 속으로는 몇 번이고 곱씹었다. 사랑의 도피가 아니야. 사랑의 도피가 아니라니까!

"자―여러분! 한창 말씀 중인데 미안하오만, 우선 회의부터 합시다."

짝짝, 손뼉 소리가 나자 마법에서 풀려난 것처럼 각자 제자리로 돌아간다.

하지만 자리에 앉아서도 딸이 결혼하던 날을 떠올리며 훌쩍이는 이도 있었다. 로렌스는 그런 모습에 놀라기보다는 마음이 훈훈해졌다. 매상을 두고 늘 신경전을 벌이는 적수들도 실은 한 마을에 사는 동지였구나 싶어서.

"자, 오늘이 아마도 동절기 마지막 회의일 거요. 요는, 다음 달이면 눈도 녹고 손님들도 다들 돌아가고 없으니, 그간 북적대던 건물의 수리, 여름맞이 준비, 수입품 할당이니 뭐니로 또다시 다투는 나날이 되겠지."

긴 탁자에 둘러앉은 온천장 주인들이 겸연쩍은 웃음을 짓는다. 뇨히라로 오는 길은 좁은 데다 물자 조달을 스베르넬이라는 도시 한 곳에만 의존하고 있기에 아무래도 다툼이 일게 마련이다.

"아, 그 점에 관해 염려스러운 소식을 들었는데."

한 사람이 손을 들며 끼어들었다.

"서쪽 산맥 반대편에 다른 온천마을이 생길지도 모른다더라고?"

"아, 그 얘기 나도 들었어."

"뭐? 진짜야?"

"산맥 반대편이면 손님들 행렬은 어디로 가게 되나…?"

"조용!"

시끌시끌한 장내를 의장이 제지하자 일단 차분해진다. 로렌스도 그 이야기는 악사들에게서 들었다. 내년에는 어쩌면 뇨히라에 오지 않게 될지도 모른다면서.

"나도 그 이야기는 들었는데, 아무래도 사실인 듯하오."

그 순간 웅성거림이 발밑에서 끓어오른다. 적수가 늘어서 좋을 일 하나 없는데, 무엇보다 가장 염려되는 부분은 그 새로운 온천마을이 물자 조달을 어디에 의존하게 될 것이냐.

"그리고 어쩌면 물자는 스베르넬에서 조달하게 될지도 모른다더군."

신이시여! 하고 누군가가 외쳤다. 강을 흐르는 물의 양이 한정되어 있듯, 산골로 운반되는 물품의 양 또한 대체로 한정되어 있다.

스베르넬에서 물자를 조달한다면, 새 온천마을까지 손님이 걸어갈 길도 스베르넬과 연결된다는 뜻이다.

요컨대 손님을 놓고도 다투게 된다.

"옛날 같으면 각자 곤봉을 손에 들고 산맥을 넘었을 일인데."

의장의 말에 웅성거림이 잔물결 같은 웃음으로 바뀐다.

"우리는 긍지 높은 온천의 고장, 역사에 이름이 높은 뇨히라의 주민이오. 온갖 갈등도 우리 탕에 몸을 담그면 바로 날아가지. 우리는 이 땅의 매력으로 사람들을 끌어모으는 수밖에."

옳소! 하고 찬성하는 음성이 여기저기에서 터진다.

"하지만 어떤 수로?"

한 사람이 지극히 당연한 의문을 던지자 다들 입을 꾹 다문다.

의장은 나직이 웃고는 헛기침을 한 뒤 불쑥 로렌스를 쳐다보았다.

"이 시점에서 로렌스 씨가 일전에 내놓았던 안을 진지하게 검토해 보자고 제안하오."

로렌스는 일제히 시선이 쏠려 긴장했다가 이내 머릿속에서 접점을 찾았다.

"아, 새로운 마을 행사, 말씀이십니까?"

"그렇소."

손님이 뜸한 봄과 가을에 그런 행사를 할 수는 없겠느냐는 제 안을 몇 년 전엔가 했었다. 봄과 가을에는 어느 지역이든 큰 시장, 축제, 종교적 행사로 사람들이 몰려가지 굳이 멀고 불편한 온천장으로 오지는 않는다.

 그 바람에 온천장이 한산한 나머지 겨울철에 고용한 일꾼들의 식비가 쓸데없는 지출이 되기는 하나, 그렇다고 해고를 했다가는 돌아오는 여름에 재고용할 수 있을지 알 수 없는 등등, 계절에 따른 온천객의 극단적 증가와 감소로 손실이 크다.

 그러니, 혹시 봄과 가을에 뇨히라에서만 하는 재미있는 행사가 있다면 새로운 손님들을 기대할 수 있지 않을까 했다.

 "그런데 지난번엔 왜 흐지부지됐었지?"

 참가자 중 하나가 중얼거렸다.

 "그냥 귀찮아서였던 것 같은데? 봄하고 가을에는 좀 쉬고 싶기도 하고."

 당시에는 주인장들의 그런 핑계가 무슨 타락처럼 여겨졌는데, 요즘에는 그 심정도 이해가 간다. 앞으로 계속 나아가야만 돈벌이가 되는 행상과 달리, 같은 곳에서 같은 생활을 반복해야 하는 온천장 경영. 또 다른 이야기다.

 "이렇게 손 놓고 있다가는 앉은자리에서부터 무너져 내릴지도 모르오. 교회처럼."

 의장이 심각하게 말하자 주인장들이 저마다 팔짱을 끼며 끙 소리를 낸다.

로렌스도 자세히는 모르지만, 산 아래에서는 지금 교회가 큰 전환기를 맞고 있는 모양이었다. 이미 10년 전부터 허울만 남았던 이교도와의 전쟁이 정식으로 끝나, 이제야 평화가 찾아오나 했는데, 이번에는 내부에 적이 출현했다고 한다. 콜은 그 이야기를 손님에게서 듣고 가만있을 수가 없었나 보다. 시대의 전환을 제 눈으로 보지 않으면 평생 후회가 될 것 같아서.

"알다시피 이교도와의 전쟁이 어쨌든 끝난 지금, 뇨히라는 적지에 속해 위험하기는 해도 매력적인 비경(祕境)이라는 지위를 잃어 가고 있소. 어서 다음 수를 써야 하오."

의장은 이 지역 출신이라지만 젊은 시절 남방의 큰 상회에서 고용살이를 한 적이 있어 사고방식이 남방풍이다.

지극히 타당한 견해이기에 딱히 이견 없이 출석자들의 박수로 승인된다.

하지만 그 박수가 시원찮은 이유 또한 명백했다.

"그러려면 뭘 해야 하지?"

의장은 긴 탁자 위에 놓인 술통으로 불쑥 손을 뻗었다.

"그것을 다 함께, 의논합시다."

위기감은 있으나 제안하는 이는 없다. 마을이 총출동하게 되면 실제로 성가신 일거리가 분출할 텐데, 괜찮은 안을 내놓았다가 여지없이 책임을 떠안을 수도 있으니.

다들 안을 내놓아야 한다고 말은 하면서도 순식간에 술판으로 흐른 것을 책망할 수도 없다. 이 시기의 모임은 1년 중 가장 바쁜 계절을 버텨 내기 위해 한숨 돌리는 시간이기도 하니까.

더욱이 뮤리와 콜의 '가출' 소식을 들은, 딸 가진 아버지들까지 상대하느라 결국 이날은 거의 아무 진척도 없었다.

하지만 낮에 들은 호로의 말이 로렌스의 머리 한구석을 떠나지 않는다.

모든 것이 변화하려는 와중.

해야 할 일을 하지 않으면 반드시 후회한다.

그런 의미에서 뮤리는 노력한 것인지도 모른다.

로렌스는 한편으로는 그렇게 생각하면서도, 그런 감상만큼은 부러 포도주에 실어 넘겼다.

회의에서의 만취와 숙취, 그 여파로 파탄 일보 직전의 하루하루를 간신히 버텨 냈다.

하지만 온천객이 한 사람 떠나고 두 사람 떠나가는 사이, 순식간에 대부분이 돌아갔다.

호로 덕분에 눈사태 같은 사고도 없이 뇨히라는 무사히 봄을 맞을 수 있을 듯싶다.

"으─음⋯. 역시 해가 있을 때 하는 목욕이 최고야."

뭉그적대며 남아 있던 마지막 손님이 마중 온 이에게 억지로 이끌려 온천장을 떠난 그날, 호로는 기다렸다는 듯이 탕에 뛰어들었다. 악사와 무희들도 봄축제 돈벌이를 찾아 산에서 내려갔기에 한동안은 남의 눈을 신경 쓰지 않고 푹 쉴 참이다.

"당신도 들어오지그래? 겨울의 피로도 확 날아가."

"응? 응—…."

로렌스는 건성으로 대꾸하며 호로를 위해 얼음처럼 차가운 증류주와 훈제고기, 그리고 요즘 호로가 즐겨 먹는, 여행객에게 배워 만든 꿀 바른 치즈를 탕 가장자리에 놓는다.

그러는 사이 로렌스의 눈은 호로의 매끄러운 알몸이 아닌 딴곳을 보고 있었다.

"멍청이!"

"으앗?!"

탕의 물이 촤악 날아드는 바람에 로렌스는 펄쩍 뒤로 물러섰다. 곧바로 손에 들고 있던 편지가 무사한지 확인하려다가 어느새 탕 밖으로 나온 호로에게 빼앗겼다.

"언제까지 징징대며 읽고 있을 거야?! 무사하다잖아. 걔네들은 웬만한 일은 알아서들 할 거라고!"

"으, 아, 으—…."

로렌스는 간식거리를 빼앗긴 양치기견 같은 낯짝을 하고 호로가 들고 있는 편지를 눈으로 좇았다. 보낸 이는 콜과 뮤리. 편지

첫 장의 윗부분은 콜이 쓰고 아랫부분은 뮤리가 쓴 데다 둘째 장은 콜과 뮤리가 교대로 글을 적었다.

내용인즉, 산을 내려가니 듣던 것 이상으로 세계는 크게 움직이고 있고 배울 점이 많더라는 이야기가 첫째 장의 윗부분. 아랫부분은 남쪽에는 사람들이 많고 떠들썩하며, 먹을거리나 재미있는 것들이 잔뜩 있다는 이야기가 무수히 잘못된 철자로 쓰여 있었다.

로렌스는 뮤리가 쓴 부분을 읽으며 연신 얼굴을 실룩이다가, 둘째 장에서는 표정이 굳고 말았다.

거기에는 두 사람이 휘말린 소동과 그 전말이 쓰여 있었다. 그마저도 콜이 냉정하게 무언가를 쓰려 하면 뮤리가 방해를 해서 더 재미있고 우스꽝스럽게 전하려 들거나, 콜이 로렌스를 배려해 사건을 온건히 전달하려 애쓰는 것을 뮤리가 한층 과장해 고쳐 쓴 부분이 여럿 있었다.

요약하자면, 꽤 큰일을 겪었으나 여차저차 잘 수습되었고, 콜은 속이 쓰린 경험이었지만 뮤리는 아주 재미있었다나. 로렌스는 성실한 콜에게 동정이 이는 한편, 뮤리가 재미있어 하니 다행이다 싶어 얼굴이 헤벌쭉해졌다. 그러나 혹시 모를 일이 생기면 어쩌나, 역시 가슴이 조마조마하다.

로렌스와 호로가 겪었듯이 목숨을 건 대모험이라는 의미에서. 그리고 또 다른 한 가지 점에서도.

"그나저나 애네 둘은 참 사이가 좋은가 봐."

빼앗아 간 편지를 대충 읽고는 호로가 키득키득 웃는다. 편지를 보면 두 사람이 얼마나 친밀히 지내고 있는지 눈에 선했다.

한 숙소에서, 촛불 앞에 이마를 마주하고, 어깨를 나란히, 손을 맞잡고….

"콜은… 응, 그래. 착한 오빠니까."

헛기침과 함께 입에 담은 것은, 로렌스가 최근 찾아낸 자신을 설득하는 단어였다.

"두 사람은 옛날부터 친오누이보다도 더 오누이 같았으니까. 응."

"……."

호로가 어이없는 눈빛으로 쳐다봐도 로렌스는 꿋꿋이 주장했다.

"당신이 그렇게 믿고 있다면야, 뭐."

이 인간이 바보인 것은 어제오늘 이야기가 아니라는 투로 말하고는 재채기를 한다.

몸을 부르르 떨며 로렌스에게 편지를 들이밀더니 훈제고기를 집어 입에 물고 탕으로 풍덩 뛰어들었다. 로렌스는 호로의 손자국이 남은 편지의 주름을 펴고 뮤리의 삐뚤삐뚤한 필적을 보며 싱글벙글하다가, 편지의 내용에 두통을 참듯 얼굴을 찡그렸다.

하지만 어쨌든 이 편지는 딸아이가 나에게 보낸 첫 편지라며

소중히 접고 있자, 호로의 음성이 들렸다.

"그건 그렇고, 당신. 봄날의 재미는 좀 생각해 봤어?"

"응."

"산 너머 신참자들한테 손님을 빼앗기지 않도록 뭔가 떠들썩한 일을 할 거라며?"

회의 때 나온 이야기이긴 한데, 로렌스의 얼굴은 영 석연치 않다.

"그게… 영 떠오르는 게 없네."

"수호성인 축제 같은 건 해마다 하니까."

어느 마을과 도시, 어떤 직업이든 수호성인은 꼭 있기에 일 년 내내 어딘가에서는 수호성인 축제가 열린다. 뇨히라의 경우에는 봄에. 하지만 겨우내 극심했던 노고를 위로하는 가족잔치 비슷한 것이다.

"게다가 특이할 것도 없으니."

"뭣하면, 거대한 늑대에게 진수성찬을 산더미처럼 공양하는 축제도 괜찮은데?"

탕 가장자리에 팔꿈치와 얼굴을 얹고 첨벙첨벙 발차기를 하면서 호로가 그런 소리를 한다.

젖은 머리카락을 쓸어 올리며 얌전치 못한 모습을 하고 있으면, 제 나이인 뮤리와 판박이다.

"여기서 더 공양을 받으면 다 먹을 수나 있고?"

꿀 바른 치즈라니, 이보다 더한 고급 진미가 어디 있느냐며 로렌스가 한 조각 집어 먹자, 호로가 짐짓 송곳니를 드러낸다.

"흥. 하지만 당신은 왕년엔 이 도시 저 도시로 다니는 행상인이었잖아? 재미있는 구경 한두 번쯤은 했을 거 아냐. 그런 걸 따라해 보면?"

"음…. 예로 들어, 소몰이 축제 같은 게 떠들썩하긴 했지."

"호오?"

"시내의 옆길을 막고 소를 몰아붙이는 거야. 미쳐 날뛰면서 길을 냅다 달리는 소의 꼬리를 만지면 행운이 온다고 해서 야단법석이 나지. 마지막엔 그 소를 통구이 해서 다 함께 나눠 먹는 축제인데…."

"우린 못 해?"

"해마다 부상자가 나오고, 무엇보다 소가 건물을 들이받아서 막대한 피해가 발생해."

나그네로서 찾은 곳에서 일어난 소동이라면 위험한 만큼 재미있으리라. 하지만 건물을 짓고 유지하는 게 얼마나 힘든 일인지 뼈저리게 아는 호로는 소에 들이받혀 엉망진창이 되는 장면을 상상했는지 떨떠름한 표정이다.

"그건… 좀 곤란하겠네."

"그렇지?"

"다른 건 없어?"

"그럼… 이거. 교구별로 조를 짜서, 가죽으로 만든 구슬을 차면서 시내를 행진하는 축제도 있지."

"재미있겠네."

"하지만 구슬을 서로 빼앗으려다 이내 다들 흥분 상태가 돼. 그건 그나마 다행이지. 이 마을엔 청년들이 없잖아. 시작하자마자 다들 앓는 소리를 낼걸?"

배불뚝이 주인장들을 떠올렸는지 호로는 질린 듯 귀를 늘어뜨리며 이해한 표정을 지었다.

"당신도 요즘 좀 늘어지긴 했지."

"으, 윽…. 크흠! 그럼 남은 건, 가장행렬 같은 건데, 그런 건 여기저기에서 많이들 하니까."

"어렵네."

호로는 다시 첨벙대더니 개헤엄을 치듯 하여 탕 가장자리에서 멀어졌다. 물속에 있으니 흐늘흐늘 퍼진 머리카락과 꼬리털 때문에 더 심드렁해 보이는데, 정말로 흥미가 없었으면 말도 꺼내지 않았으리라.

호로 나름대로 이 가게, 이 마을에 신경 쓰고 있다. 그렇지 않고서야 밤마다 눈 깊은 산중을 둘러봐 주지도 않을 테고, 산더미 같은 수선 작업도 묵묵히 할 리가 없으니.

"음—"

로렌스가 골머리를 앓고 있자, 탕 중간 둔덕에 올라앉은 호로가 머리카락을 꾹 짜고 꼬리털을 붕붕 턴다.

"당신도 들어와!"

뮤리보다도 더 천진난만하게 웃으며 부른다.

로렌스는 아직 해야 할 일이 남았기에 손을 내저었다가, 순간 따분한 표정을 짓는 호로에게 져서 옷을 벗었다.

"이런 나태한 재미를 알면, 봄철에 새로이 뭔가를 하자고 해도 내켜 하지들 않을 만도 해."

차가운 술을 손에 들고 맑게 갠 푸른 하늘을 우러르며 로렌스는 중얼거렸다. 결국 한나를 불러서 술과 밥을 갖다 달라고 하고는 노닥대고 만다. 이 시기에는 어느 온천장이나 비슷할 것이다 싶어 더욱 늘어진다.

"나는 행상을 다니다 초원에서 뒹굴며 자는 것도 좋았는데."

"실컷 뒹굴뒹굴하다 짐칸에서 코를 고는 동안, 마부석에서 고삐를 쥐는 사람이 따로 있으면야 그렇겠지."

"나는 코 같은 거 안 골아!"

짐칸에서 빈둥거린 일은 부정하지 않는 것을 보니 호로도 꽤 둥글둥글해졌다.

"후~…. 그나저나, 이렇게 유유자적 마음이 편안해지는 탓인데, 여기가 지상낙원이 아니면 어디가 낙원이야? 이놈이고 저놈이고 망설일 것 없이 다들 여기로 와야 하는 거 아니냐고."

"하기야 옛날부터 여기는 북적이긴 했지."

호로는 로렌스가 태어나기 몇 백 년도 더 전에 이곳 뇨히라에서 온천욕을 했다고 한다.

"그래…. 지상낙원으로 교회가 정식으로 선전하게끔 만드는 방법도 있겠군."

"뭐어?"

멍청이가 또 무슨 뚱딴지같은 소리를 하는 거냐며 호로는 의아한 표정이지만, 로렌스는 이게 의외로 괜찮을 것 같다는 생각이 들었다.

"왜, 성지순례라는 거 있잖아? 다들 아는 성인을 모신 곳이 있는가 하면, 눈병에 영험할 것 같은 성인을 모시는 곳도 있고, 효능별로 인기를 끌기도 해."

주절주절 떠드는 로렌스 곁에서 호로는 관심 없다는 투로 술을 따랐다. 아마도 로렌스가 돈벌이 이야기를 의기양양 떠든 후에는 대개 소동에 휘말렸던 10여 년 전의 경험 때문이리라.

하지만 생각이 떠오르자 가만히 있을 수가 없었다.

"온천욕이 건강에 좋다는 것은 잘 알려져 있으니까, 여기에 오는 성직자들의 협조를 받아서 이곳을 성지로 만드는 거야. 그래, 맞아. 교회의 가르침에도 나오잖아? 지상에 대비해 지옥이 있고, 그 사이에는 연옥이라는 중간 지점이 있는데, 거기에서 속죄하면 지옥행이었던 자도 천국으로 갈 수 있다는. 그것과 마찬가지로 천국과 지상 사이에 천국도 아니고 지상도 아닌 낙원이 있는데 그곳이 바로 이 뇨히라라고─"

하는 로렌스의 입을 호로가 육포로 막았다.

"우읍?"

"연옥인지 어딘지에서 죄를 고백하고 천국으로 갈 수 있다면, 그 낙원인지 어딘지에서 부어라 마셔라 소란을 떨면 지옥 가는 거 아냐?"

온천욕과 술로 발그레한 호로의 얼굴이 붉은 기 도는 호박빛 눈과 어우러져 참으로 악마스럽다.

"우, 으…."

"게다가 현재도 손님들은 사람이 너무 많다고 불평불만인데, 여기에서 더 손님이 늘어날 짓을 그놈들이 굳이 도와주겠어?"

"…으."

맞는 말이다.

"그리고, 멍청해 빠진 당신은 까맣게 잊은 모양인데, 되도록 한산한 시기에 온천객이 올 수 있게끔 하는 게 더 나은 거 아냐?"

"그야, 그렇지. 응."

탕에 들어앉아 술을 마시면 금세 취기가 돈다.

로렌스는 탕 밖으로 손을 뻗고 눈을 한 움큼 집어 자신의 얼굴에 갖다 댔다.

"음…. '천국과 지상의 사이'라는 발상은 괜찮은 것 같은데…."

"나 같은 천사도 있고?"

낭랑하게 웃으며 호로가 몸을 붙여 온다. 하기는, 옥 같은 피부와 하늘하늘한 몸이 천사가 따로 없다.

하지만 육포를 문 잇새로 송곳니도 보이니, 생각 없이 손을 댔다가는 큰코다칠 존재라는 것도 안다. 손댄 장본인이 하는 말이니 확실하다고 로렌스는 자조하듯 생각했다.

"천국과 지상의 사이… 축제… 음…."

고심하는 로렌스의 곁에서 호로도 나른해졌는지 로렌스의 이마에 얹힌 눈을 갉아 대기도 한다. 그러다가 별안간 고개를 들더니 재빨리 탕 밖으로 나갔다.

"왜 그래?"

하고 묻자, 머리부터 로브를 푹 뒤집어쓰고 본채 쪽으로 턱짓을 한다.

"주인어른, 손님 오셨습니다."

한나가 사람을 데리고 부르러 왔다. 호로가 반은 늑대인 것은 마을 사람들에게는 물론 비밀이고, 호로도 그 부분은 조심하고 있다.

"아, 그래요?"

하며 로렌스도 탕 밖으로 나왔으나, 본채로 이어지는 회랑 입구에 선 인물을 보고는 '어?' 했다.

데운 포도주를 대접할 수는 없으니 한나에게 부탁해서 끓인 산양유에 꿀을 넣은 것을 내놓았다. 하지만 생각에 잠긴 듯한 방문객은 의자에 앉은 채 자신의 손끝만 들여다보며 꼼짝하지 않는다.

난롯가에서 말려 부푼 꼬리를 로브 속에서 사락대고 있는 호로가 다가와 로렌스의 허리를 손가락으로 쿡 찌른다. '왜 왔대?' 하는 표정인데, 로렌스도 잘 모르겠다. 온천객도 다 떠나가 조용한 본채 식당에는 한나가 로렌스와 호로를 위한 저녁 식사 준비를 하는 소리만 울린다. 호로는 흥미진진하게 손님을 쳐다본 후 바느질거리를 들고 조금 떨어져 앉았다.

이래서는 한이 없기에 로렌스가 먼저 입을 연다.

"오늘은 부친께서 무슨 전할 말씀이라도?"

방문객의 겉모습은 아직 어려도 이 일대에서는 이미 훌륭한 노동력의 일원인 만큼 나름대로 경의를 담아 물었다. 그러나 상대는 어깨를 점점 늘어뜨리며 무겁게 고개를 저었다. 갑작스러운 방문객은 인근 온천장의 차남으로, 뮤리와 동갑인 소년이다.

몇 안 되는 또래이기도 하고 뮤리와도 곧잘 놀았기에 잘 아는, '카무'라는 이름의 아이다. 뮤리와 함께 장난질을 쳐 대는 카무를 몇 번이나 혼냈는지 모른다.

커 가면서는 집안일을 돕느라 자주 놀지 않게 되었지만, 요즘도 마을 안에서 마주치면 눈뭉치나 개구리를 던져 대는 사이이기는 하다.

"식기 전에 마시렴."

하며 마실 거리를 재차 권하자 카무가 컵을 잡는다.

그리고 그 컵이 계기라도 되듯 고개를 번쩍 들었다.

"로, 로렌스 아저씨께 부탁드릴 말씀이 있어서 왔습니다!"

목청이 큰 것보다 진지한 데에 놀랐다.

뮤리와 뭉쳐 장난치다 야단을 맞으면 뿌루퉁 외면하던 성격이었는데, 이쪽을 똑바로 바라보는 지금의 얼굴은 어엿한 청년이 다 되어 있다.

"내가 할 수 있는 일이라면 기꺼이."

상대가 아이라고 깔보지 않고, 로렌스도 자세를 바로 하며 대답했다.

"저기! 어, 저기…!"

하지만 기세는 거기까지. 카무는 입은 벌렸으되 말은 내놓지 못한다. 얼굴이 시뻘건 것이, 혹시 숨이 안 쉬어져서 괴로운가 싶을 정도였다.

그러다 카무가 눈을 감고 이를 꽉 악물기에 로렌스가 얼결에 어깨에 손을 얹으려는 순간, 말이 쏟아졌다.

"뮤, 뮤리와 결혼하게 해 주십시오!"

전신전령의 한마디가 돌풍이 되어 식당 가득 울려 퍼진다.

얼이 빠진 로렌스는 한동안 무슨 말인지 이해하지 못했다.

뮤리와? 결혼?

"아, 아니, 그런 얘기는, 저기⋯."

로렌스는 머릿속에서 사고가 잘 성립되지 않아 횡설수설한다.

그러는 사이에도 카무는 로렌스를 빤히 쳐다보고 있다.

결사의 각오로 쳐다보고 있다.

"⋯뮤리에게, 청혼한다는, 뜻이냐?"

로렌스는 그제야 소년의 각오와 정면으로 마주할 수 있었다.

"아, 예."

카무가 농담을 하고 있지 않다는 것을 알자, 즉시 머리가 온천장 주인의 것으로 바뀐다.

"그 이야기를 부친께서는?"

로렌스의 물음에 카무는 난처한 표정을 지으며 고개를 가로저었다.

좁은 마을이니 어느 집안과 어느 집안이 인척 관계가 되는지는 중요하다. 예컨대 인기 있는 두 가게가 혈연으로 이어지면 거기에서 강력한 파벌이 발생한다. 그러니 마을 내의 혼인을 절대 금한다는 규정이 있지는 않아도, 가급적 혼인관계는 마을 밖, 특히 스베르넬 인근의 상대와 하는 분위기다.

그 외에 단순히, 집안 수가 적으니 피가 너무 진해지는 것을 피하고자 하는 이유도 있고.

"흐음."

어찌 된 일인가 싶어 로렌스가 한숨을 짓자 카무가 앞으로 몸을 쑥 기울였다.

"저, 저기, 하, 한 가지 여쭐, 것이 있는데요."

"응?"

"뮤, 뮤리가… 아, 아니, 뮤리, 씨가, 저기, 사랑의 도피, 를 했다는 건…."

"아, 그거…."

로렌스가 한숨을 섞어 가며 중얼거리자, 호로가 시야 한구석에서 웃은 것 같다.

어쨌든 이로써 카무가 왜 부모와 의논하지도 않고 별안간 결사의 각오로 찾아왔는지 알겠다.

"사랑의 도피…인지는 나도… 아니, 아마도, 몇 할 정도는, 그렇겠지…."

이 마당이 되어서도 말을 흐리고 만다. 그러나 이성으로는 도무지 어쩔 도리가 없다.

"하지만, 확실히 결정된 건 아니다."

그 부분만큼은 명확하게 말했지만, 그렇다고 희망적인 관측에서는 아니다.

용기를 쥐어짜 찾아온 카무에 대한 일종의 존중에서였다.

"뮤리는 알다시피 뚱딴지같은 짓을 태연히 하곤 하니까. 게다가 싫증도 잘 내지."

소꿉친구인 카무는 짚이는 바가 있는지 연신 고개를 끄덕인다.

"그러니, 대판 싸우고 돌아올 가능성이, 있을 수도 있겠지."

게다가 콜은 성직자를 목표로 하며 금욕을 맹세하고 있다. 이 마을에 온 그 어떤 아리따운 무희가 말을 붙여도 결단코 흔들리는 법이 없었다.

"그렇게 되면 네가 다시 뮤리에게 이야기를 해 보렴. 나는 그걸 말릴 생각은 전혀 없으니까."

카무의 얼굴이 먹구름 너머로 한 줄기 빛을 본 듯이 환해졌다가는 서서히 꺼져 들었다.

"하지만… 상대는… 콜 형님, 이잖아요."

작은 마을이라 모두가 서로를 잘 안다.

로렌스가 고개를 끄덕이자 왕년 개구쟁이의 얼굴에 낙담의 빛이 어린다. 로렌스도 만일 카무의 나이였을 때 콜이 연적이 됐다면 절망뿐이었으리라. 콜은 옛날에도 좋은 소년이었지만, 자라면서 더더욱 훌륭해졌다.

"후우…."

기세 좋게 찾아오기는 했으나 가로막힌 현실에 의기소침해진 모양이다. 로렌스는 자신도 행상인 견습생 시절에 비슷한 경험을 한 기억이 떠올라 조금 웃음이 났다.

게다가 눈앞에 있는 것은 사랑하는 딸 뮤리를 노리는 못된 놈이기는 해도, 혈혈단신 쳐들어온 용감한 사나이다.

"그런데 왜, 갑자기?"

"예?"

되묻는 카무에게 로렌스는 호로를 짐짓 신경 쓰며 얼굴을 가까이 가져갔다.

"너는, 굳이 말하자면 무희 취향인 줄 알았는데?"

남자끼리 비밀 이야기를 하듯 음성을 낮추자, 카무의 얼굴이 확 빨개진다. 온천장이라는 장소의 특성상 무희는 빠질 수 없고 아리따운 여자들이 수두룩하다. 더욱이, 기예로 살아가는 특권장(特權狀)을 가진 그네들은 설령 궁정에서 무례를 범하더라도 무죄 방면이다. 눈부신 초여름 녹음처럼 천하무적의 아름다움을 가졌다.

"그건… 그게."

카무는 우물대면서도 그대로 입을 다물지는 않았다.

"하지만 그 사람들과… 뮤리는 다르다는 걸, 깨달았습니다."

로렌스는 그 말에 사랑하는 딸을 떠올린다. 뮤리는 호로를 똑 닮았지만 속은 딴판이다. 호로에게서 침착함과 노회함을 걷어 내고, 조금 염세적인 부분마저 모조리 햇빛으로 갈아치운 것처럼 무한한 건강함으로 넘쳐 난다.

어릴 때는 토끼를 잡으려고 무턱대고 뛰어들었다가 진흙 속에 처박혀 머리에 피 칠갑을 한 적도 있다. 그러고도 이튿날부터 사슴을 쫓아 산으로 놀러 갔다.

머리를 땋고, 향을 피우고, 잘록한 허리에 신경 쓰며, 자신감과 침착함 가득한 미소를 짓는 무희들과는 근본적으로 다르다. 굳이 따지자면, 그런 쪽엔 호로가 더 가까우리라.

"그야 뭐…. 귀족 저택에 있는 고양이와… 산중의 늑대만큼, 차이가 나겠지…."

제 딸이 세상에서 제일 예쁘긴 해도 눈감아 줄 수 없는 부분은 반드시 있다.

로렌스가 씁쓰레 말하자 카무는 피식 웃다가 황급히 고개를 내저었다.

"저, 저기, 아니요. 그런 게 아니라…."

"응?"

카무는 자신의 손끝으로 시선을 떨어뜨렸다.

"무희 분들은, 그야, 좋기는 하지만… 이 계절이 되어 산에서 내려가더라도 다시 만날 수 있겠지, 했습니다."

"흐음."

"하지만 뮤리가 마을을 떠났다는 소리를 듣고는… 그 소리를 듣고는!"

당장에라도 울음이 터질 듯 괴로움 가득한 얼굴.

"안절부절 가만있을 수가 없었다?"

"……."

소리도 내지 못한 채 카무는 입술을 떨며 고개를 끄덕인다.

뮤리와 같은 나이에, 놀이 상대로 늘 함께하며 거의 가족처럼 지냈다. 너무 가까워서 보지 못한 면도 있으리라. 하지만 로렌스는 잘 안다. 행상을 계속하며 한 곳에 한 달 이상 머물지 않은 경험에서 마을이나 도시 사람들의 마음이 더 뚜렷이 보일 때가 있다.

마을과 도시에서는 큰 변화가 좀체 없다. 어제 있었던 것은 오늘도 있고, 아무리 지긋지긋해도 내년도, 내후년도 있다. 그러니, 성큼 자란 오랜 소꿉친구가 조금 신경 쓰인다고 해서 선뜻 말을 꺼내지는 않겠지. 그러다 혹시 일이 틀어지면 할아버지가 되어 무덤 속에 들어갈 때까지 두고두고 이야깃거리가 될 테니까.

따라서 소년이 홀로 이곳을 찾아온 것은 경의를 표해야 할 용기의 징표였다. 설상가상, 연적이 될지도 모를 상대가 바로 그 콜이니.

로렌스는 한 명의 사내로서 카무를 바라보았다.

"그리고, 그런 건, 저도, 잘 알고 있었는데…."

무릎에 얹힌 손을 꽈악 쥔 카무의 눈에서 눈물이 뚝 떨어진다.

"형이 병으로 죽었을 때, 알았는데…."

전염병으로 허망하게 세상을 뜬 카무의 형 이야기라는 것은 이내 알았다. 로렌스는 한순간 주저하다 카무의 어깨에 천천히 손을 얹었다.

"하고 싶은 말은… 흐흑, 빨리 하지 않으면… 다음번은 이미, 없을지도 모른다는 거, 아는데…."

카무의 어깨를 다독이고 등을 쓸어 준 뒤 끌어안는다. 그러자 뮤리와는 다른, 사내 녀석다운 탄탄한 골격과 땀 냄새에 아들이 있으면 이런 느낌이겠구나 하여 조금 감개무량했다.

호로가 마음을 써서 가져다준 수건을 받아 들고 로렌스는 다시금 소년의 등을 다독인다.

"하지만 뮤리는 아직 있다."

"흐윽… 쿨럭."

"내 입장에선 사랑하는 딸내미를 노리는 놈은 모조리 패 버리고 싶다만."

들으란 식으로 말하자 카무가 로렌스를 보고 조금 겁을 먹는다. 호로의 눈에는 귀엽기 짝이 없는 수컷이겠지만, 이러니저러니 해도 로렌스는 온천장의 어엿한 주인장이다.

"뭣하면 당장 쫓아가 보는 것도 나쁘지 않다, 고 부추기는 것은 무책임하고."

바로 일어서려는 카무를 제지하며 로렌스는 수건을 건넨다.

"뮤리가 흐지부지한 구석도 있으니, 콜과 여기저기 유람한 뒤 아무 일 없었다는 듯이 훌쩍 돌아올 가능성도 크다."

귀를 쫑긋 세우고 있을 호로의 얼굴을 상상하면 쓴웃음이 나지만, 이런 예상이 뜻밖에 맞지 않을까 한다. 무엇보다 콜이 로렌스에게 아무런 언질도 없이 뮤리에게 손을 대리라고는 절대 생각되지 않았다.

"그때 너는 훌륭히 자라 있으면 된다. 그리고 다시… 다시…."

뮤리에게 청혼하러 오면 된다, 는 말은 도저히 못 하고 있자, 카무가 수건을 꽉 그러쥐며 말했다.

"뮤리에게 청혼하러 오겠습니다!"

한두 대 얻어맞는다고 쉽게 흔들리지 않을 결의가 엿보였다.

로렌스는 맥이 탁 풀려 웃으며 고개를 끄덕였다.

"기다리마. 그때까지 나도 주먹 휘두르는 연습 좀 해 두어야겠다."

그러면서 싱긋 웃자, 카무는 얼굴이 굳으면서도 눈은 피하지 않았다.

"그럼 눈물 닦고, 이것 좀 마시고."

"예!"

시키는 대로 하는 카무를 로렌스는 테이블에 턱을 괴고 바라본다.

이렇게 착한 녀석이면 아들도 괜찮겠다 싶다.

"세수하고 싶으면 탕에 들어가도 된다. 동생들이 눈치가 빠르지?"

"아, 아—…. 그, 그렇게 하겠습니다."

늘 잘난 척 으스대는 형이 울면서 돌아오면, 약한 사슴에게 늑대 떼가 달려들기 마련이다. 카무는 자리에서 일어나 꾸벅 인사를 하더니 휘청휘청 탕 쪽으로 걸어갔다.

　그 뒷모습을 담담히 웃으며 지켜보고 있자, 교대하듯 호로가 다가와 잠자코 로렌스의 무릎 위에 풀썩 앉았다.

　"뭐, 뭐야."

　"응─? 쿠후후."

　즐겁게 웃는 호로는 로브로도 채 눌러지지 않을 만큼 꼬리가 부풀어 있다.

　"멍청한 수컷이 어디서 잘난 척이냐고?"

　선수를 쳐서 묻자 호로가 로렌스의 손을 잡는다.

　"가끔 요렇게 똑 부러지니까, 당신을 얕잡아 볼 수 없다고."

　"일단은 칭찬으로 받아 둘게."

　"멍청이."

　그러면서 로브 너머로 귀를 문대듯 어리광을 부린다. 조금 전 대화가 꽤나 호로의 심금을 울렸나 보다.

　로렌스는 그런 호로를 조금 갑갑할 만큼 꼭 안으며 멍하니 생각했다.

　"다음은 이미 없을지도 모른다, 라."

　카무의 형이 너무도 허무하게 죽은 일은 아직도 기억이 생생하다. 안 그래도 행상을 하러 떠돌며 일회성 만남의 생활을 되풀이

했던 로렌스에게는 그 말이 무겁게 울린다.

"저 나이에 벌써 깨닫다니, 저 녀석은 괜찮은 수컷이 되겠어."

"나도 알았었는데?"

호로와 헤어지면 영영 끝이라는 생각에 호로에게 계속 손을 내밀곤 했었다.

그런데 호로는 몸을 살짝 떼고는 로렌스를 빤히 쳐다본다. 다소 비난 어린 눈빛에 로렌스는 머쓱해졌다.

"왜, 내 말이 틀려?"

"당신이 멍청한 건, 금세 자기 좋을 대로 옛날 일을 포장하기 때문이야."

"어, 어디가?"

"당신이 나를 어마어마어마하게 좋아한다는 말을 분명히 하기까지 얼마나 걸렸지? 으응?"

"……."

호로가 깨물면 늘 조금 아프다. 이 고통에 져서 행여 '그러는 너야말로' 소리를 했다가는 이빨 자국이 선명하게 나고 만다. 하지만 호로는 늘 이쪽을 찬찬히 보고 있고, 꼬리는 놀고 싶어 죽을 지경인 강아지처럼 파닥파닥 소리를 내고 있다.

새삼스레 대놓고 말하기가 부끄러운 한마디를 억지로 하게 만드는 일쯤이야, 기꺼이 받아들여야겠지.

너무 사랑받는 것도 괴로운 일이로구나, 하고 로렌스가 시인처럼 속으로 중얼거리며 호로가 바라는 한마디를 하려던 바로 그 순간.

"하고 싶은 말을, 못 해?"

저도 모르게 불쑥 중얼거렸다.

"응, 어? 무, 무슨 소리야?"

호로의 얼굴이, 꿀에 절인 건포도가 입안에 들어오는 줄 알았더니 후추알이 들어온 것 같은 표정이 되어 있다. 로렌스는 그런 호로는 아랑곳없이 머릿속에서 이어지려 하는 무언가를 필사적으로 더듬는다. 근래에 이것과 비슷한 이야기를 했었는데?

하고 싶은 말을 하지 못하지만, 마침내 그 말을 하는, 그런 상황.

임종할 때 하는 고해!

죽음을 앞에 두고, 이제는 모조리 다 말해 버리자며 천국으로 가기 위해 모든 것을 다 털어놓는 행위. 그러나 지금 눈앞에 있는 호로와의 일처럼 전하고 싶어도 전할 수 없는 것이 꼭 나쁜 것만은 아니다.

그렇다면?

"그렇다면…."

"여보? 여보 당—신—?"

뺨을 찰싹찰싹 때리는 호로의 손을 잡고 로렌스는 무릎 위의 호로를 공주님처럼 안으며 일어섰다. 모든 것이 연결됐다. 봄철에 사람들을 불러들일 새로운 행사가 머릿속에서 꽃을 피웠다.

"그래! 천국으로 가는 무대를 만들면 되는 거야!"

높이 소리치는 로렌스의 품 안에서 호로는 어리둥절한 표정이
었다.

◇◇

장례는 이별을 위한 의식.

관 뚜껑을 덮고 기도를 한 뒤 땅에 묻으면 다시는 만날 수 없다.

집에서 관이 운반되어 나올 때, 입회인들은 이승에서의 이별인
양 말을 걸어왔다. 새삼 꾸며 댈 것도, 감출 것도, 부끄러워할 것
도 없으니.

이별에는 겉으로 잘 드러내지 못하는 것을 떠밀어 주는 강력한
무언가가 있다.

"호로."

로렌스는 그 이름을 부르기는 했으나 자꾸만 입가가 쓴웃음으
로 실룩인다.

이만큼 판을 거하게 깔고 다들 신경 써서 본채 밖으로 나가 주
기까지 했는데도 왠지 참 어렵다.

"으—…. 천사도 이제 슬슬 인내심에 한계가 온다아."

관 속에서 망자의 신음이 들려온다.

로렌스는 헛기침으로 목을 가다듬고 관 속에서 키득대고 있는 호로의 얼굴을 들여다보며 말했다.

"너를 만난 뒤로, 나는 내내 행복했었다."

"…했었다?"

한쪽 눈이 힐끗 뜨이더니 따져 물었다.

"일단은, 이것도 장례식이잖아?"

"흠."

"그리고 이 장례식에서는 죽은 사람이 기적의 온천수의 효능으로 되살아나지."

미리 준비한 은잔 속 온천수를 손가락 끝에 살짝 묻혀 호로의 이마에 바른다.

"되살아나 본 느낌은?"

두 눈을 뜬 호로가 로렌스를 올려다보며 싱긋 웃음 짓는다.

"아직 당신과 함께할 시간이 있어서 기쁘이."

"웃."

이렇게 나올 줄은 몰랐기에 로렌스는 말문이 막혔다. 호로의 만족스러운 송곳니가 보인다. 못 당하겠네. 하기는, 이래야 호로지.

"영광이옵니다."

로렌스는 그렇게 말하고는 호로에게 손을 내밀어 일으켰다.

"행사로서는 어떨 것 같아?"

"음?"

"죽은 뒤엔 좋은 말을 들어도 모르게 되고, 죽고 나면 하고 싶던 말도 못 전해. 그러니까 차라리 살아 있을 때 죽은 셈 치고 하고 싶은 말을 해 두자, 는 천국 일보 직전 의식인데."

"음. 으음…. 저기, 당신."

호로는 로렌스를 보고 진지한 표정으로 말했다.

"나쁘진 않아."

"하하, 그래? 그럼 그다지 대규모로 준비할 것도 없고, 떠들썩하게 소란 피울 일도 아니니, 해 볼 가치는 있겠네."

로렌스의 발상을 온천장 주인장들에게 전하자 처음에는 다들 어리둥절해 하다가, 목적을 고하니 이내 분위기가 들뜨기 시작했다. 다들 소중한 이에게 하고 싶은 말이 있어도 새삼 부끄러워서 하지 못한 말이 하나둘쯤은 있는 모양이다, 사실은 어서 말을 해 버리는 게 낫다는 것을 머리로는 알고 있고, 말을 할 핑계거리가 있으면 좋겠다는 생각도 늘 했었다고.

그리고 온 세상의 고집불통 사내들 또한 비슷할 테니.

이 신비한 땅, 이 세상에서 가장 천국과 가까운 바로 이곳에서, 아직 살아 있을 때 장례식을 거행해 그 핑계거리로 삼게 해 주자. 이것이 로렌스의 제안이었다.

"촛불 값이 들 테니 그 점이 좀 문제로군…. 그 밖에는 다들 상복을 갖춰 입어야 분위기가 날 테니까 그 예산도…. 음, 가능성 있어, 가능성 있겠어."

여러모로 궁리를 하다가, 호로가 이쪽을 빤히 쳐다보고 있는 것을 불현듯 깨달았다.

아, 또 장사 생각에 푹 빠져서 호로를 내팽개쳤구나, 하여 마음의 준비를 하자, 호로가 나직이 웃고는 잠에서 갓 깨어난 소녀처럼 로렌스의 옷자락을 슬며시 붙잡았다.

"나 진짜."

"어?"

"아직 살아 있어서, 기뻐."

웃는 채로 눈꼬리에서 눈물이 흘러 떨어진다.

로렌스는 당황하여 그 눈물을 닦는다.

"아직 여행은 계속되는 거지?"

모든 것이 변화하는 와중, 로렌스는 물론이고 호로마저 그 시간의 흐름에 떠밀려 내려가는 나뭇잎 하나에 지나지 않는다. 언젠가는 반드시 이별할 날이 오고, 이 순간은 영원한 과거가 된다.

하지만 그것은 아직 미래의 이야기.

로렌스는 호로의 등에 팔을 둘러 꼭 끌어안았다. 시간의 흐름에서 조금이라도 서로의 '지금'을 지켜 내려는 듯이.

"그래."

그리고 말했다.

"여행은 계속돼. 조금 더."

호로가 고개를 들고 웃는다. 그 후로 두 사람은 살짝 툭탁거렸다. 하지만 결국엔 누가 먼저랄 것도 없이 자연스레 가라앉는 모양새가 됐다.

둘이서 가게를 차리기로 했을 때도 이랬던 것 같다.

신이 지켜보는 제단 앞에서 가만히 입맞춤을 나눈다.

눈을 마주치니 새삼 쑥스럽다.

이 세상에는 아직 해야 할 일이 많이 남아 있는가 보다.

봄이 머지않은, 눈 녹을 무렵의 일이었다.

황금빛 기억

사방이 산으로 둘러싸인 드넓은 세계의 막다른 끝.

온천의 고장 뇨히라에 마침내 긴 밤의 끝이 찾아올락 말락 한 무렵.

로렌스는 기이한 시선을 한 몸에 받고 있었다.

"어머나, 이게 누구셔? 늑대와 향신료의 주인어른?"

산으로 둘러싸인 이 지역은 동이 텄어도 해가 얼굴을 보이기까지 시간이 걸린다. 마을은 아직 어스름에 싸여 있어, 거리가 좀 떨어지면 상대방의 얼굴도 잘 분간되지 않는다. 그런 시각에 마을 한곳에 모여 조용히 소곤대고 있던 온천장 여종업원들이 별안간 떠들썩해졌다. 까마귀가 다가오자 당황해 구구대는 비둘기 떼처럼.

눈을 밟고 선 로렌스는 희게 일렁이는 숨결처럼 어정쩡한 웃음을 지으며 등에 진 땔나무를 내려놓았다.

동틀 녘인 이 시간이면 마을 안 몇몇 장소로 온천장 여종업원들과 마을 아낙들이 삼삼오오 모인다. 물레방앗간이나 우물가도 있지만, 지금 로렌스가 와 있는 곳은 마을 공용의 빵 화로.

"한나는 어쩌시고? 어디 아파요?"

"예쁜 따님이 늦잠을 자나 보네?"

"기억 안 나? 따님은 용감무쌍하게도 여행을 떠났잖아. 나도 옛날엔 그러고 싶었는데."

"어머나, 그랬어? 나는 고향의 바깥이라고는 평생 여기밖엔 몰라."

"그나저나 주인어른이 직접 오시다니, 부인도 어디 아프세요?"

"저런, 저런. 병문안 가야겠네."

주에 한두 번, 이들은 각자 집이나 온천장에서 먹을 빵을 한꺼번에 굽기 위해 이곳에 모인다. 마을 생활은 단조로우니 이네들의 즐거움이랄 것은 마을에 관한 수다뿐이다.

원래는 온천장 여종업원이, 그게 여의치 않을 때는 안주인이나 심부름하는 딸아이가 오는 것이 보통인데, 주인장이 이렇게 직접 나서면 이것만으로도 화제가 된다. 땔나무를 등에 지고 헝겊에 싼 빵 반죽을 옆구리에 낀 꼴은 로렌스가 생각해도 좀 얼빠져 보일 것 같다.

이거야 마치 마누라가 도망이라도 간 것 같지 않은가.

그래도 거리낌 없는 비둘기 떼 같은 여자들 앞에서 로렌스는 웃음을 유지한다.

이네들의 입소문은 단숨에 마을 전체로 퍼진다. 뇨히라에 가게를 차린 지 10년이 넘었지만 여전히 신참 취급이니 방심은 금물이다.

대신 아직까지 집에서 늘어지게 자고 있을 아내 호로를 떠올리며, 이 일을 자신에게 떠맡긴 것을 속으로만 욕했다.

"아니요, 갑작스럽게 손님이 드셔서. 둘 다 일이 급해 오늘은 제가."

로렌스의 말에 제멋대로 떠들어 대던 여자들의 수다가 뚝 멎었다.

"어머나…. 그럼 혹시, 그 손님이 늑대와 향신료로?"

"큰일이네."

그 한마디만큼은 화제를 쪼아 대는 게 아니라 진심에서 우러나온 것처럼 느껴졌다.

"맨 처음 묵은 곳은 요제프 어르신 쪽이었던가?"

"그렇지. 거기가 이 마을에서 제일 오래된 온천장이니까."

"다음엔 아벨 어르신?"

"그다음은 라마니노프 어르신."

저마다 온천장 주인의 이름을 줄줄이 늘어놓는다. 이름의 울림이 각양각색인 것은 이 마을에서 온천장을 운영하는 주인들이 다양한 곳에서 온 사람이거나 그 후손이기 때문이다.

"그럼, 봄까지 쭉 숙소를 전전할 셈인가?"

"뭐가 마음에 안 드는지 내내 탐탁지 않은 얼굴이더라고."

"그러게. 그러면서 주문은 또 어찌나 많은지. 아침 댓바람부터 도시락을 싸 달라는 둥, 애먹었다니까. 하지만 돈은 두둑이 내놓으니까…."

"아유, 삯 좀 많이 준다고 혹하면 안 돼. 우리 마을을 조사하고 있는 것 아니냐고 우리 주인어른이 그러시던걸."

"어머. 그럼 혹시 산 너머에 생길지도 모른다는 그 온천마을에서?"

"하지만 그런 거라고 하기엔 탕에 들어가지도 않던데?"

"그러게 말이야. 어디엔가 새 온천장을 차릴 생각이면 마을을 좀 더 여기저기 둘러볼 텐데?"

마치 사전에 대사가 정해져 있기라도 한 듯 거침없이 대화가 이어진다. 게다가 말투까지 엇비슷하니, 어스름 속에서는 누가 누군지 도통 모르겠다. 매주 빵을 구우러 이곳에 모이는 사이에 호흡이 딱딱 맞게 된 것인지.

로렌스는 그런 모습을 바라보면서 호로가 어린애처럼 칭얼대며 침대 밖으로 나오지 않으려 한 이유를 비로소 알 것 같았다.

신참 새댁. 게다가 고용인인 이네들과는 달리 온천장의 젊은 안주인이니, 이들은 더더욱 호로에게 신경을 쓰며 자기네끼리만 대화를 했겠지. 그것이 이네들 나름대로 자신의 처지를 구별한 결과였겠지만, 호로는 그 점이 제일 힘들었을 것이다.

"하지만 뭐, 로렌스 어르신의 온천장으로 갔으면, 이제 여기저기 전전하는 것도 끝난 건가?"

로렌스는 자신의 이름이 불리는 바람에 화들짝 정신을 차린다. 동시에, 이야기의 문맥을 좇기 전에 반사적으로 한층 짙은 웃음을 짓는다. 그 어떤 순간에도 웃으면 대충 대처가 된다는 게 경험으로 터득한 바다.

"거기에서도 탐탁지 않은 표정을 짓겠지만, 신경 쓰지 마세요.

어느 가게에서나 다 그랬거든요. 아직 온천장을 차린 지 그리 오래되지 않으셨으니 힘들기는 하겠지만….”

“옛날에도 많았지. 괜스레 괴팍하게 구는 손님들.”

“네가 아직 젊었을 때니까… 20년도 더 전이던가?”

“왜 이래! 난 지금도 젊어!”

사이좋은 자매처럼 주거니 받거니 하는 모습이 흐뭇하기도 하지만, 역시 대화 곳곳에서 이네들의 진심이 튀어나온다. 10년 남짓으론 ‘아직 그리 오래되지 않은’ 온천장이다.

맨 처음 묵은 곳이 요제프 어르신의 온천장인 것은 거기가 이 마을에서 제일 오래된 온천장이기에. 따라서 마을을 떠나기 전에 마지막으로 온천장 ‘늑대와 향신료’를 선택한 것은 그곳이 신참 온천장이니까.

마을에 완전히 녹아들려면 아직은 조금 더 시간이 흘러야 할 것 같다.

“그건 그렇고, 이제 슬슬 다 모였으려나?”

꺅꺅대며 소녀들처럼 떠들다가 한 사람이 정신을 차린 듯이 말했다. 교회 종이 때맞춰 울리는 시벽(市壁) 안이 아니기에 시간 감각이 대충이다. 게다가 빵의 소비는 사람에 따라 제각각이니 늘 전원이 빵을 구우러 모이는 것도 아니다.

“그럼 제비뽑기를 할까?”

여자 하나가 빵 가마 옆에 놓인 가느다란 나뭇가지 다발을 들더니 허리에 차고 있던 천으로 싼다.

가지 끝만 일정한 길이로 천 밖으로 조금 나와 있다.

"새 나뭇가지지? 속이기 없기다?"

"요즘 나이를 먹어서 이 컴컴한 와중에선 속이고 싶어도 어느 것이 당첨인지 알 수가 없다고."

와하하하, 동의하는 웃음이 터지고 차례로 가지를 뽑는다. 가지 길이는 제각각이고, 긴 가지를 뽑을수록 기뻐한다. 로렌스가 가지를 뽑은 것은 맨 꼴찌였지만, 작당한 듯이 짧은 가지였다.

"아, 어머나…."

"잠깐, 정말로 속인 거 아니지?"

여자들 사이에서 어색한 분위기가 흘렀다. 이 제비뽑기는 누가 제일 먼저 가마를 쓸지 정하는 것.

공용 가마를 쓸 때는 다들 맨 처음은 피하고 싶어 한다. 왜냐 하면 빵을 구울 연료는 각자 가져와야 하는데, 가마가 데워질 때까지는 시간이 꽤 걸리기 때문이다. 맨 처음 이용자는 밤새 싸늘히 식어 있던 가마를 데우기 위해 여분의 연료를 잔뜩 넣어야 한다.

"아닙니다. 오히려 잘됐습니다."

로렌스는 황급히 끼어들었다.

"우리 가게에는 까다로운 손님이 와 계시니, 오래 기다리게 하면 어떤 불평을 듣게 될지 모르죠. 혹시 맨 마지막 차례가 되면 맨 첫 차례로 바꿔 달라고 부탁드릴 참이었습니다."

작당을 의심받는 건 우리 명예가 걸린 문제라고 전전긍긍하던 여자들은 하나같이 안도한 표정이 되었다.

"로렌스 어르신이 그러시다면야⋯."

"하기야, 시간을 생각하면 잘된 걸 거야. 개중에는 장작이 아까워서 빵이 숯이 될 때까지 굽는 사람도 있잖아."

"아유! 그때는 한참 수다를 떨다가 그랬던 거지! 게다가 몇 년 전 일이야!"

여자들이 다시금 명랑함을 되찾는다.

로렌스는 맥없이 웃으며 가마뚜껑을 열어 장작을 쌓고 불을 붙였다.

산기슭에 해가 보이려면 아직은 조금 더 있어야 할 듯했다.

갓 구운 빵은 헝겊에 싸도 따뜻한 김이 피어난다. 말랑말랑한 빵을 뜯어 먹으며 길을 걸어, 가게에 도착한 무렵에는 날도 훤히 밝았다.

손도 입도 부지런히 일하는 아낙네들 속에 섞여 빵을 굽기가 쉽지 않았으나, 맑게 갠 하늘과 갓 구운 빵 냄새에 기운을 나눠 받긴 했다.

그 덕에 마을 변두리 자신의 가게 앞에 입을 꾹 다물고 뚱하게서 있는 손님을 본 순간에도 꿋꿋이 애교를 갖출 수 있었다.

"오래 기다리셨지요."

"흥."

체구가 아담한 노인이 마뜩잖은 듯이 코웃음을 친다. 이미 손에는 한나가 쌌을 도시락을 들고, 이제 빵만 챙기면 된다는 투로 처마 밑에 우뚝 서 있다. 가게에는 온천객뿐 아니라 산중 깊이 들어가는 사냥꾼, 벌목꾼들도 오기에 아침 댓바람부터 나가는 손님이 영 없지는 않다.

그러나 노인의 차림새는 로렌스가 아는 그 어떤 직업에도 들어맞지 않았다.

냄비처럼 생긴 가죽 삿갓을 썼고, 발에는 곰가죽, 어깨에는 여우털, 손에는 사슴가죽으로 만든 장갑을 꼈으며, 몹시 투박한 손도끼 같은 것이 허리 뒤춤에 매달려 있다. 배낭에도 온갖 것이 들어 있는 모양이나, 내용물은 알 수 없다. 목적이 무엇인지도 수수께끼이고, 온천욕은 거의 하지 않고 있다.

노인은 로렌스가 다가가자 빵 꾸러미를 통째로 받아 들려 했다.

몽땅 도시락으로 주기엔 양이 너무 많지 않은가 하여 황망해하자, 노인은 뭔가 깨달은 듯이 양보하고 손을 거뒀다. 그 모습에 로렌스는 이상한 느낌을 받으면서도 갓 구운 밀빵 세 개를 따로따로 헝겊에 싸서 눈으로 묻듯 하며 노인에게 건넨다. 노인은 여전히 말은 없이 고개만 살짝 숙인 뒤 잠자코 어디론가 걸어갔다.

무뚝뚝하지만 예의가 없는 것은 아니다.

로렌스는 노인을 배웅하며 고개를 갸웃한다. 나쁜 사람은 아니겠지만 뭔가 고집스런 박력이 있었다. 노인이 가게 앞 경사로를 내려가 나무 너머로 사라진 뒤 가게 안으로 들어가자 식당에서 맛있는 냄새가 났다.

긴 탁자 위에는 차린 지 좀 된 듯한 아침밥이 나열돼 있다. 수북한 삶은 콩과 두툼한 베이컨 볶은 것에 치즈 몇 조각. 작년 가을에 구입해서 끝까지 남은 청어 소금절임. 내용으로 보아, 한나가 아까 그 묘한 손님에게 도시락으로 들려 보낸 것들이리라. 귀찮으니 로렌스와 호로 몫까지 만들었을 테고.

아침밥이 늘어서 있는 긴 탁자에는, 맛있는 냄새가 나는 곳에는 반드시 있는 호로의 모습도 보인다.

"왜 이제 와? 기껏 차린 아침밥이 다 식었잖아."

그러고는 추운 바깥에서 빵을 구워 돌아온 남편을 책망하는 눈빛으로 쳐다본다.

"빵 굽는 차례를 제비뽑기로 정하잖아. 이래 봬도 1등이었다고."

게다가 원래 같으면 온천장 안주인인 호로가 가야 했을 곳이다. 로렌스는 호로의 불합리한 불평에 반론을 펴면서 갓 구운 빵 꾸러미를 취사장에서 나온 한나에게 건넸다. 한나는 로렌스를 위해 꾸러미 안에서 빵 세 개를 꺼냈다.

둘도 아니고 넷도 아닌 셋인 것에 로렌스가 눈짓으로 묻자, 한나는 짓궂게 웃을 뿐. 왜 저러나 하며 빵을 들고 일단 자리에 앉으려다 그제야 이해가 되었다.

아침밥이 긴 탁자를 끼고 마주 보는 것이 아니라 나란히 차려져 있다. 두 자리 사이에 놓인 도제 항아리에는 포도주라도 들어 있을 테고.

아침부터 이게 무슨 사치냐며 화를 내기 전에, 의자에 앉은 호로의 컵이 비어 있는 것에 눈길이 간다. 로렌스는 그제야 한나가 빵을 이렇게 준 의도를 깨달았다. 그리고 호로의 심중도.

"싫은 일을 떠맡기고 미안해 할 것 같으면."

하며 로렌스는 의자를 당겨 호로의 옆에 앉는다.

"직접 가면 됐잖아."

로렌스는 빵을 자기 접시에 둘, 하나를 호로의 접시에 놓는다.

"언제까지나 마냥 젊은 모습인 것에 질투 섞인 칭찬을 받긴 하겠지."

로렌스의 곁에서 뿌루퉁 고개를 숙이고 있는 호로의 모습이 십대 소녀 같다. 하지만 호로는 소녀가 아닐뿐더러 인간도 아니다. 온천장 안에서는 달리 아무도 없기에 머리 위의 짐승 귀와 허리에 달린 꼬리털도 내놓고 있다. 그 두 가지가 암시하듯 호로의 참모습은 사람을 한입에 꿀꺽할 수 있을 만큼 거대한 늑대이자 보리에 깃든 일종의 정령이다.

"그리고 신참자를 대하는, 악의 없이 서먹서먹한 태도도 그렇고."

로렌스가 거기까지 말하자 호로가 도제 항아리로 손을 뻗는다. 호로의 자그마한 손에는 너무 큰 항아리 귀를 힘주어 잡고 로렌스의 컵에 콸콸 술을 붓는다. 평소엔 제 몫만 따랐기에, 여봐란 듯한 그 행동에 되레 웃음이 난다.

"네가 갔으면 꽤 상처가 되긴 했겠더라."

호로는 왕년에 요이츠라 불리던 지역에 살았는데, 무슨 변덕에서인지 남쪽으로 내려가 그쪽 마을에서 몇 백 년 동안이나 보리가 자라는 것을 줄곧 수호했었다. 왜 그렇게 하게 됐는지 애초의 이유 따위는 시간의 흐름 속에서 진작 흐려져 사라졌고, 고향으로 돌아가는 길조차 까맣게 잊어, 외로움 속에서 바위처럼 웅크리고 있었다고 한다.

로렌스는 그런 호로와 만나서 여기까지 왔다.

자칭 현랑(賢狼)인 만큼 영특하고 사려 깊지만, 허세가 있고 외로움을 잘 탄다.

빵 가마 앞에 훌쩍 던져지면 아낙네들의 무신경함에 웃기는 하면서도 점점 피폐해져 갈 호로의 모습이 눈에 선했다.

"나야 뭐, 전직 행상인이니까 그 여자들과 충분히 교류하면서 나를 잘 알려 두고 왔지."

들으란 식으로 한 말에도 호로는 말없이 베이컨을 잘라 로렌스

앞에 둔다.

평소에는 무슨 일이 있어도 제 몫을 크게 자르는데 오늘은 양이 똑같다.

"그러니까 화를 내고 있는 것도 아니고, 그냥 역할 분담이라고 생각해."

로렌스는 자기 접시 위의 두 번째 빵을 집어 둘로 나눈 뒤 큰쪽을 호로의 접시에 놓았다.

"대신에 아까 그 이상한 손님은 잘 지켜봤지?"

그제야 호로가 로렌스를 올려다본다. 그러더니 무언가를 꾹 참 듯 입을 삐죽 내민다.

로렌스는 호로의 뺨에 살짝 입을 맞춘 뒤, 음식을 마주했다.

"일단 밥부터 먹자."

호로는 한동안 로렌스를 물끄러미 바라보기만 하다가 이윽고 먹기 시작했다.

커다란 세모꼴 짐승 귀가 쫑긋쫑긋 기쁜 듯이 움직이고 있었다.

"나쁜 놈은 아닐 거야. 어떤 심지가 느껴져."

남에 대한 평가가 늘 박한 호로치고는 후한 대답이었다.

해당 손님은 어제 오후에 별안간 가게로 찾아왔다. 방이 있느냐며 나직이, 알아듣기 힘든 말로 물었다. 겨울 내내 온 마을의 온천장을 전전하고 있어서 이런 손님이 있다는 소식은 로렌스의 귀에도 들어와 있었다.

하지만, 아무튼 그 박력에 로렌스가 기가 눌려 고개를 끄덕이자 다짜고짜 뤼미오네 금화 한 냥을 계산대 위에 놓았다. 이것 하나면 4인 가족이 검소하게 한 달은 먹고살 수 있는 금액이다. "두 주."라고 짤막하게 말하고 낸 숙박비로는 과할 정도였다.

그러니 2주일간 뤼미오네 금화 한 냥에 걸맞은 편의를 제공하려면 품을 들여야 한다. 그래서 악사나 무희를 제안했으나 모조리 고개를 가로저었다. 그의 요구는 단 하나. 도시락, 아침 일찍. 그것이 전부였다.

이상한 손님이긴 했지만, 어느 도시에서 큰 죄를 짓고 도망쳤으리라 보기에는 여유가 있고, 몹시 신경이 날카로워 어느 온천장도 모두 마음에 안 들어서 이러는 것 같지도 않다. 애초에 온천욕에도, 방에도 관심이 없는 듯했다.

이 묘한 손님이 직전에 묵은 온천장은 마을 내에서 가장 친하게 지내는 곳이다.

그 가게에는 딸아이 뮤리와 동갑인 아들이 있어서 둘이 곧잘 놀곤 했다. 카무라는 이름의 소년은 얼마 전 뮤리에게 청혼하고 싶다는 뜻을 로렌스에게 고백하러 왔을 정도다. 잘 자란 소년이라 사위 삼고 싶은 마음이 들기도 했다. 카무의 아버지인 사일러스는 인상은 다소 신경질적이지만, 말을 나눠 보면 꽤 괜찮은 사람이다. 이상한 손님이 온천장을 옮긴 후에 로렌스네로 와서 손님에 관해 아는 바를 여러모로 알려 주었다.

따라서 노인이 온천장을 전전할 때마다 다음 가게의 주인에게 계승된 정보는 최종적으로 로렌스의 앞에 무사히 다다르게 됐다. 로렌스는 물론 현랑 호로에게 그 정보를 전달했고.

"약초꾼이 아닌가 해."

"약초꾼?"

로렌스가 되묻자 고개를 끄덕인다. 시선은 갓 구운 밀빵을 향한 채.

뤼미오네 금화를 낸 손님에게 최소한의 대접이라도 할 요량으로 오늘의 빵은 새하얀 밀빵이었다. 달달하고 부드러운 빵은 이것 하나만으로도 얼마든지 먹을 수 있다.

하지만 호로는 밀빵을 갈라 콩과 베이컨을 잔뜩 욱여넣었다. 맛있는 것에 맛있는 것을 보태면 더더더 맛있어진다는 탐욕스러운 호로의 발상에 로렌스는 바보짓을 하는 고양이가 언뜻 떠오른다. 호로는 희희낙락하며 터질 듯 부푼 밀빵을 베어 물었다.

"아움, 우구… 우움. 어. 왜냐하면—"

호로의 뺨에 붙은 콩껍질을 손가락으로 떼어 준 뒤 로렌스는 다음 말을 재촉했다.

"왜냐하면, 향초 냄새 같은 게 나거든. 그리고 착용하고 있는 것에서 쇠붙이 냄새도 나고. 낫 같은 거 아닐까?"

"나그네라면 약초와 단검은 필수지. 그런 게 아니고?"

"약초도 익숙한 건 알 수 있어. 아니, 익숙하다는 의미에선 어디에선가 맡아 본 냄새인데…."

기억을 더듬듯 눈은 감고 있으면서도 빵은 정확하게 베어 문다. 조그만 입으로 덥석 덥석 먹는 것을 예의 없다 여기는 사람도 있겠지만, 왠지 앙증맞아서 로렌스는 참 좋았다.

"그리고, 흠. 웬일인지 그 사람, 보리를 갖고 있어."

호로는 보리에 깃든 정령이다. 예전에 로렌스의 짐마차에 멋대로 숨어든 것도 보릿단 속에 섞여 들어서였다.

"비상식량이겠지. 추운 지방을 여행하려면 갖고 다니는 게 좋아. 폭설을 피할 오두막은 있어도 먹을 것까지 있지는 않으니까. 가루로 빻지 않는 한, 보리는 몇 년씩도 가."

"음? 뭐, 인간 세상은 당신이 더 잘 아니까. 그거 말고는… 아, 차림새도 그래. 인간 세상에서는 하는 일과 차림새를 떼어 놓을 수 없잖아?"

여관주인이면 여관주인, 환전상이면 환전상, 행상인이면 행상인. 대장장이는 두껍고 불에 잘 타지 않는 가죽 앞치마를 자랑스레 걸쳐 입고, 빵가게 주인은 독특한 모자를 쓴다.

호로의 말대로 보통 사람들은 굳이 자신의 직업을 말하지 않아도 딱 보면 알 수 있는 해당 직업 특유의 차림새를 한다.

"커다란 삿갓 같은 그런 모자는 한 번도 본 적이 없는데."

냄비처럼 깊이가 있어서 노인이 쓰면 얼굴이 거의 가려진다. 특징적으로 생겼으니 이 직업에는 이것을 꼭 써야 한다 하는 게 있을 것 같은데.

"그거, 털가죽 안쪽은 쇠로 되어 있어. 일부러 그런 걸 쓰고 산을 돌아다니는 거면, 경사면에 얼굴을 갖다 대는 일이 잦아서 낙석으로부터 머리를 보호하기 위한 게 아닐까 하는 생각밖엔 안 들어."

"…쇠? 하긴 그래. 다른 온천장에서는 광물을 찾으러 다니는 광맥잡이가 아니냐고도 했어."

그러나 채굴은 땅을 황폐하게 만들기에 해당 지역에서 작업하려면 반드시 특권장이 있어야 한다. 그런 점에서 이 뇨히라는 온천객 중에 권력자나 부자들이 많기에 지역을 보호하기 위한 연줄이 수두룩하다. 온천물처럼 황금이 솟구치지 않는 한은 채굴 특권장을 얻기는 불가능하리라. 나이 많은 광맥잡이라면 그 정도는 알 텐데.

"산중 녀석들도 인간이 영역을 넘어 들어오면 어떻게 해야 하느냐고 물어. 사냥꾼이면 정정당당히 싸우면 된다고 하겠지만, 무기다운 무기도 없고 사냥감을 쫓는 것도 아닌 듯해서 저쪽도 고개를 갸웃대고 있다고."

호로는 참모습이 늑대라 일반 동물들과도 대화가 되는 듯하다.

이 온천장도 산간 마을, 거기에서도 마을 변두리에 있으니 거의 산속이다. 보통 온천장 같으면 온종일 산짐승의 습격을 받아 도저히 영업을 할 수 없을 테지만, 호로가 짐승들에게 엄명을 내린 덕분에 피해를 면하고 있다.

그 대신 이따금 탕 안에 곰이 들어와 있거나, 사냥꾼에게 쫓기다 다친 짐승이 구사일생으로 도망쳐 들어올 때가 있으니—이른바 '공존(共存)'이다.

"그럼, 산에서 뭔가를 찾고 있다는 거네."

"우옴."

호로는 빵을 다 먹고는 가늘고 우아한 손가락을 핥고 있다. 딸아이가 태어난 후로 되도록 저런 짓은 안 하려 노력하는 것 같던데, 오랜만에 저런 모습을 보니 시간이 되돌아간 듯한 착각이 든다.

게다가 딸인 뮤리랑 하는 짓이 똑같다.

"하지만 찾고 있는 게 그게 전부는 아닌 듯한데, 그걸 모르겠어."

"무슨 소리야?"

로렌스가 되묻자 호로가 어이없다는 듯이 쳐다본다.

한숨을 폭 쉬고는 항아리로 손을 뻗어 자기 컵에만 술을 따랐다.

"숙소를 전전했잖아? 게다가 탕에도, 방에도, 춤, 노래에도 관심이 없어 보이고. 그렇다면?"

"…아아, 그렇구나!"

게다가 오래된 온천장부터 차례로 돌고 있는 것 같다는 말을 빵 가마 앞에서 여종업원들도 했었다. 마을 안 온천장에서 무언가를 찾고 있는 중이라면 이해가 간다.

"그런 이야기를 들은 적이 있지…. 부자 상인이 여행을 하다가 들른 도시에서 병으로 쓰러져. 그리고 자신의 은닉 재산이 있는 곳을 집안 어딘가에 몰래 써 두었다는."

로렌스는 우스갯소리처럼 말을 하다가 문득 표정이 진지해졌다.

"혹시… 진짜 그런 거 아냐?"

"음?"

"씀씀이가 무시무시하잖아. 뤼미오네 금화라니, 본 지 몇 년은 됐다고. 뭔가를 찾고 있는 거라면, 그런 씀씀이는 찾고 있는 것에 상응한다고 보는 게 이치에 맞겠지. 뇨히라의 온천객들은 대부분 지위나 명예, 아니면 재산이 많은 자들이라고."

"흠. 그럼, 그자는 온천장을 전전하며 숨겨진 전설을 찾는 한편, 도시락을 들고 다니며 산에 묻혀 있을 보물을 찾고 있는 중인 거야?"

"유언장이나 특권장 같은, 부피가 없는 보물일 수도 있겠지."

로렌스가 진지하게 고심하기 시작한 반면, 호로는 한숨을 폭 쉬더니 로렌스의 베이컨으로 손을 뻗었다.

"야, 그건 내 거야."

"멍청이한테는 과분한 아침밥이야."

그러고는 꿀꺽 먹어 버린다.

호로는 손가락에 묻은 기름을 핥아 낸 뒤, 기가 차다는 투로 로렌스를 쳐다본다.

"그자가 탕에도 방에도 관심 없는 거 잊었어?"

"…앗."

"벽이나 천장 뒤에 단서가 새겨져 있다면 눈이 시뻘게져서 찾았겠지. 탕에 있는 축대 벽 뒤편 같은 곳, 그럴싸하잖아? 그리고, 그런 짓을 했다가는 눈에 띄게 돼 있어. 그자는 겨울 내내 이 마을 안을 어정대고 있는 중 아니었어?"

"그러게…. 으음…. 하지만 숙소를 전전하고 있는 이유가, 뭔가를 찾는 중이라는 설명이 딱인 것 같았는데."

"눈에 보이지 않는 무언가를 찾고 있는 거라면?"

"어?"

로렌스는 되묻는 동시에 놀랐다.

자신을 바라보고 있는 호로의 웃음이 몹시 쓸쓸해 보였기에.

"추억 같은 거."

"……."

호로가 멋쩍게 말하고는 의자에서 벌떡 일어선다.

그리고 가만있는 로렌스의 목을 뒤에서 팔을 둘러 꼭 끌어안았다. 금세 팔을 푼 것은 호로의 허세 탓이려나.

"자, 그럼, 나는 가서 바느질거리 정리해야 돼."

짐짓 명랑하게 말하고는 2층으로 후다닥 올라갔다. 로렌스는
그 뒷모습을 눈으로 좇으며, 탐스런 꼬리털이 계단 너머로 사라
질 때까지 지켜보았다.

호로는 추억에 매여 몇 백 년 동안이나 한 마을의 보리밭에 머
물렀었다. 그러는 사이에 고향으로 가는 길을 잊었고, 많은 것이
시간의 흐름 속에 사라져 버렸다. 보리밭을 떠나서도 여행을 하
며 들른 도시가 기억 속의 모습과 너무 달라 울상이 된 적도 있
다. 거기가 예전에 자기가 들렀던 곳임을 확인한 것은, 그곳에서
전해지는 전통요리의 냄새를 통해서였다.

야릇한 털가죽 삿갓을 머리에 쓰고 있는 이는 로렌스보다도 곱
절은 나이를 먹었을 성싶은 노인이다. 지난날의 추억이 이제는
또렷하게 떠오르지 않고, 그것을 찾기 위해서라면 그간 모은 금
화가 아깝지 않을 수도 있다.

이름도 잊었을 만큼 아득한 예전에 이 뇨히라에서 묵었던 온천
장에 다시 묵으면 산자락 어딘가에 남은 무언가가 떠오를지도 모
른다.

그 고집스러운 얼굴이 그런 뜻에서였다면.

로렌스는 싸늘히 식어 버린 삶은 콩을 입으로 가져가 씹는다.
차갑긴 해도 간이 스며 참 맛있다. 온천장을 오래 운영하다 보면
이런 식으로 하나둘 사연이 스며든다.

로렌스는 서둘러 식사를 마친 후 의자에서 일어섰다.

노상의 여관에서 나그네가 객사하는 일이 드물지 않다. 순례길에 있는 수도원이 주도해 병원을 짓기도 하는데, 운영비는 그곳에서 죽은 이들의 유언으로 조달된다. 유명한 순례길의 목 좋은 곳에 병원을 지으면 큰 돈벌이가 된다는 소문까지 있다.

뇨히라의 온천객 중에도 체류하다 사망하는 사람이 이따금 나오지만, 대개는 이곳에 오기 전에 유언장을 써 두고 오기에 해당 온천장이 막대한 재산을 이어받았다는 말은 들어 본 적이 없다. 고령인 손님이 많고 뇨히라의 위치 자체가 워낙 북방의 땅끝이라 손님들도 각오를 하고 오기 때문이리라.

또한, 향락적인 온천의 고장에 재산을 남긴다는 것이 다소 좋지 않게 들려서일 수도 있고.

그래도 객사 자체가 영 없는 것은 아니기에, 우선은 그럴 가능성부터 짚어 봐야 했다.

"그거야 라마니노프 씨네 온천장으로 옮겼을 때부터 대부분의 주인장들이 의심한 바지."

수수께끼의 손님이 로렌스네로 오기 직전에 묵은 온천장의 주인인 사일러스는 뚱한 얼굴로 말했다.

로렌스를 싫어해서, 경험이 일천하다고 무시해서 표정이 저런 것은 아니다. 네모꼴 얼굴의 반 이상은 곱슬곱슬한 수염이 뒤덮었고, 눈썹도 손가락 두 마디는 될 만큼 두툼하기에 표정을 분간하기가 어렵다. 그런 데다 원래부터 표정이 별로 없는 온화한 성격 때문인지 자주 오해를 산다고 했다.

말을 나눠 보면 참 괜찮은 사람이라는 것은, 로렌스도 금세 알았다.

"그런데 로렌스, 여기 온천장들은 어디든 경쟁이 심하잖나. 손님들이 가고 난 후에는 방을 어떻게 하지?"

"구석구석까지 청소하죠. 쓰레기를 잔뜩 두고 가니까요."

"그렇지. 지붕 밑, 지하실도 전부 그래. 청소를 게을리 했다가는 눈 깜짝할 새에 쥐나 부엉이가 둥지를 틀거든. 어디에다 유언 같은 것을 새겨 놓으면 누군가는 반드시 발견하게 돼 있지."

"딱 봐서는 모를 암호로 남겼을지도 모르죠."

그러자 사일러스는 별안간 기침을 하더니 계산대 위에 놓인 컵에 술을 붓는다. 여름 사이에 수확한 월귤로 만든 달콤새콤한 술이다.

로렌스 앞으로 컵을 쑥 내민 그 얼굴은, 가만 보니 웃고 있었다.

"그런 발상이 싫지 않아. 가끔은 이곳에도 자극과 모험이 있었으면 하거든."

칭찬이 맞는지 좀 알쏭달쏭했으나 술은 받아 둔다. 사일러스네가 담근 술은 달달하다. 온천장 주인들 대다수가 취미와 실익을 겸해 술을 담그지만, 사일러스는 그중에서도 특히 열심이다. 순수하게 맛좋은 술을 마실 수 있어서 기쁘고, 아무리 멍청한 소리를 했어도 술 탓으로 돌릴 수 있으니 더 고맙다.

"하지만… 아무래도 그 손님은 온천장 안을 조사하러 다니는 것 같지는 않아. 어느 온천장이든 쥐가 어딜 뛰어 다니나 하는 것까지 다 파악하고 있을 텐데 하나같이 똑같은 소리들을 하거든."

그렇다면 한밤중에 몰래 지붕 밑을 뒤지는 일은 없는가 보다.

"낮에 어디로 가는 것인지는?"

하고 묻자, 사일러스는 얼굴만큼이나 투박한 어깨를 으쓱했다.

"어느 가게나 손님들이 떠난 지 얼마 안 됐지. 바쁜 낮 시간에 그런 걸 조사할 틈이 있겠나."

사일러스도 술을 핥듯이 마시고 눈을 감더니 고개를 살짝 외로 꼰다.

좀 달게 됐네, 하고 중얼거리는 것으로 보아 역시 술에는 어지간히 공을 들이는 모양이다.

"사냥꾼이나 벌목꾼들의 말에 따르면 마을로 이어지는 샛길들을 더듬고 있다더군. 가끔 거기에서 벗어날 때도 있고. 사냥터를 뒤집어서 곤란하다고 사냥꾼이 불평하더군."

호로가 산짐승들에게서 들은 이야기와도 들어맞는다.

"그런데 이제 와서 그건 왜?"

사일러스가 툭 말을 뱉었다.

"이제 와서, 라니요?"

"흠…. 나쁘게 받아들이진 말게. 그 손님은 그쪽에서 묵고 나면 아마 돌아갈 거야."

그 한마디로 사일러스가 말하려는 바를 알았다.

"그렇죠. 이제 와서 제가 조사를 해 봐야 무슨 소용인가, 제 생각도 그렇긴 합니다."

수많은 온천장의 선배들이 고개를 갸웃한 뒤이니 쓸데없는 짓이다. 그런데도 굳이 이러는 데에는 무슨 특별한 이유가 있어서가 아닌가?

"태반은, 단순한 호기심이죠. 전직 행상인이라."

"호기심."

같은 시간을 반복하는 마을 내에서는 이질적인 단어이리라. 곰 같은 사일러스가 흥미진진하게 읊조린다.

"나머지는?"

"긍지, 라고나 할까요."

무슨 소리를 하건 술 탓. 로렌스는 그렇게 여겨지도록 술을 마신다.

"이곳은 뇨히라죠. 온갖 갈등은 온천에 녹이고 다들 웃으면서 지내는. 그러니 웃으면서 돌아가시기를 바라지 않겠습니까?"

그 노인의 고집스런 얼굴을 떠올린다.

"신참은 이런 점을 우직하게 지키는 정도가 딱이지 않을까 싶고."

게다가 상대는 금화를 척척 내놓는 고객이니까요, 하고 덧붙인다.

사일러스는 눈을 끔벅이고는 머리를 벅벅 긁었다.

"하기는. 그런 풋내 나는 말은 신참 아니고선 못 하지."

"여러분이야 다들 유황 냄새가 흠뻑 배어 있으니까요."

맞는 말이야, 하며 사일러스는 어깨를 들썩이며 웃고는 등줄기를 쭈욱 폈다. 그러고는 온천장 입구 쪽으로 고개를 돌렸다. 마치 노인이 그쪽으로 나가는 것을 본 것처럼.

"나쁜 손님인 것 같진 않았네."

사일러스는 조용히 말했다.

"지불은 확실했고, 쓸데없는 불평도 안 하지."

"아침 일찍 도시락을 싸 달라는 요구는요?"

"내가 취사장 여종업원에게 싫은 소리를 들었지."

로렌스가 웃자, "그리고 또 한 가지." 하고 덧붙인다.

"내 마음에 든 점은, 그 손님이 상당히 술을 좋아한다는 거야. 게다가 맛이 있다는 듯이 정중하게 마셔 줬거든. 여기 오는 손님 치고는 드물게."

"다들 부어라 마셔라 하니까요."

사일러스는 입구로 향한 눈을 가늘게 뜨며 나직이 한숨을 내쉬었다.

"손님은 무뚝뚝한 얼굴로 우리 가게를 나갔는데, 되레 내가 손님 덕에 기뻤지. 온천장 주인으로서의 내 눈과 혼은 온천의 김 때문에 흐려진 건지도 몰라."

사일러스는 시선을 손끝으로 되돌리고는 자랑스러운 술을 마신다.

"일전에 자네가 제안한 그 기묘한 축제 건도 그래. 나날의 생활 속에서 우리는 조금씩 마모되어 가지. 강물의 돌이 둥글둥글해지는 거야 괜찮지만, 타성에 떠밀려 흘러가기도 쉬워지거든. 우뚝 서서 버텨 내질 못하게 돼. 이윽고 일상에 익숙해져서는, 자극을 원하면서도 변화를 그냥 눈감아 버리고 말지. 소중한 사람에게 중요한 말을 미처 전하지 못하게 되거나, 그야말로 뇨히라에 머무르면서도 내내 인상만 쓰는 손님을 보고도 못 본 체하기도 하고."

사일러스는 거기까지 말하다가 돌연 입을 다물었다. 어딘지 모르게 슬퍼 보이는 얼굴을 수그리더니 술에 비친 자신에게 말하듯 중얼거린다.

"쓸데없이 말이 너무 많았군."

수염 너머로 부끄러운 기색이었다.

로렌스도 술을 마시고 말했다.

"저는 요 정도 단맛이 좋더라고요."

사일러스가 고개를 들고 허허 웃는다.

"그거야 자네 가게 분위기가 달달해서 그렇겠지."

"저희 가게요?"

"손님들 사이에 평판이 자자해. 거기 온천장에서는 악사들의 노래, 무희들의 춤보다 주인 부부의 대화를 보고 있는 게 더 재미있다고. 뇨히라 온천장의 귀감이야."

"……."

표정을 위장하는 데는 일가견이 있는 로렌스였지만 제대로 얼버무린 것 같지 않다.

사일러스는 참으로 재미있다는 듯이 눈꼬리를 늘어뜨리고 술을 마셨다.

"옳거니. 뮤리가 그렇게 천진난만한 딸아이로 자란 이유를 알겠군."

사일러스의 온천장도 이 시기에는 손님들이 모두 돌아가 고요하다.

그런 곳에 사일러스의 차분한 말투가 부드럽게 울린다.

낯이 뜨거운 것은 술 때문.

로렌스는 그렇게 자신을 다독였고, 사일러스는 그런 모습을 보며 웃었다.

"그 손님에 관해서는 나도 최대한 협조함세."

헤어질 때 사일러스는 그렇게 말하며 손을 흔들었다. 본의 아니게 사일러스네 가게에서 꽤 오래 머물렀다. 겨우내 숙성시킨 이런저런 과일주를 대접받은 덕에 귀갓길에는 흠뻑 취해 있었다. 사일러스는 점심도 먹고 가라고 권했으나 거기에까지 응하는 것은 민폐다.

수수께끼의 손님 일도 있고 하여 로렌스는 술대접에 대한 인사를 한 뒤 자리를 떴다.

걸음을 내디디니 취기가 돌아 후들대는 다리를 간신히 버텨 가며 자신의 가게에 도착하자, 호로와 한나가 식당에서 나란히 바느질을 하고 있다. 돌아온 로렌스의 얼굴을 보자마자 두 사람이 미간을 좁힌다.

"기분 참 좋아 보여?"

여자들에게 바느질거리를 떠맡기고 자신은 술을 마시고 왔으니 대꾸할 여지가 없다.

머리부터 얌전히 씹히자며 반성의 뜻으로 고개를 숙인 탓인지 더 취기가 도는 것 같다.

"사일러스 씨네는… 히끅. 술이 맛있어…서…."

"하여간, 이 멍청이가."

호로가 삼베 시트를 긴 탁자 위에 내려놓고 의자에서 일어나 로렌스의 곁으로 바짝 다가선다.

한 방 얻어맞겠구나 했는데, 로렌스를 어깨로 받쳐 주었다.

"침실에 술 냄새가 배면 안 되니까. 한나, 물과 모포 좀."

"예~ 예~"

그럴 줄 알고 있었다는 투로 한나도 의자에서 일어선다. 로렌스는 그런 광경을 눈으로 좇고 있다가 호로가 이끄는 대로 옆방으로 갔다.

바닥에 화로가 설치되어 있고 깔개가 깔린 방이다. 천장 대들보에 마을 인근에서 잡은 짐승의 고기와 생선을 널어 훈제를 하거나, 밤에 잠이 오지 않는 사람들이 마른안주를 씹으며 술을 마시기도 하는 곳이다. 때로는 대낮부터 술에 취해 방으로 가는 계단마저 올라갈 수 없게 된 손님을 재우는 곳이기도 하다.

로렌스는 버려지듯 눕혀져, 멍하니 그을음 낀 천장을 올려다보았다.

십여 년 만에 보는 가게 천장은 오래된 것 같기도 한데, 가만보니 아직 새것이다.

나무 틈새가 보이지 않을 만큼 그을음이 배어야 비로소 어엿한 온천장이 된다고 한다.

서서히 감겨드는 눈꺼풀에 저항하며 '이제부터야, 이제부터' 하고 속으로 중얼거린다.

"자, 아직 자지 마."

의식이 꺼지기 직전에 머리가 들리더니 입에 무언가가 밀려든다.

"물을 좀 마셔 두는 게 좋아."

진지한 호로의 얼굴이 이쪽을 내려다보고 있다. 걱정해 주는 건가 생각하니, 좋아서 웃음이 난다.

"이 주정뱅이, 실실대지 말고 어서 마셔!"

야단을 맞은 뒤 차가운 물을 마신다. 온천 열로 눈을 녹인 것이리라. 매일 강에서 물을 길어 오기는 힘이 드니 어느 온천장이든 대개 이렇게 눈을 녹여서 쓴다.

버릴 온천물에 눈 담은 항아리를 담가 두는데, 온천 김이 녹아들어서 처음 마셨을 때에는 유황 냄새가 코를 찔렀다. 하지만 이제는 이것이야말로 뇨히라의 물이다 싶다.

"하여간. 대낮부터 이렇게 맛있는 과일주 냄새를 풍기고…. 월귤, 까치밥나무… 으, 나무딸기까지 있어?"

냄새를 분간하듯 코를 킁킁대더니 원망하듯 호로가 말한다.

"맛, 좋았지. 물이… 중요, 하대."

로렌스는 웃으면서 말하다가 이마를 찰싹 얻어맞았다. 잠시 후 한나가 모포를 덮어 주고, 내친 김에 화로에 불붙은 숯을 넣고 장작도 조금 보탠다.

"멍청이. 빚 하나 진 줄 알아."

호로는 그러면서 대낮부터 실컷 술 퍼마실 권리를 확보한다.

로렌스가 웃으면서 눈을 감자 한숨 쉬는 소리가 들렸다.

그러다 갑자기 머리가 들리고, 바닥과 머리 사이에 부드러운

것이 끼어들었다.

"……?"

한쪽 눈을 뜨자, 머리 위에 천이 덮였다.

"어푸! 뭐, 뭐야?"

"으응?"

천을 치우자 조금 짓궂게 웃고 있는 호로의 얼굴이 보인다.

한나에게 바느질거리를 받아 온 모양이다.

"나만 일을 하면 배 아프잖아?"

주정뱅이 남편에게 무릎베개를.

거기까지만 하면 기특하고 어여쁜 아내이겠으나, 남편 얼굴 위에 바느질거리 천을 올려놓는 것이 호로답다.

"싫다면 치울 수도 있는데?"

여기에서 싫다고 말을 했다가는 사흘은 말도 못 붙이게 할 게 뻔하다.

로렌스는 포기하듯 한숨을 짓고 눈을 감았다.

호로가 숨죽여 웃는 소리가 무릎에서 전해진다.

그리고 손가락 빗질로 머리를 쓰다듬는 것을 느끼는 사이에 잠에 빠져들었다.

문득 정신이 들고 보니 침실과는 다른 천장이 눈앞에 있었다.

늘어지게 낮잠을 잔 죄책감과 더없는 편안함을 한데 버무려 하품을 한다. 왠지 피곤한 느낌이 드는 것은, 조금 전까지 호로가 던지는 도토리에 얻어맞는 꿈을 꾼 탓인가. 퉁퉁, 머리를 가볍게 두드린다.

어째 이상하게 모포 안이 따스하다 싶었는데, 호로가 있다. 쿨쿨 나직한 숨소리를 기분 좋게 내고 있다. 낮잠 자는 동안에는 짐승 귀를 가리는 쓰개를 벗어도 되잖아, 하며 벗겨 주려다가 손이 멈칫 했다.

똑똑똑, 물 떨어지는 독특한 소리가 들렸다.

순간 '비가 새나?' 했으나, 아니다. 이 소리는 뭔가 더 크고 중요한 일을 생각해 내라고 로렌스에게 경고하고 있다. 그렇다. 꿈속에서 호로가 던진 것도 도토리가 아니라….

그 직후.

번쩍 고개를 들어 온천장 입구를 쳐다보았다.

"……."

거기에는 눈에 푹 젖은, 수수께끼의 그 손님이 서 있었다.

"아, 이거 죄송합니다!"

도토리로 머리를 맞는 꿈은 바닥을 타고 전해지던 발소리다.

온천장 주인이 태평하게 낮잠이나 자는 추태를 대놓고 들켰다. 허겁지겁 몸을 일으키려다가 호로가 매달리듯 자고 있는 것이 생각났다. 새삼 얼버무릴 수 있는 것도 아니건만 모포를 당겨 호로를 감춘다.

노인은 이쪽을 빤히 쳐다보고 있다.

로렌스는 경직된 웃음을 지을 수밖에.

…으~… 당신~? 그런 먹먹한 음성이 모포 속에서 들려온다.

무시하고 호로를 드러낸 후 모포로 머리를 둘둘 말아 단숨에 짊어졌다. 어엉? 왜, 왜 이래?! 하고 모포 속에서 호로가 버둥댔으나 못 들은 척한다.

"잠시 기다려 주십시오! 몸 닦으실 수건과 불을 바로 대령하겠습니다!"

로렌스는 입구에 우뚝 선 노인에게 외친 뒤 후다닥 2층 침실로 호로를 짊어지고 올라갔다. 노인이 그런 모습을 물끄러미 눈으로 좇고 있는 것이 따갑도록 와 닿았다.

어떻게 이런 꼴을!

호로의 귀와 꼬리를 들키지는 않았겠지만 온천장의 품위 문제다.

둘둘 싼 호로를 침대에 던진 후, 비난의 목소리도 무시한 채 1층으로 내달렸다.

화로와 난로 양쪽에 모두 장작을 수북이 넣고 젖은 물건을 말렸다. 다른 손님은 없는 데다 금화를 내놓은 고객이니 아무리 극진히 대접해도 과하지 않다.

하지만, 몸 좀 따스하도록 탕에 들어가시겠느냐, 저녁 식사를 하기 전에 가볍게 뭐 좀 드시겠느냐, 낮에는 어디를 다녀오셨느냐 하며 아무리 말을 걸어도 입을 꾹 다물고 있기만 했다. 이따금 고개를 가로젓거나 숙이기도 하니 아예 무시하는 건 아닌 듯하지만, 참으로 대하기가 난감하다.

얼빠진 꼬락서니를 들켜서 찔린 마음에 로렌스는 더 쩔쩔맸다.

하지만 과잉대응을 했다가는 거꾸로 기분을 상하게 할 수도 있겠기에, 필요한 것이 있으면 말씀해 달라고만 한 뒤 가만두었다.

사일러스와 여러모로 이야기를 나누고 온 직후라 노인에게 물어보고 싶은 것이 많기는 하다. 물론 노인을 위해서도. 그가 웃으면서 돌아갈 수 있도록 돕고 싶었다.

일단은 눈 범벅이 되어 돌아온 것으로 보아 내내 산을 돌아다녔다는 것은 알겠다. 저토록 필사적으로 무언가를 찾고 있는데도 성과가 없었다는 것도 알겠다.

하지만 대체 무엇을?

생각하면 생각할수록 수수께끼라고, 취사장에서 한나에게 푸념 비슷한 것도 했다. 둘둘 말려 침대에 던져진 호로가 화가 나서 침실 밖으로 나오지 않고 있기에, 수수께끼의 손님이 화로에서 불을 쬐고 있는 동안 달리 있을 데가 없었기 때문이다.

"부인께서 말씀하신 약초꾼 얘기가 저도 그럴싸하기는 해요."

저녁 식사 준비를 하면서 한나는 그렇게 말했다. 눈에도 지지 않고 겨울 사이에 자라나, 기분 나쁠 만큼 초록빛이 진한 풋나물을 썩둑썩둑 잘라 냄비에 털어 넣는다.

"그럴 만한 이유라도?"

"방금 데운 포도주를 드렸는데, 눈을 드시더라고요?"

"눈? 찬물이 마시고 싶었나?"

추운 바깥에서 들어왔기에 뜨거운 것을 대령했는데, 그게 잘못이었나? 몸을 심하게 움직여서 목이 바싹 말랐었나?

"그런 느낌은 아니었거든요. 그래서요."

냄비에 육포와 양배추 초절임을 넣고 소금을 듬뿍 친다.

"느릿느릿 확인하듯이 드시더라고요. 어디가 좀 안 좋은 거죠."

로렌스는 한나의 말이 이해가 되지 않는다. 어리둥절하여 쳐다보자 한나는 뜻밖이라는 표정을 지었다.

"어머, 모르세요?"

"뭘?"

"올리브를 키우는 남쪽에서는 눈이 약으로 팔린다잖아요. 두통, 복통, 발열, 치통에 잘 듣는다고. 귀족님네들이나 살 수 있지만."

로렌스는 고개를 가로저었다. 그렇게까지 남쪽으로 내려가 본 적은 왕년의 행상인 시절에도 없었다.

"남쪽에도 겨울에는 높은 산 위에서 눈을 얻을 수 있거든요.

그걸 고리짝에 꽉꽉 담아서 배에 산더미처럼 실어 운반한대요. 그런 후 땅을 파서 묻어 두었다가 날씨가 더워지면 판다나요? 원래 공짜니까 돈벌이가 짭짤하다는데, 지역이 다르면 풍속도 다르다는 그런 얘기죠."

아하, 하고 로렌스는 감탄의 한숨이 나왔다. 그런 것은 큰 상회가 대규모 유통망을 이용해서나 할 수 있는 장사다. 그들의 수완이면 하늘에서 얼마든지 퍼부어 내리는 것도 금화로 둔갑한다.

"그럼… 남방 사람인가?"

그것도 눈을 약이라 여길 만큼 추위와는 거리가 먼 남쪽 나라. 그야말로 나도 가 본 적이 없는, 이야기로만 들어 본….

로렌스는 거기까지 생각하다 "앗!" 하고 소리 질렀다.

화덕 안의 불을 들여다보고 있던 한나가 의아하여 쳐다본다.

"혹시—"

후다닥 돌아서다 누에콩이 담긴 소쿠리를 걷어차고 만다.

"으윽! 앗!"

그 여세에 산산이 흩어진 누에콩을 줍는다. 뒤에서 한나의 웃음소리가 들렸다.

"하여간 주인어른도 덜렁대시기는."

면목없어하며 어깨 너머로 어설픈 웃음을 지어 보이는 수밖에.

"됐어요. 나머지는 제가 할게요. 무슨 생각이 떠오르신 건지 모르겠지만."

굳이 말하자면, 더 이상 내 구역을 어지럽히지 말라는 뜻일 테지.

"그럼 미안하지만 나머지는 좀 치워 줘…."

한나는 웃으면서 어깨를 으쓱였다.

로렌스는 소쿠리를 제자리로 돌려놓고 그대로 취사장을 나선다. 그리고 계산대 밑에 둔 거친 종이와 잉크병을 꺼냈다. 추위에 얼지 않았을까 했는데 괜찮은 것 같다. 깃털 펜도 낚아채듯 움켜쥐고 화로가 있는 방으로 갔다.

수수께끼의 손님은 화롯불을 바라보며 여전히 눈을 먹고 있었다. 느릿느릿 음미하듯, 모든 것을 몸에 흡수하려는 듯이. 마치 은자처럼도 보이는 노인이 로렌스의 발소리를 듣자 고개를 든다.

로렌스는 "실례합니다."라고만 한 뒤 화로 반대편에 앉아 펜을 들었다.

그리고 자신이 아는 모든 언어로 인사말을 써서 종이를 노인에게 내보였다. 노인은 놀란 듯이 눈이 휘둥그레져서 로렌스를 쳐다보았다.

로렌스가 종이에 쓰인 인사말을 하나씩 가리키자 노인이 대낮에 용을 본 것 같은 표정으로 한 문장을 가리켰다. 로렌스도 놀랐다. 노인이 짚은 것은 세상의 온갖 곳… 아니, 천국에서도 통할 문자, 그러나 교양이 있어야 읽을 수 있는 교회문자였기에.

"당신은… 대체?"

얼결에 되묻는다. 노인이 대답하듯 입을 벌렸다가 이내 닫았다. 그 대신 로렌스가 쥔 종이와 펜을 가리켰다. 로렌스가 즉시 두 가지를 내밀자 노인은 수긍하듯 살짝 인사한 후 사락사락 글자를 쓰기 시작했다. 노인은 무뚝뚝한 것도 편협한 것도 아니었다. 그저 말이 통하지 않았을 뿐이다.

게다가 머나먼 남방 지방에서 왔으니, 불과 얼마 전까지만 해도 이교도의 땅이라 여겨지던 오지의 온천마을에서, 설마하니 온천장 주인이 교회문자를 쓸 수 있으리라고는 생각지 못했으리라.

하지만 이곳에서 오래 묵고 있었으니 각계각층의 고위 성직자들이 많다는 것도 알았을 텐데? 언어가 정 불편하면 그들을 통해 온천장 주인들과 대화할 수도 있었는데?

좀 이상하게 여기고 있자, 노인이 쓴 것을 내밀어 보였다.

"이건…."

로렌스가 눈으로 묻자 고개를 끄덕인다.

거기에는 이렇게 쓰여 있었다.

—나는 어느 지체 높은 분의 명을 수행하러 이곳에 왔습니다. 그러기 위해 이 마을에 있을 특별히 맛있는 물이 필요합니다. 그러나 어느 곳의 눈도 샘물도 특별하게 여겨지질 않으니, 혹시 아는 것이 없으십니까?

유려하고도 단정한 글씨체였다.

약초꾼이라는 말이 떠오른다. 그리고 한나에게 들은, 눈을 약으로 쓴다는 말.

이 노인이 목적을 쉬이 발설하지 않은 것은, 그 약을 필요로 하는 이가 지체 높은 분이라서다. 지위 있는 자는 약점을 보이면 표적이 된다. 그러니 주위에 병환을 감추어야 했으리라. 뇨히라의 온천객 중에는 남방에서 오는 이들도 많다. 교회문자를 사용할 만한 손님에게 대화의 중개를 부탁했는데, 혹여 자신이 모시는 주인과 적대하는 세력의 인물이기라도 하면? 그러니 약을 찾고 있다는 말을 함부로 하기 주저되었으리라.

노인의 얼굴이 고집스런 기색인 것도 이로써 이해되었다.

"저는⋯."

로렌스는 대답을 하려다가 노인이 이 지역 말을 거의 알아듣지 못한다는 것을 떠올렸다.

고개를 가볍게 숙인 후 펜과 종이를 다시 받아 들고 쓴다.

저는 잘 모릅니다만, 잘 아는 사람에게 물어보겠습니다.

노인은 글을 읽더니 고개를 들었다가 다시금 깊이 숙였다.

하지만 로렌스는 역시 묻지 않을 수 없었다.

왜 제게 그 목적을 말씀하셨습니까?

혼자서는 도저히 찾을 수가 없어서인가, 하고 로렌스는 생각했다. 노인은 잠시 곤혹스러운 표정을 짓다가 펜을 쥐었다. 거기에는 짤막하게 이렇게 쓰여 있었다.

―당신은 신용해도 될 것 같았습니다.

뭘 보고 그리 생각했는지. 로렌스는 두통과 더불어 짚이는 바가 있었다. 신용이라기보다는, 이자들이라면 얼마든지 통제할 수 있겠다 싶은 거겠지.

그래도 신용해 준다면야 물론, 뭐. 그 점에는 자신 있게 고개를 끄덕이면서도, 사실은 멍청할지도 몰라요, 라고 변명하고픈 유혹만큼은 꾹 참아 냈다.

산중에서 무언가를 찾으려 한다면 이곳에는 참으로 믿음직한 이들이 있다.

개중에서도 가장 믿을 만한 자에게 물으면 노인이 원하는 맛있는 물인지 뭔지도 단박에 찾아지겠지. 뇨히라의 산에 관해서라면 당장 모든 것을 알 수 있으니까.

문제는 그 이른바 신과 같은 존재가 조금 전 로렌스에게 둘둘 말려 침대에 내팽개쳐진 탓에 삐쳐 있다는 점이었다.

빈손으로 올라가 봐야 핀잔만 들을 테니, 로렌스는 털가죽 상의를 걸치고 우선 사일러스네 온천장으로 향했다. 호로도 칭찬해 마지않은 양고기 안심살 소금절임을 옆구리에 끼고서. 낮에 대접받은 인사도 겸해 호로를 회유할 술을 조달할 심산이었다. 그리고 술 담그는 것이 취미인 사일러스라면 약이 될 만한 맛있는 물에 관해서도 알 듯싶고.

이미 느지막한 오후라 해가 산기슭 너머로 기울자마자 마을이 급속히 어두워진다. 평소의 뇨히라였으면 물속에 불이 꺼지지 않는 초를 살며시 담근 것 같은 느낌이 들 무렵이다. 성수기에는 야간 연회 준비로 한창 바쁠 시간이나, 이 시기에는 손님이 없으니 한가할 것이다.

사일러스네 온천장으로 들어서자 아들들이 긴 탁자에 앉아 머리를 맞대고 있었다. 나무 알과 막대를 조립한 계산기 사용법을 배우고 있는가 보다.

뮤리의 소꿉친구인 카무도 있다. 카무는 로렌스를 보자 등을 쭉 펴고 뻣뻣한 웃음을 지었다. 청혼할 상대의 부친에게 애교가 담긴 웃음을 보여야 할지, 아니면 남자답게 굴어야 할지 갈등하는 표정이다.

로렌스가 안심시키듯 미소 짓자 카무도 조금 긴장이 풀린 기색이었다.

"아버지는?"

"아, 예. 아버지는 뒤뜰에서 장작을."

"고맙다."

로렌스는 그런 후 가볍게 덧붙였다.

"공부 열심히 해라."

"예!"

카무는 힘차게 대답하고는, 멍하니 그 모습을 쳐다보고 있던 아우의 머리에 꿀밤을 먹였다.

들은 대로 뒤뜰로 가자, 벗은 웃통에서 김을 피워 올리며 사일러스가 도끼를 한 손에 쥔 채 한숨 돌리고 있었다.

"오, 웬일인가?"

"낮에 대접받은 인사로."

옆구리에 끼고 있던 꾸러미를 건넸다. 받아 든 사일러스가 내용물을 살펴보더니 눈이 휘둥그레진다.

"이건… 나도 장사 수완이 꽤 좋아진 모양이야. 얼마 안 되는 술이 훌륭한 고기로 둔갑했네."

"인사도 들었고, 여쭙고 싶은 것 하나, 부탁드릴 말씀 하나도 포함해섭니다."

로렌스가 천연덕스럽게 한 말에 사일러스는 어깨를 들썩이며 웃었다.

"뭐든지 물어보게. 이건 술을 부르는 좋은 고기야."

사일러스는 고기를 다시 싼 후 장작이 쌓인 곳에서 이어진 취사장으로 고기를 두러 갔다가 돌아와 다시 도끼를 집었다.

"장작을 패면서 들어도 되겠나?"

"그럼요."

사일러스는 고개를 끄덕이고, 쳐든 도끼를 자연스럽게 툭 떨어뜨린다. 듣기 좋은 소리와 함께 장작이 둘로 쪼개졌다.

"그 노인분이 무엇을 찾고 있는지 들었습니다."

그루터기 위에 장작을 놓던 사일러스가 시선만 돌려 로렌스를 본다.

"머나먼 남쪽 나라에서 왔는지, 과묵한 것은 그냥 말이 통하지 않아서였던가 봅니다."

"그런데 어떻게 대화를?"

"교회문자요. 행상을 하다 보면 가끔 필요하거든요."

"…술을 얼마나 제공하면 우리 아들 녀석들에게 가르쳐 줄 수 있겠나?"

정말 배우고자 한다면 체류객들에게 부탁하면 된다. 사일러스 나름의 농담이다.

"언제든 말씀하십시오. 그런데, 그 손님께서는 맛있는 물을 찾고 계신답니다."

"맛있는 물."

"남쪽에서는 눈을 약으로 쓰는 관습이 있다나요? 아마 그런 목적인가 봅니다."

사일러스는 먼 산을 바라보는 눈빛을 하면서도 몸만은 멈춤 없이 장작을 쪼갠다.

"옳거니. 기적의 샘에서 장수를 얻고, 병이 낫고 하는 거야 흔한 미신이지."

"죽은 사람도 눈을 번쩍 뜨게 할 맛있는 물이 있는 곳, 좀 아는데 없으십니까?"

"있지. 자네도 낮에 마셨잖나."

"술 담글 때 쓰나요?"

"그렇지. 웬만한 손님들은 강물로도 충분하고, 술 취한 사람이야 눈 녹인 유황 냄새 나는 물도 괜찮지. 하지만 맛을 아는 손님에게 내놓는 술을 담글 때에는 꼭 그런 물을 써야 해. 또는 금화를 척척 내놓는 고객에게도."

"가르쳐 주실 수 있습니까?"

최상급 양고기 안심살을 가져온 데에는 이유가 있다. 술 담그는 것이 취미라면 그런 물이 어디 있을지 짚이는 바가 있을 거라 생각했다.

그러나 혹시 맛의 비밀이 그 물이라면 선뜻 남에게 가르쳐 줄리가 있겠는가.

"―라고 생각하는 얼굴이로군."

사일러스는 로렌스의 속마음 그대로를 말하고는 웃었다.

"비밀도 뭣도 아닐세. 사냥꾼들이 '회색 늑대의 길'이라 부르는 샛길을 북쪽으로 따라가다 보면 뚝 잘린 계곡을 맞닥뜨리지. 몸을 간신히 집어넣을 수 있을 데까지 들어가면, 아무리 추워도 절대 얼지 않는 샘이 나오거든. 거기 물이 일품이야."

"오오…. 아, 고맙습니다."

너무도 선선히 가르쳐 주기에 맥 빠져 하며 로렌스가 인사하자 사일러스가 투박한 어깨를 으쓱인다.

"마을 일원이면 다들 아는 건데, 뭐."

한순간 자신의 앞에 선이 그어진 것 같았다.

하지만 상대를 신뢰한다면 이렇게 해석할 수도 있다.

로렌스 자네도 이젠 알아도 될 때가 됐네, 라고.

"이 보답은 꼭."

"이미 받았네."

사일러스는 웃고, 다시 장작을 패기 시작한다. 로렌스는 상인의 버릇대로 인사를 한 번 더 할 뻔했다가 꾹 참았다. '동료'라면 그건 되레 실례다.

"집으로 갈 거면 카무에게 말해서 좋아하는 술을 받아 가게. 낮에 취해서 갔다가 예쁜 마누라한테 혼났지?"

"…대충 맞습니다."

"다들 그렇거든."

사일러스의 웃음에 로렌스는 항복의 한숨을 내쉰다.

"그럼 다음에 또."

"그러세."

이제 이쪽을 보려고도 하지 않는다. 로렌스도 뒤돌아 밖으로 나가 술을 받았다.

사일러스네 온천장에서 멀어진 후 돌아다보니, 어스름이 내리는 가운데 멋들어진 온천장이 고즈넉이 서 있었다.

사일러스에게 얻은 술을 호로에게 주어 간신히 마음을 달랜 뒤 물에 관해 물었다. 한나도 산나물을 채취하러 산에 들어가기에 물어보니 사일러스가 말한 곳의 물이 제일이라고 했다.

뭐야, 이런 줄 알았으면 사일러스에게 술을 얻어 오지 않아도 되었을 뻔했다는 속마음을 조금이라도 들켰다가는 호로에게 깨물린다. 맛있는 술에 기분이 날아가는 모양이라 그냥 된 것으로 쳤다.

교회문자로 대화를 하게 된 노인은 '케레스'라고만 이름을 댔다. 주군을 위해 밀명을 띠고 와 있으니 본명은 아니겠지만, 상관없다.

현재 로렌스네 온천장에는 케레스 외엔 손님이 없어 참으로 고요하기에 저녁 식사를 함께하시면 어떻겠느냐고 제안했더니 흔쾌히 응했다. 표정은 여전히 까칠한데, 천성인가 보다. 식사는 적절하게 칭찬했고, 호로가 왕성한 식탐을 보이다가 로렌스에게 주의받는 모습을 보고는 아주 살짝 재미있다는 듯이 눈을 가늘게 떴다. 우리가 하는 짓이 손주들의 장난질처럼 비치는 것이 창피했지만, 케레스가 즐거워하면 온천장 주인으로서는 기꺼이 웃음거리가 되어야 한다.

이튿날. 물을 뜨러 가시는 길에 같이 갈까요, 라고 물은 로렌스의 제안에 케레스는 느릿느릿 고개를 가로저었다. 물 담을 도제 항아리만 빌려 달라고 했다. 자신의 임무라는 뜻이리라. 업무에 관한 자긍심이 마치 기사 같다.

'회색 늑대의 길'이 있는 위치와 그곳으로 들어가는 표식을 가르쳐 주고, 로렌스와 한나는 아직 날이 채 밝지 않은 시간에 케레스를 배웅했다. 호로는 춥다면서 침대에서 세상모르게 자고 있다.

케레스는 표정은 여전히 무뚝뚝했으나 뒷모습의 발걸음은 가벼워 보였다.

이로써 한 건 해결됐다며 로렌스는 만족스레 한숨을 돌렸다.

그리고 잠깐 더 자고 난 후 하루 일과에 매진하고 있던 점심 무렵.

돌아온 케레스의 얼굴은 척 보기에도 낙담한 기색이었다.

"물을 못 뜨셨습니까?"

사일러스의 이야기로는 아무리 추워도 얼지 않는다고 했지만, 산에서는 무슨 일이 일어날지 알 수 없다. 그런 생각에서 묻자 케레스는 천천히 고개를 저었다. 말을 이해한 것이 아니라 실망을 표한 것이리라.

"일단 젖은 것들은 좀 말리지요."

로렌스가 화로와 난로에 장작을 넣는 동안, 케레스는 끌어안은 도제 항아리 안만 들여다보고 있다. 고집스레 슬픈 얼굴로.

"이리로 오십시오."

몸짓으로 불을 권하자 케레스는 체념한 듯이 따랐다. 끌어안은 항아리도 로렌스가 공손히 받아 들어, 이런 때만큼은 얌전한 모습인 호로에게 건넸다. 그런 후 젖은 옷 말리기를 거들었다.

한바탕 일이 끝나자 케레스에게 따뜻한 포도주를 가져다주고, 로렌스는 식당에서 호로에게 슬쩍 귀엣말로 물었다.

"이 물이 아니야?"

호로는 항아리 속의 냄새를 맡은 후 고개를 갸웃댄다.

"이거 맞을 텐데?"

늑대의 후각이니 맛있는 물도 냄새로 알 것이다.

그렇다면 케레스는 왜 그렇게 낙담한 거지? 로렌스는 그러다 문득 깨달았다. 케레스는 어째서 이 물이 찾던 물이 아니라고 생각하지? 뒤집어 말해, 그는 대체 어떤 특성이 있어야 자신이 찾던 물이라고 생각할까?

"기적의 샘이라는 게 진짜 있어?"

로렌스가 불쑥 묻자, 호로가 뭔 소리냐는 투로 쳐다본다.

"왜, 회춘의 물이라든가, 상처가 낫는 물이라든가."

설명하자, 호로는 그런 뜻이었냐는 투로 고개를 끄덕인다.

"나도 그런 미신은 알아. 당신도 내가 줄곧 낮잠을 자고 있던 파슬로에 마을의 보리로 만든 **빵**을 먹어 본 적 있잖아?"

호로가 의리를 지키느라 몇 백 년 동안이나 보리 풍작을 돌봐 주었던 마을. 로렌스는 예전에 그곳을 행상로에 넣어 가끔 들르곤 했다.

그런데 갑자기 그게 뭐? 하며 어리둥절해 하자, 호로가 짓궂게 웃는다.

"당신은 나의 은혜로운 기적이 깃든 보리빵을 먹었지. 하지만 당신의 멍청함은 낫질 않았지."

"……."

로렌스가 한숨을 쉬자 호로가 키득키득 웃는다. 하지만 그것은 참으로 알기 쉬운 해답이었다.

"그렇다면…."

케레스는 물에서 실질적인 무언가를 기대하고 있나? 혹은 미신을 곧이곧대로 믿고 입에 대면 바로 알 수 있을 거다 싶은가? 뇨히라에서 가장 맛있는 물이라고 마을 사람들이 보장하는 물을 앞에 두고 로렌스는 고개를 외로 꼬았다.

그러고 있는데, 입을 꾹 다문 케레스가 불쑥 나타났다.

"앗, 실례… 어, 이것을?"

케레스가 도제 항아리를 도로 가져가고 싶어 한다. 로렌스는 물론 순순히 건넨다.

그러자 케레스가 테두리에 입을 대고는 무거운 듯이 내용물을 마신다. 눈을 감고 꿀꺽 넘긴다.

잠시 후 눈을 뜬 순간, 여전히 거기에는 실망한 빛이 있었다.

"맛있다…."

케레스는 이상한 발음이지만 그렇게 말했다.

"맛있다…."

한 번 더 말하고는 고개를 가로젓는다. 로렌스는 호로와 얼굴을 마주했다가 케레스를 본다. 케레스는 한숨을 푹 쉬고 항아리를 긴 탁자 위에 내려놓았다.

"달라."

또렷한 부정의 말. 로렌스가 뭐라 말을 하기도 전에 케레스는 몸을 돌려 버렸다. 무엇이 다르냐고 물으면 해결에 이를 방법을 찾을 수 있을지도 모른다.

케레스가 물에 기대하는 그 무엇인가가 어쩌면 미신일 수도 있다고 말해 주어야 한다.

그런 생각을 하고 있는데, 케레스가 화로 곁에 놓인 물건을 집어 들었다.

"…삿갓?"

호로의 말에 따르면 심지로 쇠를 이용한 털가죽 삿갓. 그런데 케레스가 삿갓을 뒤집어 안쪽 끈을 풀고 젖은 털가죽을 벗겨 냈다. 그것을 지켜보던 로렌스는 요술을 보기라도 한 것처럼 깜짝 놀랐다.

"냄비였어?"

그뿐 아니라, 배낭에서 작게 나뉜 여러 개의 자루를 꺼낸다.

사락사락 소리가 났다. 곁에 있는 호로를 쳐다보자 어깨만 으쓱였다.

"술."

케레스의 말에 로렌스는 정신이 확 들어 황급히 취사장으로 가려고 했다.

"달라, 술."

고개를 가로젓더니 술이라고 다시금 말했다. 손에 든 냄비 안에 삼베자루가 있다.

어제 호로가 한 말이 떠오른다. 케레스의 소지품.

자루의 내용물은 보리. 그렇다면, 들고 있는 냄비는.

"당신은… 양조직인이었던 겁니까?"

케레스는 로렌스의 말을 못 알아들었는지 눈살을 찌푸렸지만, 딱 한 번 더 "술."이라고 말했다.

냄비는 같은 모양의 쇠가 겹쳐 있어 두 개였다. 케레스는 한 냄비에는 떠온 물을 담아 화롯불에 얹고, 다른 냄비에는 삼베자루에 들어 있던 굵게 간 보리를 털어 넣었다.

"호오. 이 근방 대맥이로군."

호로는 보기만 해도 아나 보다.

케레스는 냄비의 물을 끓이면서 이따금 젓는다. 김이 솔솔 나면서도 끓어오르지 않을 즈음에 불에서 내리더니 짐에서 꺼낸 나무국자로 끓는 물을 보리에 붓고 섞는다. 그 작업을 냄비 속 끓는 물이 전부 옮겨질 때까지 계속한다. 마지막엔 손가락으로 온도를 잰 뒤, 불 위에 놓인 냄비의 위치를 조정하고 물 끓이던 냄비를 뒤집어 뚜껑으로 삼는다.

1차 작업이 끝난 모양이다.

케레스는 로렌스 쪽으로 자세를 바로 하고 종이와 펜을 요청했다.

—저는 어느 나라의 왕가를 모셔 온 요리사입니다.

첫 문장은 그렇게 시작됐다. 왕가라는 말에 놀라지 않은 것은 케레스의 씀씀이가 후한 것과 교회문자를 자유로이 구사하는 교양의 수준 덕이다. 도시의 양조직인은 이 정도까지는 못 한다.

—하지만 원래는 왕비님의 가문을 모셨고, 왕비님께서 왕가로 혼인하여 오실 때 혼수처럼 따라와 현 왕가를 모시게 되었습니다.

거기까지 쓰고는 불쑥 냄비에 손을 댔다. 뭔가를 확인하듯 눈을 감는다.

그런 후, 손가락으로 직접 화로의 숯을 만져 화력을 조절한다. 뜨거워하는 기색도, 화상을 입은 것 같지도 않다. 우수한 직인은 손 가죽이 두껍다더니.

—왕비님께서는 혼인을 하실 적에 단 한 번 고집을 부리셨습

니다. 유명한 뇨히라에서 온천욕을 하고 싶다. 그것만 하면 그 어떤 일도 견딜 수 있으시다면서.

지금보다 훨씬 세상이 뒤숭숭하던 시절의 일이다. 로렌스가 고개를 끄덕이자 케레스는 천천히 눈을 감았다. 그렇게 하면 당시의 떠들썩한 소리가 지금도 들려올 것처럼.

─신분을 감추고 숙소에 묵으시고, 저도 종자로 동행했습니다. 왕비님은 그곳에서 매우 즐거워하셨고, 마지막 자유일 것을 각오한 나날을 보내셨습니다.

고귀한 인간들 사이에서 혈통은 도구일 뿐이다. 로렌스는 문장을 번역해 호로에게 일일이 전달했는데, 호로도 알아챘는지 표정이 가라앉았다.

─하지만 그곳에서 왕비님은 한 젊은 남성을 만났습니다. 상대도 고귀한 혈통임을 이내 알았기에 저희도 강하게 막을 수는 없었습니다. 이러저러하는 사이에 두 사람은 친해지고 말았습니다.

로렌스의 통역에 호로의 표정도 점점 흐려진다. 슬픈 얼굴로 로렌스에게 달라붙어 팔을 잡았다. 무슨 방법 좀 없겠느냐고 묻는 것 같기도 했다.

─왕비님은 참으로 정숙하게 궁정 예법을 지켜 온 숙녀이셨습니다만, 뇨히라는 만인의 잔치판. 술이 세기도 하셔서 마시고 또 마시며 춤을 추셨습니다. 결국엔 상대 남성이 항복할 만큼.

술이 세고 춤출 줄 아는 여자라는 말이 심금을 울렸는지 호로가 기뻐 보인다.

—그러나 즐거운 시간은 이내 지나가고, 왕비님도 순간의 잘못을 저지를 나약한 분은 아니셨습니다. 때가 되자 차분히 짐을 쌌고, 떠들썩하게 어울렸던 남성과는 악수를 한 번 나누고는 헤어졌습니다.

등을 딱 펴고 생긋 웃는 일도 없이 야무지게 행동하는 강인한 공주의 모습이 눈에 선하다. 호로는 로렌스의 팔에 매달린 채 케레스가 쓰는 글자를, 읽지도 못하련만 물끄러미 들여다보고 있다.

—돌아가는 길에 왕비님께서는 한마디도 없으셨습니다. 마침내 입을 여신 것은 혼례일. 낯선 땅, 낯선 성, 낯선 사람들 속에서의 생활이 시작될 때였습니다. 왕비님의 마음속에 얼마나 큰 불안이 있으셨을지 모릅니다. 강인한 분이셨습니다. 하지만 단 한마디, 고향에서 온 제게 말씀하셨습니다. 그때의 술맛을 잘 기억하고 있느냐고. 저도 왕비님께서 부끄러우시지 않게끔 궁정요리를 익혀 온 요리사입니다. 긍지를 걸고, 기억하고 있노라 말씀드렸습니다.

케레스는 냄비를 한 번 힐끗 본 후 천천히 펜을 놀렸다.

—그럼 되었다. 언제든지 그 술을 마실 수 있다면 되었다. 왕비님은 그렇게 말씀하셨습니다.

노인의 손은 거기에서 멈추고, 종이에서도 고개가 들리지 않는다. 화로에서 숯이 벌겋게 타는 타닥타닥 하는 소리만이 울린다.

옷 스치는 소리는 호로가 몸을 내민 소리였다.

"그런데… 혼인해서 간 곳에, 아는 얼굴이 있었지? 아니야?"

결혼 상대의 얼굴을 모르는 것은 귀족의 정략결혼에서는 당연한 일이라고 한다. 그리고 그것이 당연하기에 이야기도 지어내기 쉽다. 타산적인 결혼이었지만, 실은 신분을 따지지 않는 곳에서 이미 서로에게 끌렸었다. 마을 처녀들이 좋아할 법한 이야깃거리다.

그리고 케레스는 물론 그런 것을 잘 알고 있었으리라. 호로의 말은 거의 이해하지 못할 텐데도 느릿느릿 고개를 가로저었다.

호로가 숨을 꿀꺽 삼킨다. 로렌스는 호로의 자그마한 등을 가만히 얼싸안았다.

—왕께서는 왕비님보다 열 살쯤 연상의 훌륭하신 분이었고, 왕비님을 아껴 주셨습니다. 아이도 태어나, 그토록 웃음이 끊이지 않는 궁정이 또 있을까 싶었지요.

호로를 쳐다본 케레스는 살짝 미소 지었다.

깜박 속았다는 것을 안 호로는 왠지 로렌스의 팔을 때리긴 했지만, 진심으로 안도하는 것이 훤히 보였다. 게다가 케레스는 말재주가 뛰어났다. 아마도 이 이야기는 손주에게든 누구에게든 되풀이 들려준 이야기였으리라.

하지만 케레스는 거기에서 펜을 멈추지 않았다.

이야기와 현실의 차이는 딱 하나. 현실은 거기에서 끝나지 않는다는 것이다.

　—왕비님은 한 번도 그때의 술을 찾지 않으셨습니다. 그럴 필요가 없었기 때문입니다. 그러나 왕께서 긴 병환으로 누워 계시게 되자, 드디어 제게 명하셨습니다. 그때의 그 술을, 이라시며.

　필시 자신을 위해서가 아니라 병들어 생이 얼마 남지 않은 왕을 위해.

　옛 시대의 왕이라면 그의 인생은 전란과 정략으로 채색되어 있었을 터. 느긋이 온천욕을 즐기는 사치는 새장 속의 새인 귀족의 딸만큼이나 누려 본 적이 없었으리라.

　케레스의 고집스러운 얼굴이 떠오른다.

　요리사는 사람을 즐겁게 하는 직업이다. 케레스의 직업 인생에서도 최후이자 최대의 임무이리라.

　"하지만 맛이 재현되지 않아서?"

　로렌스는 묻는 것과 동시에 펜으로 쓴다. 케레스는 어깨를 떨구듯 고개를 숙였다.

　—이 지역의 보리를 써서 이미 몇 번이나 술을 빚어 보았습니다. 맛도 재료도 모두 기억하고 있습니다. 하지만 재현할 수가 없습니다. 여기에서 제공하던 맥주는 참으로 단순한 것이었습니다. 물맛을 알면 대략적인 결과를 알 수 있을 정도입니다. 그러니, 혹시나 하여 숙소를 전전했습니다.

"혹시나 하여?"

로렌스가 얼굴에 의문을 떠올리자 케레스는 로렌스를 마주했다가 왠지 호로도 쳐다보았다.

서서히 가늘어진 눈이 온화하게 웃고 있는 것만 같다.

—술을 빚을 때에는 그 땅의 공기가 녹아든다고 합니다. 음울한 공기이면 음울한 맛이, 밝은 공기이면 밝은 맛이. 그러니 여기라면, 혹시나 했지요.

마지막 한마디를 하고는 의미심장하게 미소 지었다. 호로는 고개를 갸웃했으나 로렌스는 조금 창피하여 헛기침을 한다. 화로 옆에서 나란히 자고 있는 것을 들킨 데다 지금도 호로가 소녀처럼 로렌스에게 찰싹 붙어 있다.

하긴, 로렌스도 우리 온천장이 뇨히라에게 특출하게 최고, 라고까지 할 용기는 없지만, 다른 쪽으로는 말할 수 있다. 사일러스도 한 말이지만.

부부 금실 좋기로는 단연코 마을 일등이라고.

하지만 양조직인의 그런 미신을 로렌스도 들은 적이야 있지만, 그렇다고 무턱대고 믿지는 않는다. 케레스도 마찬가지이리라. 그저 어떤 단서라도 좋으니 필사적으로 찾고 있을 뿐.

—여기 물은 맛이 좋습니다. 모든 숙소에서 내놓은 물이 전부 그렇습니다. 그런 물로 담갔으니 술도 맛이 좋지요. 하지만 그냥 맛이 좋을 뿐입니다. 30년 전에 마신 그 독특한 풍미는 없어요.

케레스는 글을 다 쓰자 배낭 안에서 작은 삼베자루를 여러 개 꺼냈다. 거기에는 이 근방에서 채취되는 온갖 종류의 향초가 담겨 있었다. 냄새를 잘 맡는 호로는 즉시 감도는 향에 조그맣게 재채기를 했다.

"풍미⋯."

어쩌면 그야말로 시대의 공기가 녹아 있었던 것일까.

케레스는 여전히 심각한 얼굴로 냄비를 노려본다.

쇠 냄비는 그저 고요히 그 자리에 있을 뿐이었다.

호로는 냄새를 잘 맡는 만큼 맛에도 까다롭지만, 그렇다고 만들 수 있는 것은 아니다. 한나도 술 담그는 법은 잘 모르니, 결국 사일러스에게 갔다.

"30년 전 맥주의 맛?"

말을 꺼내자 사일러스는 황당해 하는 표정이 역력했다.

"내가 이곳에 온 무렵인가⋯."

거기까지 말하고는 입을 다문 채 시선을 로렌스의 옆쪽으로 돌렸다.

그곳에는 사일러스의 온천장을 찾은 선객이 있었다.

"내가 자네 나이 정도일 때던가."

그렇게 말한 것은, 훌륭하리만큼 둥그런 대머리와 온천 김처럼 기다란 백발이 눈에 띄는 노인이다. 키는 그다지 크지 않으나 젊은 시절엔 몸집이 두둑했을 자취가 고령의 나이에도 엿보인다. 제크라는 이름의, 아마도 이 뇨히라에서 가장 맛있는 식사를 제공하는 온천장의, 이제는 은퇴한 전 주인장이다.

"헌데, 맥주라며? 복잡한 주조법이랄 게 뭐 있나. 이 지역 대맥을 쓰고, 맥아를 볶는 것도 비슷하면 별 차이도 안 날 텐데. 궁정요리사였으면 그런 면에서 잘못할 리도 없고."

케레스의 진짜 목적은 가능한 밝히지 않은 채 사일러스, 제크와 정보를 공유한다.

"매년 보리의 상태 여부에 따라서는요?"

사일러스의 물음에 제크는 고개를 가로저었다. 아버지와 아들이라 할 만큼 나이 차가 있는 두 사람이지만 술 담그기라는 취미로 이어져 사이좋은 사제지간 같다.

"심한 흉작이라면 모를까, 그런 때도 술이 되기 전 보리 즙이 생길 때 밀가루 같은 걸 보태면 대충 해결돼. 그런 쪽 수완은 우리보다 훨씬 뛰어날 게야."

케레스에 관해서는 제크도 당연히 신경을 썼었고, 자기네 온천장의 요리와 술로도 언짢은 기색이어서 적잖이 자존심이 상했었다고 한다. 하지만 케레스가 궁정요리사라는 로렌스의 말에 다른 뜻에서 충격을 받은 표정이었다. 궁정요리사라니. 요리의 세계에 살짝이라도 발을 담그고 있다면, 그야말로 구름 위의 인물 아닌가.

"독특한 풍미, 라고 말씀하셨습니다."

"음…. 시대의 맛, 이 아닐까…?"

"양조직인의 미신 말씀입니까?"

물은 것은 사일러스다.

"응? 아아, 그 장소의 공기에 따라 맛이 달라진다는 그거? 그야 사실이지만—"

"예?!"

로렌스와 사일러스가 동시에 목청을 높이자 제크가 흥 콧방귀를 뀐다.

"단, 흔히들 말하는 그 장소의 분위기 어쩌고 하는 건 아니야. 기후가 변할 만큼 지역이 다르면 같은 재료로 만들어도 술맛이 확연히 바뀌지. 공중을 떠도는 술의 정령도 우리처럼 지역이 바뀌면 양상이 달라지는 것 아니겠나? 그러니 그 손님은 이런 곳에까지 찾아온 걸 테고. 재료만 문제라면 돈만 내면 어떻게든 해결되지. 안 그런가?"

그 물음은 로렌스에게. 전직 행상인으로 이 북방에서는 나름 얼굴이 알려져 있었다. 제크는 개구쟁이 같은 웃음을 지었지만 로렌스는 몸 둘 바를 모르겠다.

"그거야 뭐, 그렇지요…. 시간은 걸리겠지만 따라잡을 수 있을 겁니다."

"솜씨도 있고, 재료도 있어. 원래 장소까지 찾아왔어. 그런데 양조를 해도 풍미가 안 살아. 그렇다면 이제 가미될 것은 시대의 공기…. 요컨대, 추억이지."

그러나 왕족의 식탁을 차리는 요리사가 30년 전의 일이라 해도 그 맛을 잊겠는가.

로렌스와 사일러스가 말로는 안 해도 서로 눈짓을 해 가며 그런 의문을 주고받고 있자, 제크가 땅이 꺼져라 한숨을 푹 쉬었다.

"이래서 자네들은 아직 멀었다는 게야."

매섭게 말한다.

"즐거울 때 먹는 밥은 그것만으로도 맛있지. 뜻이 맞는 동료와 먹으면 더 맛있고. 반대로 마누라와 싸우고 마주 앉아 먹는 밥에 뭔 맛이 있겠나! 그런 얘길세."

"……."

뭘 몰랐습니다, 하며 나란히 고개를 숙이자 제크가 한껏 꾸민 몸짓으로 "음." 하며 고개를 끄덕인다. 왠지 호로가 연상되어 로렌스는 제크에게 호감이 들었다.

"허나, 손님이 찌푸린 채로 돌아가게 하는 것은 뇨히라의 방식이 아니지."

제크는 불복하듯 말한 후 머리를 쓰윽 쓰다듬었다.

"조금 전 사일러스에게 그 손님에 관해 들었고, 로렌스 자네 이야기도 들었네. 그럴 만했겠다 싶어. 나도 '뭐 저런 편협한 손님이 다 있나!' 하며 화를 냈었으니까. 손님이 잘못한 거라고. 내 혼이 온천 김에 부옇게 흐려져 있었을 줄은 몰랐지. 참으로 아쉬워."

제크는 로렌스의 손을 잡고 말했다.

"이 나이가 되어 중요한 게 뭔지 다시 떠올리게 됐네. 로렌스, 고마우이."

느닷없는 행동에 당황했다. 하지만 제크는 놀리거나 농담으로 이렇게 말하고 있는 게 아니었다. 로렌스는 나이를 먹고도 아이처럼 맑은 눈을 응시했다. 제크의 손을 맞잡은 손에 자연히 힘이 들어간다.

"후후후. 로렌스 자네가 처음 이 마을에 가게를 차렸을 때는, 어째 저런 허약한 친구가 왔나 했는데 말이지."

제크는 호탕하게 웃었고, 사일러스도 로렌스 앞이라 대놓고 웃지는 않았어도 헛기침으로 얼버무렸다.

"물이 맞는다는 말이 있지. 로렌스, 자네는 이곳에 와야 해서 온 걸세."

그러면서 어깨를 두들기니, 경직됐던 얼굴에서 무언가가 푸슬푸슬 벗겨져 떨어지는 것만 같았다.

부드러워진 뺨이 솔직하게 기쁜 웃음을 보인다.

"하지만 처음 이곳의 물을 마셨을 때는 배탈의 연속이었죠."

"하하하하. 유황 때문이지? 나야 태어나자마자 여기 물로 목욕을 한 몸이니 아무렇지도 않지만, 사일러스 이 친구도 처음엔 두 손 다 들었지."

"빵가루를 반죽하는 물도 강물 아니면 산에서 나는 샘물이었죠."

그 말을 들으니, 술에 취해 가게로 돌아가자 호로가 먹여 준 차가운 맛의 기억이 되살아난다. 눈을 온천수의 열로 녹인 물에는 온천수의 향이 섞여 든다. 그것을 뇨히라의 냄새라 할 수 있겠지.

그러니 사일러스도 별 뜻 없이 이렇게 말을 이었다.

"온천수 맛이 안 배어 있는 데가 있어야지요."

어?

하고 음성이 겹쳤다. 사일러스 본인도 자기가 한 말에 놀랐다. 온천장의 주인장들이, 고참부터 신참까지 셋이 나란히 얼굴을 마주한다. 이런 어처구니없는 일이! 하고 서로의 얼굴에 쓰여 있었다.

로렌스는 기억을 더듬었다. 사일러스와의 대화, 케레스와 주고받은 필담이 바로 떠오른다.

맛있는 술은 맛있는 물에서 나온다. 하지만 케레스는 산에서 떠온 최고의 물을 두고도 그냥 맛있는 물이라고 했다. 그렇다면, 사일러스의 말을 바탕으로 짚어 보면, 케레스가 아무리 애를 써도 답에 이르지 못한 이유는 명백하다.

이곳은 뇨히라다. 손님에게는 최고의 대접을 한다. 편협하지만 씀씀이가 후한 손님에게는 더더욱. 로렌스도 금화를 낸 케레스를 위해 악사나 무희를 대령할까요 물었었다. 도시락으로 싼 빵만 해도 힘을 좀 준 밀빵이었다. 자신의 가게에서 제공할 수 있는 최고의 대접을 했다. 그런 바람에 케레스가 내내 맛보지 못한 것이 있지 않을까?

사일러스가 말했듯이, 맛의 차이도 분간하지 못하게 취한 주정뱅이들에게 먹일, 손쉽게 얻은 물로 만든 술.

눈을 온천수의 열로 녹인 물로 빚은, 단순 그 자체인 맥주.

"…등잔 밑이 어둡다더니."

제크가 신음하듯 말한다. 아직 이것이 정답이라 정해진 것은 아니지만, 확신이라는 것이 손으로 만져질 듯 느껴졌다.

"이로써 뇨히라의 평판은 지켜지겠네요."

사일러스가 말한다.

로렌스가 그런 두 사람을 우두커니 바라보고 있자, 별안간 나란히 돌아본다.

"아니, 뭘 멍하니 서 있어?! 찌푸린 낯짝을 하고 있는 손님은 자네 가게에 있잖나!"

행상 스승님께 야단을 맞았을 때처럼 로렌스는 화들짝 놀라 허겁지겁 뒤돌아 문을 잡았다. 하지만 이렇게 깨달은 것은 나만의 공이 아니다. 그런 생각에 돌아보자, 제크와 사일러스가 조용히 웃고 있다.

"우리는 지금부터 손님에게 웃음을 제공하지 못한 속풀이회를 해야 하네. 빨리 가시게나."

제크가 휙휙 손짓을 하며 쫓는다. 환하게 웃으며.

"나중에 이야기해 주게."

사일러스는 그런 후 발밑에서 통을 들어 계산대 위에 놓았다. 이제 두 사람은 이쪽은 쳐다도 보지 않는다. 하지만 저것이 친밀함의 표시로 느껴졌다. 나그네의 뒷모습을 오래도록 지켜보는 것은, 그가 가면 이제 다시는 못 만날 테니까. 그럼 그렇게 하지 않는 이유는?

로렌스는 기쁨으로 가슴을 부풀리며 사일러스의 가게를 나와 빠른 걸음으로 자신의 가게로 돌아갔다. 여전히 진행 중인 양조 작업을 흥미진진하게 지켜보고 있던 호로와 한나가 무슨 일인가 하여 로렌스를 쳐다보았다.

로렌스가 상황을 설명하자 한나가 반신반의한 얼굴로 눈을 온천수의 열로 녹인 물을 가져온다.

그 물을 맛보고는 눈을 꾹 감은 케레스가 쥐어짜내는 듯한 한숨을 내쉰다.

그러다 눈을 뜨더니, 구름 사이로 해가 얼굴을 내민 것처럼 웃었다.

물은 두 가지를 쓰고, 그 외엔 모두 같은 재료로 술을 빚어 본다. 빚는 솜씨도 같으니 맛의 차이는 오로지 물에 달렸다.

며칠 후, 결과는 상당히 달라져 있었다.

"이렇게 차이가 나다니."

알맞게 거품이 생긴 맥주를 번갈아 마셔 본다. 따로 내놓으면 모르겠지만, 나란히 비교해서 마시니까 알겠다. 케레스는 줄곧 30년 전의 기억과 비교해 가며 그 차이를 인식하고 있었다. 과연 대단하다 싶다.

—이로써 저는 마지막 임무를 마칠 수 있겠습니다.

두 가지 술 모두 주조를 끝낸 후, 케레스는 종이에 그렇게 썼다. 케레스도 어지간한 나이이고, 아무리 주군의 명령이라 해도 궁정요리사가 장기간 성을 떠나 있었으니 조리장에 다시 배치될 리는 없기 때문이리라.

—정말 고맙습니다.

어깨에 진 짐을 벗은 듯한 케레스는 다정해 보이는 호호 할아버지였다. 목적했던 것을 찾은 이상 오래 있어 봐야 소용없다는 듯이 짐을 싸기 시작했다. 로렌스가 이미 받은 금화의 잔금을 은화로 건네려 하자 마다했다.

사례라고 주장하며 또다시 고집스러운 표정으로 돌아간다.

그리고 그 표정인 채로 종이에 썼다.

─은퇴하고 한가해져서 다시 이 온천장에 왔을 때의 대금으로.

웃음과 함께 종이를 내미니 더는 뭐라 대꾸할 수가 없었다. 설령 그것이 빈말에 지나지 않더라도 로렌스는 "기다리겠습니다." 라고 종이에 크게 썼다.

케레스는 기쁜 듯이 고개를 끄덕였다.

주조한 술을 등에 지고, 올 때보다 더 정정한 걸음으로 돌아가는 케레스를 배웅한 것이 이미 며칠 전의 일. 술과 마찬가지로 조금 시간이 흐른 뒤가 그때의 일을 더 좋게 기억하게 되는가 보다.

"늙었군."

케레스가 주조한 마지막 맥주를 컵에 따르며 호로가 매정하게 말한다.

"야, 내 것도 좀 남겨 놔."

호로는 모르는 척, 여봐란 듯이 맛있게 마신다.

'하여간⋯.' 하며 한숨을 짓자, 코 밑에 흰 수염을 듬뿍 단 바보 같은 얼굴로 호로가 희희낙락한다.

'왜 저러지?' 하고 있는데, 로렌스의 어깨에 머리를 기대고는 이렇게 말했다.

"나는~ 이 맛을 자~알 기억해 둬야 하거든."

이 땅의, 지금 이 순간을 떠올리게 하는 맛으로서.

"뭐든 적당히."

거기에는 약간 쓴맛이 섞여 있다. 나는 호로와 같은 시간을 살아 낼 수 없다. 내가 죽은 후로 내내 호로가 내 생각에 연연하는 것은 바라지 않는다.

그 또한 맥주와 마찬가지. 달기만 해선 술이 맛있지 않다.

"멍청이."

호로는 난감하게 웃고는 로렌스의 손을 잡았다. 죽을 때는 종유(終油)가 아니라 이 맥주를 부어 달라고 할까? 로렌스는 그런 생각을 하면서 호로가 양보해 준 술을 마신다.

웃음과 행복이 샘솟는 온천장에서 빚은 술은, 오호라 역시나, 달달함이 살짝 과한 듯싶었다.

늑대와 진흙투성이의 배웅하는 늑대

멀리서 나무 두드리는 소리가 들리고, 짐마차 바퀴 소리와 노새의 투레질 소리, 사람들이 바삐 서로를 부르는 소리도 난다. 눈을 감으면 한창 건설 중인 도시 안에 있기라도 한 것 같으리라.

이런 소음을 들으면 이제 슬슬 겨울도 끝이로구나 하는 실감이 든다.

날이 맑고 바람도 없어 온화한 그날. 한적한 산중 마을 뇨히라는 겨울의 때를 벗기는 작업으로 분주했다.

"뤼미오네 금화는? 스물⋯ 열아홉이로군요. 데바우 은화는 일흔세 냥. 디프 동화 더미가 하나, 둘⋯ 합계 육백이라 하면 되겠지요? 무게는 재셨습니까?"

마을 회합실에는 연신 사람이 드나들고, 녹슨 금속 냄새가 피어오른다. 다들 자루를 들고 와서 방 한복판 긴 탁자에 쿵 내려놓는다. 아가리의 끈을 풀고 내용물을 쏟으면, 나오는 것은 온갖 종류의 화폐.

"그럼, 아레즈 씨 댁의 것은 받았습니다."

"고마우이, 로렌스."

머리털보다 수염이 많아진 온천장 주인이 머리를 쓰윽 쓰다듬으며 인사한다.

긴 탁자의 상석에 앉아 손을 새카맣게 물들이며 작업 중인 로렌스는 웃으면서 고개를 끄덕였다기보다는 하도 바빠 웃음이 얼굴에 고정된 채 가실 새가 없다. 연달아 온천장 주인장들이 겨우 내 투숙객에게서 받은 화폐를 들고 오기에.

평균 다섯에서 일곱, 많게는 열에서 스물을 넘는 종류의 화폐를 분류하고, 개수를 세고, 때에 따라서는 무게도 재어야 한다. 혹시나 한가한 온천객이 화폐를 일일이 정성스레 갈아서 은이나 동을 후무렸을지도 모르니까. 같은 개수라도 무게가 적게 나가면 환전상이 덜 쳐준다. 그래서 이런 작업을 아침부터 계속 되풀이하는 중이다.

뇨히라는 산중 깊숙이 자리한 비경의 온천마을이라 사람의 손을 타고 온 화폐의 여정도 이곳이 종착점이다. 그렇기에 손님에게 받아서 모은 화폐는 1년에 두 차례, 화폐를 필요로 하는 큰 도시로 가지고 나간다. 그 돈으로 새로운 계절을 맞아 물품을 구입하고, 직인을 불러들여 온천장을 보수하고, 나머지는 시내 환전상에게 맡겨 둔다. 온천장의 김 때문에 녹슨 상자 속에 넣어 둬 봐야 한 푼 도움이 되지 않을뿐더러, 산중에 보물이 있다는 소문이 났다가는 어떤 도적이 꼬여들지 알 수 없다.

이 업무는 온천장 주인들이 돌아가며 맡는 연례행사로, 올해는 드디어 온천장 '늑대와 향신료'의 주인장인 로렌스에게 차례가 돌아왔다. 뇨히라에서 온천장을 운영한 지 십여 년. 늘 느긋이 부탁하는 쪽이었는데, 설마하니 이토록 힘든 작업일 줄은 몰랐다.

"로렌스, 아르보 마을에서 짐이 도착했네!"

화폐 개량은 안 그래도 신경이 많이 가는 작업인데, 일은 그게 전부가 아니다.

"다본 씨에게 말해서 헛간에 넣어 두세요!"

뇨히라는 산중 막다른 곳에 있는 자그마한 마을이지만, 여기에서 더 깊이 들어간 산에도 사람들이 점점이 집락을 이루어 살고 있다. 이 시기가 되면 그들은 사람 하나가 겨우 지나다닐 산길을 걸어 이곳 뇨히라로 나온다. 겨우내 짠 노끈이나 삼베 천, 또는 산더미 같은 털가죽을 등에 지고 와서, 도시에서만 구할 수 있는 술과 식료품, 금속제품 등과 교환한다. 대부분은 뇨히라에 사는 사람들이 받아서 교환하지만, 남은 것은 화폐와 함께 도시로 가져가 팔기도 한다.

이 시기의 뇨히라는 온천장에서 탈피해 산중 시장이나 다름없는 모습을 띤다.

"로렌스! 아디노의 주인어른께서 구입품 내용을 조금 바꾸고 싶다고 하시는데?"

"로렌스! 삼베 천은 어디에 쌓아 두면 되겠나?"

"로렌스!"

"로렌스!"

모든 일이 마침내 일단락되고 나자, 의자에서 일어설 기력조차 없었다. 귀가 왕왕 울리면서 지금도 자신의 이름을 부르는 소리가 들리는 것 같다. 왕년에 행상인으로 살았으니 떠들썩한 거래에는 익숙할 텐데. 입추의 여지도 없이, 자신의 고함 소리조차 들리지 않을 만큼 시끌벅적한 시장에서 매매를 한 적도 있는데. 그 모든 일이 아득한 과거가 되었다. 왕년의 소란에 어렴풋한 향수를 느끼기도 한다. 하지만 지금은 마을을 위해 일할 수 있는 것이 못 견디게 즐겁다.

게다가 이 작업은 아직 며칠 더 이어진다. 다른 주인들에게 웃음거리가 되지 않게끔 정신을 바짝 차려야 한다. 그러기 위해서는 어서 집으로 돌아가 일찍 자야 한다.

그런 생각으로 일어나려는데, 회합실 입구에 서서 잡담을 하고 있던 주인장들의 음성이 들려왔다.

"아, 웬일로 여기까지 다 오시고."

"로렌스 씨요? 예, 안에 있습니다."

"그나저나 여전히 젊으시네. 따님인 줄 알았습니다."

반쯤 열린 문틈으로 그런 대화가 들리고 이윽고 사람의 형체가 나타났다.

의자에서 일어서려던 로렌스는 나직이 웃었다.

"당신."

저 음성을 들으면, 그것만으로도 피로가 싹 가신다. 문틈으로 얼굴을 내민 것은 발목까지 덮은 외투에 후드를 쓴 아담한 소녀였다. 품에는 작은 술통을 안고 있어, 모르는 사람이 봤으면 심부름하는 계집아이인 줄 알았으리라. 실제로 후드 속으로 보이는 얼굴에는 여전히 앳된 느낌이 있다.

하지만 소녀로 보이는 해당 인물은 로렌스 앞에 서자 씨익 웃었다.

"털 깎인 직후의 양이 따로 없네."

여전한 밉살스런 말에 귀가 간질간질하다. 저 앞에 서 있는 것은 겉으로 보이는 그대로의 소녀가 아니다. 겉모습이야 십 대 소녀 같지만, 저 후드 밑에는 사람과는 달리 짐승의 귀가 감춰져 있고, 허리에는 꼬리마저 달렸다. 참모습은 사람을 한입에 꿀꺽할 수 있을 만큼 거대하고 수백 살 먹은, 보리에 깃든 늑대이자, 또한—

로렌스의 자랑스러운 아내인 호로.

"일부러 마중 오지 않아도 되는데."

평소 같으면 겉모습은 호로와 판박이인 외동딸 뮤리가 마중을 온다. 하지만 누구를 닮았는지 뮤리는 길을 떠나고 없다.

"혼자 오게 했다가는 엉엉 울 것 같아서."

그러면서 술통을 내민다. 로렌스는 뚜껑을 따자마자 향긋한 벌꿀주의 냄새에 위가 꾹 오그라들었다. 그제야 아침부터 아무것도 못 먹었다는 것을 떠올렸다. 한 모금 마시자 느끼하리만치 달달한 술에 지친 몸이 풀린다. 호로는 말로는 이러니저러니 하면서도 늘 이쪽을 잘 보살펴 준다.

그리고 외로웠던 쪽은 호로이리라. 겨울이 끝나 온천장 손님들도 가고 없는데, 오랫동안 온천장 일을 거들어 주던 콜이 여행을 떠난 데다 외동딸인 뮤리까지 그 뒤를 따라가 버렸다. 그 후로 별난 손님 하나가 훌쩍 들었다가 그이마저도 얼마 전 돌아갔다. 사람 없는 온천장에 종일 방치되니 견딜 수가 없어 이렇게 찾아온 것이라면 더더욱 어여쁘다. 그러려니 해서 그런지 평소보다 더 바짝 다가드는 가냘픈 몸을 조금 세게 끌어안았다.

"그런데 옆 창고에 짐이 엄청나더라. 화폐도 무슨 보물산 같던데?"

"아아, 너는 처음 봐?"

호로는 무슨 용건이 있지 않은 한은 가게 밖으로 좀처럼 나오지 않는다. 그것은 호로가 나이를 먹지 않는, 사람이 아닌 존재라서 되도록 남들 눈에 띄지 않으려는 측면도 있지만, 원래도 외출을 별로 좋아하지 않는다.

"올해는 특히 많은지도 모르겠는데…, 매년 다른 사람이 일하는 것을 잘 보고 있었거든? 그런데 그게 이렇게 힘든 일이었나 해서 놀랐다니까. 오늘 종일 야단법석이었어. 이런 게 몇 날 며칠 이어진다 생각하면 좀 무섭다."

쓴웃음을 지으면서 술을 한 모금 더 마시자 호로가 또 웃었다.

"왜?"

"쿠후. 기뻐서."

"기뻐?"

호로가 외투 속의 꼬리를 파닥인다. 로렌스는 호로에게 뭔가 놀림을 당하고 있는 건가 하여 저도 모르게 몸을 확인했다.

"당신이 차츰 마을 사람들에게 인정받고 있는 것 같아서."

호로는 몇 백 년이나 보리밭에서 머물며 파슬로에라는 마을을 지켜봤었다. 마을에 새로운 주민이 들어온 때도 있었을 테고, 그들이 마을의 일원이 되기 위해 얼마나 애를 썼는지도 잘 안다.

그런 호로가 기뻐하고 있다.

"나도 꽤 노력했지?"

지친 얼굴로 여봐란 식으로 허세를 부려 본다. 호로는 키득대며 웃고는 로렌스가 일어날 수 있게끔 손을 빌려주었다.

"내가 도왔으니까."

"맞아."

호로의 작은 손을 잡고 일어섰다.

로렌스는 회합실에 모여 있는 상인들에게 인사한 후 밖으로 나섰다. 하늘은 주황빛이지만 쌓인 눈은 밤의 쪽빛으로 물들어 있다. 높은 산으로 사방이 둘러싸여 있어 뇨히라에는 해 질 녘이라는 것이 없다. 하늘이 꽤 밝을 때부터 마을은 어슴푸레한 밤의 어둠 속에 잠긴다.

"하지만…."

하고 로렌스는 중얼거렸다.

"네 가느다란 팔 외에도 손이 더 있어야 한다는 걸 느껴."

"음?"

오늘 작업이 너무도 바빴던 것도 잔심부름을 해 줄 젊은이가 적었기 때문이다.

친한 온천장 주인인 사일러스의 아들, 카무가 도와주러 오긴 했으나 그래도 큰일이었다.

대량의 화폐를 헤아리고 무게를 재면서, 얼마 전까지 온천장에서 일을 해 주던 콜이 있었으면 좋겠다는 생각을 몇 번이나 했는지 모른다. 또, 인근 집락에서 마을로 실려 온 물품을 받고 정리하는 것도 딸인 뮤리가 있었으면 분담할 수 있었을 텐데.

하지만 그 둘은 나란히 길을 떠나 버렸다. 원래 같으면 콜만 갈 것이었는데, 말괄량이 뮤리가 짐 속에 몰래 숨어들었던 모양이다. 호로는 딸바보다 뭐다 하며 놀려 대지만, 당연히 걱정되지 않겠나. 설상가상, 아무리 상대가 콜이라 해도 남자와 단둘이 하는 여행이니!

"우리 집 젊은 애들 둘이 있었더라면…."

여러 가지 의미를 담은 말이었으나, 호로는 좋은 쪽으로 해석해 주었나 보다.

"당신도 요즘 좀 늘어졌으니까, 가끔은 힘쓰는 일을 하는 것도 좋아."

그러면서 옆구리를 찌른다.

온천장의 주인장 하면, 늘어진 턱살에 두둑한 배 정도는 갖춰야 관록도 보이고 어울린다 싶지만 호로는 그게 마음에 안 드는 모양이라 로렌스도 평소에는 절제하려 노력하고 있다. 관록 있어 보이게끔 수염을 약간 기르는 정도다.

"그건 그렇지만, 걔네 둘이 당분간 안 돌아올 것 같으면 실질적인 문제로 사람을 고용하지 않고는 힘들 것 같아. 다시 손님들이 올 시기가 되면 나 혼자서는 가게를 못 돌려."

로렌스는 그렇게 말한 뒤 덧붙인다.

"네 바느질도 그렇고, 한나의 주방 일도 그렇고."

감사하는 마음을 잊지 않는 것이 원만한 부부생활의 비결이다. 호로는 '뭐, 그래야겠지' 하는 투로 살짝 코웃음을 쳤다.

"당신은 조만간 시내에 다녀올 거지? 거기에서 적당히 구해 오면 되잖아. 시벽 안엔 사람들이 많아."

"그야 그렇지만, 콜처럼 우수한 인재가 얼마나 있을지."

한숨짓는 로렌스에게 호로는 어이없는 표정을 지었다.

"보리는 갑자기 여물지 않아."

"응?"

로렌스는 호로를 쳐다보았다가 그 의도를 비로소 깨달았다.

"데려다 잘 키우라고?"

"음. 내가 얼마나 고생을 했는지."

그러면서 짐짓 눈길을 던져 오니 쓴웃음만 난다. 하기는, 나는 호로 덕에 성장한 부분이 많다.

"뭐, 당신조차 훌륭한 수컷이 되었으니까."

호로가 이쪽을 올려다보며 의기양양하게 웃는다.

이런 웃음을 볼 수 있다면 무슨 소리를 들어도 상관없다.

"하지만 너도 있고, 아무나 쓸 수는 없지."

하고 내쉰 한숨에 호로가 몸을 살짝 움츠린 것 같다.

사람이 아닌 특징을 가졌고 나이를 먹지 않는 호로가 인간 마을에서 살아가기에는 조금 문제가 있다.

지금 로렌스의 온천장을 도와주고 있는 한나라는 여성은 아직까지도 자세하게는 모르겠으나 새인지 뭔지의 화신이라고 한다. 콜은 순수한 보통 인간이지만 예전에 여행을 함께하여 호로의 정체를 알고 있다. 딸인 뮤리야 말할 것도 없고.

이런 사정에도 동요하지 않고 비밀을 지켜 줄 인물. 아니면, 인간이 아닌 누군가를 고용해야 할까?

"밀리케 씨한테 물어볼까?"

스베르넬 시를 다스리는 권력자이자 호로의 정체를 아는 몇 안 되는 존재.

밀리케 본인도 인간이 아니라서, 이런 문제가 있을 때에는 의지가 되는 의논 상대다.

"그래도 못 찾으면… 발을 조금 넓혀 보는 것도 괜찮을지 몰라."

"발을?"

"으응. 요즘 한동안 산에만 틀어박혀 있었잖아? 스스로도 놀랄 만큼."

뇨히라에 온천장을 차린 당초에는 앞으로 다시는 길 떠날 일이 없으리란 것이 잘 와 닿지 않았었다. 그때까지의 인생은 도시에서 도시, 마을에서 마을로 떠도는 삶이었다. 곳곳에 아는 사람이 있었고, 출신지로 느슨하게 연결된 상인조합에도 소속돼 있었다. 그러나 한 곳에 한 달 이상 머물지 않는 생활로는 친구라 부를 만한 상대만큼은 거의 생기지 않았다. 여차하면 죽고 나서 들어갈 묏자리조차 없었다.

그 대신 세상을 대부분 보았노라고 반쯤 자부하던 자신은 어느 사이엔가 사라졌고, 산 아래 바깥세상의 일에는 영 어두워졌다.

하지만 그것을 답답하게 느끼지는 않는다. 오히려 기쁘다.

"너한테 멍멍이 같다고 놀림을 받을 만큼 여기저기 발발대며 쏘다녔는데 말이지. 지금은 헛간에 보관된 삼베 천보다도 얌전하잖아."

회합소를 나와 조금 걸어가다 돌아보자, 완만한 경사로 밑으로 회합소와 나란히 헛간이 우뚝 서 있는 게 보인다.

"믿어져? 듣자 하니 산 아래 도시 스베르넬에서는 삼베 천이 날개 돋친 듯이 팔린다더라. 하지만 그렇게 팔린 삼베 천 중 일부는 스베르넬에서 쓰이지 않고 다른 곳으로 넘겨진다더군. 그렇게 해서 길을 나아가고, 강을 따라 내려가고, 결국엔 바다에

도달한다는 거야."

"바다?"

십여 년 전 여행을 하는 도중에 호로와 바다를 건넌 적도 있었고, 여행 끝자락에는 잠시 방향을 벗어나 여름 바다를 보러 가기도 했다. 그래도 별로 인연이 없는 바다 이야기를 꺼내자 호로의 눈빛이 아련해진다.

"세상은 평화로워졌지 장사는 대호황이지. 뭍에서 기신기신 상품을 옮겨서는 때를 못 맞춘다면서 점점 더 많은 배를 건조하고 있대. 이 마을 삼베 천 중에도 그런 배의 돛으로 쓰이는 게 있다더군. 그리고 바람을 잔뜩 받아서, 나도 이야기로밖에는 들어본 적이 없는 먼 바다로 나선다는 거야."

수많은 사람의 희망을 싣고 산더미 같은 모험을 거칠 테지. 시야를 온통 뒤덮은 하얀 눈 대신, 작열하는 모래가 산을 이룬 나라까지 갈 수도 있다. 거기에서 향기로운 향신료와 황금, 진귀한 과일 등등을 싣고 돌아온다. 무사히 도착하면 운수 대통, 도중에 난파하면 모든 것을 잃는 위험한 돈벌이.

오늘 날씨는 어떠려나 하고 매일 아침 온천장 앞을 청소하면서 올려다보는 하늘 저편에 그런 세계가 있다. 게다가 세상은 지금 새로운 시대를 향해 크게 꿈틀대고 있다고 한다.

옛날 같으면 가만있을 수가 없었겠지.

"가끔은 모험의 공기를 들이마시고 오는 것도 괜찮을지 몰라."

그로써 원기를 얻고 다시 온천장을 열심히 경영하면 된다. 물론 가게 일을 해 줄 훌륭한 인재가 발견된다면 말이지만. 로렌스는 단순히 그런 식으로 가볍게 생각했는데, 호로는 좀 다른 식으로 받아들였나 보다.

그것을 알게 된 것은 그 후로 며칠 더 작업을 하고 스베르넬로 떠나는 단계가 되어서였다.

햇살이 눈을 찌를 만큼 쾌청한 하늘 아래, 도시로 싣고 갈 짐을 점검하고 구입할 내용을 온천장 주인들과 확인했다. 그런 잡무를 거쳐 마지막으로 말을 짐마차에 매고 있는데, 마부석에 훌쩍 올라타는 이가 있었다.

가게를 지키고 있어야 할 터인데, 여장을 갖춘 호로였다.

"…웬일이야?"

다소 엉거주춤하게 물은 것은 마부석에 앉은 호로의 얼굴이 무서웠기에.

"그냥."

호로는 쌀쌀맞게 대답한 후 이쪽을 가만히 내려다본다.

"멍청한 당신이 길을 잃으면 안 되니까."

"……."

로렌스는 멍하니 호로를 쳐다보다가 퍼뜩 깨달았다.

호로는 그 옛날, 고향인 요이츠라는 곳을 떠났다가 몇 백 년 동안이나 돌아가지 못했다. 그러는 사이에 고향은 시대의 변천에 휘말렸고 옛 친구들도 사라졌다. 누군가가 어디론가 가서 영원한 이별이 될 가능성은 몇 백 년을 산 호로에게는 가벼이 흘려 넘길 수 없는 일이다.

로렌스는 거기에까지 생각이 이르자, 발을 넓혀 볼까 한다고 떠들어 댄 며칠 전 자신의 멍청함이 반성되었다.

하지만 말의 멍에 상태를 확인하며 속으로 생각한다. 호로는 콜이, 특히 뮤리가 마을을 뛰쳐나간 것에는 로렌스보다 더 찬성하는 축이다. 내 딸이라면 그 어떤 일이라도 무사히 헤쳐 나갈 것이라며 자신만만해 했다. 그렇다면 로렌스가 스베르넬에서 조금 더 발을 넓혔다가 오는 것쯤, 호로의 입장에서는 그다지 과하게 걱정될 일도 아닐 터.

그냥 단순히, 남아서 가게를 지키는 일이 생각보다 외롭다는 것을 알기에 따라오고 싶어진 거겠지.

"나도."

하고, 로렌스가 호로의 기분을 살피고 있자 당사자인 호로가 불쑥 말문을 열었다.

"가끔은 시내에서 맛난 것이 먹고 싶다고."

뾰로통한 얼굴로 저렇게 말하니 그냥 그런 셈 쳐 두어야 한다.

호로가 마부석에 있는 것을 보고 놀라는 온천장 주인들에게 인사를 한 뒤 로렌스는 재빨리 채비를 갖춰 짐마차를 밖으로 끌어냈다. 햇살은 꽤 봄에 가까워졌지만, 뇨히라의 산중에는 아직 눈이 수북이 쌓여 있다.

"따뜻하게 하고 있어."

마부석에 앉은 호로에게 말하자, 호로는 흥 하며 외면한다. 그 모습에 왠지 옛날 생각이 났다. 그 시절엔 짐마차에 호로가 좋아하는 사과를 미처 다 먹지 못할 만큼 싣고 다녔는데.

로렌스는 마부석으로 뛰어올라 의기양양하게 고삐를 쥐었다.

스베르넬로 가려면 도중에 있는 여인숙이나 집락에서 하룻밤 자고 대충 사흘쯤 걸린다. 뇨히라의 경계를 흐르는 강에서 배를 타면 더 빨리 내려갈 수도 있지만 이런 계절에는 이용하지 않는 게 현명하다. 눈이 녹아 강물이 불은 데다, 산에서 벌목한 목재를 떠내려 보내고 있기에 쾌적한 뱃길 여행과는 영 거리가 머니까.

산길을 가는 동안에도 이따금씩 나무 사이로 강이 보일 때마다 통나무가 떠내려가는 것이 눈에 띄었다. 온천욕을 하러 온 벌목 꾼에게 들은 이야기로는 최근 몇 년간 목재가 날개 돋친 듯이 팔려 나간다고 한다. 저 나무들도 전부는 아니어도 많은 수가 선박건조에 쓰일 것이다. 그리고 그중 얼마간은 상상도 못 할 만큼먼 바다까지 가게 될 테고.

왕년에는 나도 세상을 뒤덮은 상인망의 한 코를 쥐고 있었는데, 라고 생각하니 조금 자랑스럽다. 하지만 지금 다시 그 자리로 돌아가고 싶으냐고 누가 묻는다면, 그렇지는 않다.

"왜?"

로렌스의 곁, 마부석 위에서 바지런히 바느질을 하고 있던 호로가 시선을 느꼈는지 고개를 들었다.

"아니, 그냥. 잘 어울린다 싶어서."

호로는 예전처럼 편력 수도녀로 가장하지는 않았다. 양털로 짠 수수한 두건을 쓰고, 그 밑으로 투박하게 땋은 머리를 늘어뜨렸다. 귀퉁이에 살짝 자수만 수놓은 숄을 어깨에 두른 모습이 참으로 선량하고 조신해 보인다. 겉모습이 젊은 덕에 얌전하게만 있으면 순진한 새색시 같기도 하다.

저런 차림으로 곁에 앉아 바느질을 하고 있으니, 일부러 호로의 기분을 해칠 필요는 전혀 없다.

하물며 이 이상의 보물을 찾으러 세상의 끝까지 갈 필요는 더더욱 없다.

"당신은… 흠. 꽤 하네."

오랜만에 고삐를 잡았더니 말을 모는 게 어색한 데 비해 호로의 평가는 달달했다. 날씨가 좋으니 기분도 좋은가 보다.

"물론, 수컷으로서의 당신의 도량이 어느 정도인지는 시벽 안에 들어간 뒤에 알 수 있겠지만?"

눈을 가늘게 뜨며 짓궂은 웃음으로 입가를 씨익 비튼다.

로렌스도 호로가 저렇게 나올 줄 당연히 알고 있었다. 겨울 사이 뇨히라에 모인 화폐를 산 아래 도시인 스베르넬로 가져가는 것이 이 무렵인 것에는 까닭이 있다.

이 시기에 스베르넬에서는 봄의 축제가 크게 열린다. 사람들은 모여들고 장사는 호황인데 화폐 공급은 원활하지 않다. 화폐가 없으면 장사를 못 한다. 필요로 하는 곳에 상품을 가져가는 것은 비싼 값을 쳐서 받기 위한 기본 원칙이다.

그리고 축제로 떠들썩한 시벽 안에서 식도락가 늑대가 무엇을 졸라 댈지는 물을 것까지도 없다.

"괜찮아. 먹고 싶은 거 있으면 다 말해."

"호오."

설마 이렇게까지 호기 있게 말할 줄 몰랐다며 놀라는 호로에게 로렌스는 말했다.

"이러니저러니 해도 네가 주머니 사정을 고려해 준다는 건 아니까."

그러면서 상인의 웃음을 짓자, 입을 꾹 다물고 노려본다.

"당신은 나이를 먹더니 교활해졌어."

"현랑 님의 가르침 덕분이지."

호로는 뺨을 불룩이고는 로렌스의 다리를 걷어찬다. 로렌스도 되받아 차자, 어깨를 머리로 들이받기까지 했다.

짐마차를 끄는 말이 딴 데 가서 하라는 투로 꼬리를 흔들었다.

"아무튼, 할 일이 태산이야. 시내에 들어가서 상대를 못 해 줘도 삐치지는 마."

"내가 뭐 우기기쟁이 뮤리인 줄 알아?"

딸인 뮤리도 우기기가 특기였는데, 그런 성격은 호로에게 이어
받았을 거라고 로렌스는 믿고 있다.

그런 눈빛으로 호로를 쳐다봤다가 또다시 다리를 걷어차였다.
아까보다 더 세게.

"흥. 뭐 그리 대단한 일을 한다고. 뒤에 실린 짐을 팔고, 마을
놈들이 사다 달라고 한 것을 사고, 사람을 좀 찾아보면 되는 거
잖아?"

"그 사람 찾기 하나만으로도 큰일일 성싶은데…, 그거 말고도
할 일이 또 있다고."

"음?"

좀 전의 복수라는 투의 의심 가득한 눈초리다. 또 이상한 돈벌
이 건수에 머리를 들이밀려는 것은 아니겠지? 하는 견제이리라.
십여 년 전 여행에서는 그것이 원인이 되어 온갖 산전수전 모험
을 겪곤 했다.

"축제 준비로 시벽 안이 야단법석일 테니까. 환전상 조합에 저
짐들을 일괄해서 인도하는 대신 축제 준비를 돕는 것이 마을의
관례라고. 그러니까 축제가 개최되는 내내 거기에 매달려야 할
지도 몰라."

"으."

뇨히라는 물자 유통을 스베르넬에 전적으로 의존하기에, 이른바 공생관계라 할 수 있다.

"그런데 당신은 축제에서 뭘 도울 건데?"

"자세히는 못 들었지만…, 일이야 얼마쯤도 있겠지. 몇 년 전부터 축제가 상당히 화려해졌다고 들었거든."

"그건 알아. 그래서 당신이랑 보고 싶었는데…."

뿌루퉁하며 그런 소리를 한다. 가끔 저렇게 귀여운 속내를 드러내니 호로는 약았다.

"그리고 이번에는 한 가지 중요한 일이 더 있어."

재미없다는 투로 입을 삐죽이고 있던 호로가 아직도 뭐가 더 있느냐며 고개를 든다.

"산 너머에 새로운 온천마을을 만들려고 한다는 자들을 조사해야 해."

이번 겨울 뇨히라 마을에 전해진 가장 충격적인 소식이 바로 이것이리라.

아직 자세히는 모르겠지만, 여행 중인 상인이 그런 소문을 알려 주었다.

산 너머라 해도 이 지역은 대부분의 길이 스베르넬로 통하기에 사실상 손님을 놓고 다투게 된다. 당연히 식료품과 술, 기타 생필품도 스베르넬에서 구입하게 될 테니 가격이 치솟을 수도 있다.

소문의 진위를 확인해야 한다.

"그러니까 나는 시벽 안에서 아주 바쁠 거라고."

로렌스가 말을 마치자 호로는 등을 구부려 턱을 괴고는 한숨을 쉬었다.

"여기저기 뛰어다니다가 넘어지지나 마셔."

"뭐야, 너는 안 도와줄 거야? 우리 온천장의 경영 내지는 뇨히라의 위기로 이어질지 모르는데?"

이런 시기에 도시로 화폐를 가져가는 역할을 맡으니 마을의 일원으로 인정받았다는 점이 기뻐서 더 기를 쓰게 된다. 그래서 조금 책망하듯 말하자 호로가 수상쩍은 눈빛으로 쳐다보았다.

"그럼, 그놈들이 온천 구덩이를 열심히 파는 곳에 슬쩍 가서 뒷발로 그놈들까지 모조리 구덩이에 묻어 버릴까?"

그 말에 로렌스는 주춤했다. 여기에 있는 것은 늑대의 화신이자 인간의 지식을 초월하는 힘을 가진 존재다.

호로는 그런 로렌스를 보며 다시 한숨을 짓더니 손을 쑥 뻗어 수염을 잡았다.

"당신은, 아직도, 큰 장사꾼, 놀이를, 잊지, 못하고, 있나, 보네? 으응?"

"앗, 자, 잠깐, 야!"

수염을 잡아당기는 바람에 로렌스는 좌로 우로 고개가 휘둘린다.

"흥. 상대가 누가 됐건, 우린 자~알 준비했다가 평소 하던 대로 손님을 기쁘게 하면 되는 거거든? 그렇게 해서 재미있었으면 이쪽으로 올 테고, 재미없었으면 저쪽으로 갈 테고. 안 그래?"

수염이 놓이자 로렌스는 턱을 문지르며 호로를 쳐다본다.

눈앞에 있는 것은 연세 수백 살을 잡수신 현랑이었다.

"그거야 뭐, 그렇지만…."

"그리고."

라며 호로는 분위기를 확 바꾸어 로렌스에게 몸을 붙인다.

"가게가 한가해지면 당신도 조금 더 나를 상대해 줄 거 아냐? 손이 가는 뮤리도 여행을 떠나고 없으니?"

"……."

퇴폐에는 감미로운 유혹이 인다.

로렌스는 한순간 흔들릴 뻔했으나, 머리를 흔들고 정신을 차렸다.

"우리 문제만이 아니야. 마을 전체의 문제지."

로렌스가 자신을 다독이듯 말하자, 못내 아닌 척 애쓰는 것을 눈치챈 호로가 깔깔대며 웃는다.

"그야 뭐, 나도 내 영역이 어지럽혀지는 것을 얌전히 보고만 있을 생각은 없어. 어떤 놈들이 우리한테 도전을 하려고 하는지는 봐 둬야지. 그래야 의욕도 솟을 테고."

호로가 있어 주면 일당백.

로렌스는 호로의 숄을 공손히 바로잡아 준 뒤, 잘 좀 부탁할
게, 라고 말했다.

사흘쯤 걸려 산에서 내려가자 눈이 녹기 시작해서 진창이 많
아졌다. 그런 탓에 몇 번이나 바퀴가 빠져 쩔쩔맸는데, 지나가는
나그네들의 도움도 받아 가며 점심 무렵에는 간신히 스베르넬에
다다랐다.

"으…. 시궁창의 쥐가 따로 없네."

호로는 짐마차 위에서 자신의 사슴가죽 구두와 얇은 모직물 바
지, 그리고 허리춤에 두른 모직물 자락을 보고는 질색하며 말했
다. 허리께에 달린 복슬복슬한 꼬리털은 진흙으로 더러워질 것
을 짐작했는지 특제 주머니에 포도처럼 넣어 두었을 정도다.

하지만 공주 저리 가라로 옷에 살짝 묻은 때를 꺼리는 호로의
곁에 선 로렌스는 그 정도가 아니었다. 진창에 빠진 짐마차를 몇
번이나 밀어야 했던 탓에 얼굴을 움직이기만 해도 진흙이 투두둑
떨어질 만큼 온몸이 진흙 범벅이었다.

"한시라도 빨리 씻고 싶다…."

"나도 빨리 꼬리 손질을 하고 싶어."

호로를 너무 오냐오냐 한 게 아닌가, 하고 로렌스는 자문했다.

그런 후 시벽을 지키는 병사에게 무참한 몰골을 동정받으며 스

베르넬 시내로 들어갔다.

시벽 안에도 다소 눈이 남아 있어 길이 질퍽하다. 짐마차가 빠질 일은 없지만, 사람이 많아서 진흙이 튀어, 오가는 행인들 모두 무릎까지 진흙투성이다. 그런데도 아무도 신경 쓰지 않는 것은 이 시기에는 신경을 써 봐야 소용없기 때문이리라.

호로는 그런 광경에, 짐마차에서 내리다니 당치도 않다는 표정으로 주머니 속에 담긴 자랑스러운 꼬리털을 끌어안고 있었다.

"자…. 일단은 환전상 조합으로 가야 하는데, 무사히 도착할 수 있을지."

이곳에 오는 것이 몇 년 만이고, 도시는 급격하게 발전해 모습도 꽤 변했다. 이 일대에서 상업이 번창하게 되자 스베르넬도 커졌다. 십여 년 전 처음 왔을 때 시를 에워쌌던 시벽은 외곽으로 새로운 시벽이 둘러싸고 있다. 그뿐 아니라, 더 거대한 시벽을 세울 계획이라고 한다. 시벽 안에는 훌륭한 저택들이 줄줄이 서 있고, 대로에도 노점이 빼곡했다.

인파 속에서 짐마차를 모느라 애를 먹어 가며 가까스로 환전상 조합에 도착했을 때는 땀으로 범벅이었다. 마부석 위의 호로는 로렌스가 왜 이렇게 됐는지 잘 모르겠다는 표정으로 수건을 건네주었다.

로렌스는 얼굴을 닦고, 옷에 묻은 먼지만이라도 털어 냈다. 환전상은 경제의 중추를 짊어진 직업이기에 어느 도시에서나 어엿한 지위를 점하고 있다. 눈앞의 환전상 조합도 훌륭한 5층짜리 건물이었다. 로렌스는 헛기침을 하고, 그 분위기에 압도당하지 않도록 가슴을 편 뒤 문 밖에서 외쳤다.

"실례합니다!"

하지만 반응이 없다. 문을 두드려도 대답이 없다. 하는 수 없이 문을 열고 안을 들여다보자마자 후끈한 열기가 얼굴을 덮쳤다. 바깥의 소음 이상으로 조합 안은 떠들썩했다. 온 도시 내에서 모였을 성싶은 환전상들이, 큰 방이 미어져라 들어찬 책상 앞에 필사적으로 매달려 있다. 이 사람 저 사람 할 것 없이 하나같이 무슨 주술 의식이라도 치르듯 저울을 노려보고, 문서를 작성하고 있다. 코를 찌르는 이 냄새는 불과 며칠 전 회합소에서도 실컷 맡은, 대량의 화폐 냄새다.

"실례합니다!"

한 번 더 외치자 그제야 근처 책상에 있던, 눈 밑에 시커먼 그림자가 진 나이 많은 환전상이 버럭 소리 질렀다.

"여관은 여기가 아니야! 옆 구획이야!"

로렌스의 차림새를 보고 시벽 밖에서 온 여행객인 것을 바로 알았나 보다.

"아니요, 뇨히라에서 왔습니다! 물건을 배달하러!"

로렌스가 그렇게 말하자마자 돌연 방 안의 공기가 확 바뀌었다.

전원이 사흘 만에 음식을 본 얼굴이다.

"뇨히라?! 뇨히라라고?!"

"화폐야?! 화폐를 가져온 거야?!"

"어디야?! 당장 줘! 지니 동화 있나? 모조리 다 주게!"

"데바우 은화는 여기! 아니, 은화라면 뭐든지 좋아! 당장에라도 환전이 파탄 날 지경이라고!"

달려드는 환전상의 물결에 휩쓸릴 뻔한 직후, 쇠 냄비 두드리는 소리에 귀가 아렸다.

"조용! 화폐 배분은 정해진 순서대로 한다!"

고성은 1층 거실의 가장 안쪽의 한 단 높이 올린 곳에서 들려왔다. 멋진 수염을 가슴께까지 기른, 뚱뚱하고 나이 지긋한 환전상.

"우선 손님부터 대접해야지! 우리 조합의 명예 문제야!"

조합장으로 보이는 노환전상의 음성에 흉흉한 기색의 환전상들이 마지못해 제자리로 돌아간다. 그 대신 잡무 담당으로 보이는 도제 소년이 비틀비틀 다가온다. 수면부족이 역력하고, 손가락은 화폐를 하도 만져 새카만 재를 바른 것처럼 되어 있다.

머리를 살짝만 털어도 귓구멍에서 숫자가 흘러나올 것 같다.

"이, 이쪽으로…."

오랜만에 말을 한 것인지, 아니면 너무 말을 해서 음성이 쉰 것인지, 어색하게 말하고는 비틀비틀 밖으로 나선다. 입에서 흰 숨결이 나부끼지 않았다면 죽은 사람인가 싶을 정도다.

도제는 건물을 따라 걸어가다가 거대한 쇠창살문이 나오자 온 몸의 무게를 싣다시피 하여 열었다. 그곳은 건물 1층 부분을 터서 만든, 중간정원으로 이어지는 거대한 통로였다.

도제가 이끄는 대로 짐마차를 들여놓고 오랜만에 돌바닥 위에 서자, 탄탄한 토대에 마음이 푹 놓인다. 통로 오른쪽은 조금 전의 떠들썩한 조합 거실로 이어지고, 하적장 역할도 가능했다. 눈이 많이 오는 지방이니 귀한 손님은 이곳에서 맞기도 하고, 짐을 더럽히지 않고 주고받을 수도 있게끔 연구한 모양이다.

잠시 후 거실로 이어지는 문이 열리고, 아까 고함을 질렀던 노환전상이 일행을 데리고 밖으로 나왔다. 도제가 조합장님이라고 불렀으니, 역시 환전상 조합의 수장이 맞다.

"아, 조금 전에는 실례했소. 다들 연일 밤샘 작업을 하느라 살기가 등등해서 말이지."

"이만큼 도시가 북적거리면 어쩔 수 없는 일이지요."

머리 위에 공중 회랑이 있어 다소 어두컴컴한 통로에서 시가지의 길을 내다보니, 빼곡한 인파가 쉼 없이 오가고 있는 것이 훤히 보였다.

화폐를 아무리 뿌려 댄들 저들에게 바로 먹혀 버릴 테지.

"해가 갈수록 도시가 커지는 것은 좋은 일이나, 바쁘기는 또 그 이상으로 바쁘니. 그런데 딱 맞춰 와 줘서 정말 살았소. 환전상 금고에서 화폐가 떨어지면 빵가게에 발효종이 떨어진 것이나 다름없으니까."

물론 그런 때를 일부러 노리고 온 것은 서로의 평화를 위해 입 다물어 둘 일이다.

"화폐 이외의 물품도 평년대로 우리가 맡으면 되겠소?"

"예, 바쁘신 때라 번거로우시겠지만…."

"하하하. 그런 만큼 축제 일을 도와줄 테니! 게다가 올해는 아 주 젊은 분을 보내 주셨네! 든든하오!"

그러면서 로렌스의 어깨를 두드리는 조합장의 손은 얇은 화폐 쯤은 휙 구부러뜨릴 수 있을 만큼 투박했다. 손끝으로 화폐를 다 루는 환전상의 경험이 듬뿍 담겨 있는 손이리라.

"뭐, 아무튼 그쪽 얘기는 일단 씻어서 여행의 먼지…가 아니라 진흙인가. 그걸 털어 낸 후에 해도 되겠지. 어허. 이것 참, 온천 의 고장으로 유명한 뇨히라 분에게 탕을 보여 드리려니 민망하 구먼."

그렇게 말하고는 크하하 웃는다. 로렌스는 감사한 제안을 공손 히 받아들였다.

"말은 저 녀석에게 얘기해서 안쪽 중간정원에 매어 두시오. 방 은 마련돼 있으니―자, 이쪽으로."

만사 준비 끝이란 뜻이다. 진흙투성이 신발로 조합 건물에 들 어서기가 한순간 주저되어 복도를 살짝 엿보니 진흙투성이 개, 방목된 닭이 어정대고 있기에 안심했다. 온기를 찾아 들어왔거나, 작업 중에 환전상들이 먹다 흘린 것을 노리고 들어와 있나 본데, 호로가 지나가자 뜨끔한 듯이 개가 엎드려 꼬리를 말았다.

그 후 안내된 곳은 조합 건물 2층에 있는 깨끗한 방이었다. 가구도 훌륭하여 경기가 좋은 것이 확 와 닿는다. 나무창을 열고 길을 내려다보자, 어떻게 저 틈을 뚫고 짐마차를 몰고 올 수 있었나 싶을 만큼 붐비는 인파가 잘 보였다.

왁자지껄 어수선하게 활기로 넘쳐 난다.

"즐거운 체류가 될 것 같네."

로렌스는 중얼거린 뒤, 도시의 공기를 가슴 한가득 들이마셨다.

뜨거운 물을 넉넉히 받아 진흙을 씻어 내자 비로소 살 것 같다. 옷도 진흙투성이지만 상의만 자기 전에 빨아 난롯불에 말리는 수밖에 없다. 일단 진흙을 툭툭 털어 내는데 문득 옛날 생각이 나서 웃음이 삐져나온다.

"뭐가 그렇게 재밌어?"

창밖을 보고 있던 호로가 기척을 알아챘는지 돌아보았다.

"아니, 그냥. 갓 행상인이 된 무렵에 이런 식으로 벼룩이나 이를 털어 냈던 게 생각나서."

호로는 대번에 얼굴을 찡그리더니 복슬복슬한 꼬리털을 뒤로 감춘다.

172

"나한테 가까이 오지 마."

"옛날얘기라니까."

그런데도 호로는 의심하는 표정을 풀지 않고 홱 고개를 돌려 버린다.

그리고 창틀에 기대듯이 서서 원망 어린 표정으로 밖을 바라본다.

묘하게 기분이 별로네, 하고 로렌스가 생각하고 있자 급기야 우우우 하며 신음까지 한다.

그제야 생각이 미쳤다.

"토끼를 잡고 싶으면 땅바닥에 배를 대고서라도 토끼 굴에 손을 집어넣어야지."

북적이는 노점으로 뭔가 사러 가고는 싶은데 진흙투성이가 되는 것은 싫다 이거지.

저 훌륭한 꼬리는 날마다 빗으로 빗고 가지런히 정리해서 기름으로 윤을 낸 것이다.

호로가 이쪽으로 천천히 몸을 돌리더니 붉은 기가 도는 눈을 촉촉이 하며 윗눈질로 쳐다본다.

"…나더러 사 오라고? 이제 막 진흙을 씻어 냈는데…."

대번에 호로의 얼굴이 확 밝아진다. 연기라는 걸 알면서도 마음이 흔들리고 마는 로렌스는 자신이 한심스러웠다. 머리를 흔들고 마음을 다잡는다.

"너, 뮤리가 집을 나간 뒤로 너무 해이해진 거 아냐?"

아이가 생기자 예쁜 아내가 달라졌다며 온천장 주인들은 입을 모아 한탄했지만, 호로는 별로 안 달라졌다. 기껏해야 뮤리 앞에서는 위엄 있는 늑대가 되고자 할 때가 좀 많은 정도다.

그런데 지금은 그 정도의 꾸밈조차 싹 집어치우고 없다.

"당신과 처음 만났을 무렵의 풋풋한 관계로 있고 싶은 소녀의 마음이거늘…."

꼬리를 끌어안고 서글픈 얼굴로 입가를 가리며 그런 소리를 한다.

로렌스가 손을 얹어 눈을 덮는다. 저것이 효과적이기에.

세월이 흐르면 호로와의 관계도 질리게 될까 봐 두려워한 것은 옛날이야기다. 오히려 나이를 먹어 가면서 호로의 온갖 수단에 갈수록 더 약해지는 것만 같다. 귀염성으로 따지면 딸인 뮤리가 제일이지만, 호로는 뮤리와 달리 로렌스의 어디를 누르면 얼이 홀랑 빠질지를 구석구석 잘 안다.

로렌스는 한숨을 쉬고 호로와 나란히 창밖을 내다보았다.

"그래서? 어느 가게가 좋은데?"

호로는 만면에 미소를 띠고 로렌스의 팔을 잡더니 꼬리를 파닥이며 창밖으로 몸을 내밀었다.

"음, 저쪽에 칠성장어 튀김이랑 삶은 토끼고기, 돼지기름이 듬뿍 들어간 파이 가게가 있잖아? 그리고 있지, 이쪽에는—"

희희낙락하며 말하는 호로의 옆얼굴을 바라보고 있노라니 그 저 좋기만 하다.

로렌스는 그 옆얼굴에 입을 맞추려다가 냅다 뺨을 얻어맞았다.

"듣고 있는 거야?!"

"……."

색욕보다 식욕.

로렌스는 야단맞은 개처럼 호로가 가리키는 가게로 고개를 돌리고 주문 사항을 경청했다.

스베르넬에서 해야 할 일이 수두룩한데 호로의 심부름이나 하고 있다. 하기야 호로의 기분이 좋아진다면 그보다 더 좋을 게 없다만.

방을 나와 계단을 내려가, 사람이 다가가는데도 전혀 길을 비켜 줄 조짐이 없는 닭을 발을 이용해 복도 구석으로 밀어 내면서 중간정원으로 이어지는 연결통로 문을 잡은 순간.

"아, 출타하시오?"

통로 옆 작업장에서 나타난 것은 백발의 조합장이었다. 수건으로 손을 닦고 있는 것으로 보아 휴식시간인가.

"예에. 점심을 아직 못 먹어서 사러 갑니다."

처마는 빌려도 밥은 스스로 조달하는 것이 나그네의 예의.

"오! 그럼 함께하시는 건 어떻소? 가서 사 오라고 할 테니."

그리고 상대가 제안을 해 오면 받아들이는 것 또한 예의. 하지만 호로가 사 오라고 명령한 것으로 먹고 싶다고 주문하기는 뻔뻔스럽기에 잠자코 있었다. 조합장은 나이가 꽤 있어 보이니 호로가 좋아할 만한 것과는 다르게 차려질 수도 있겠다. 그래서 나중을 기약해 달라고 해야겠다 생각했는데, 전혀 쓸데없는 기우였다.

"자아, 자. 사양 말고 드시오! 누추해서 죄송하오만!"

호로와 함께 안내된 1층 안쪽 방은 평소에는 조합원의 식당이나 회의실로 쓰이는 곳이리라. 그곳에 지금은 짐이 산더미처럼 쌓여 있다. 개중에는 로렌스가 뇨히라에서 싣고 온 물품도 있고, 저 모두가 이 시기에 도시를 오가는 물품의 일부다. 과연 뇨히라 마을과는 규모가 다르다.

그리고 그 이상으로 산을 이룬 것이 테이블 위의 온갖 기름진 음식들이었다.

"이 시기에 여행하기가 쉽지 않았을 텐데. 게다가 앞으로 축제 준비를 열심히 도와주실 테니! 영양을 듬뿍 섭취하시게나!"

조합장의 음성이 과하게 크다. 작업장에서 하도 목청을 높여 가며 일을 해서 그럴 수도 있겠지만, 평소에 정정한 모양이다. 호로가 눈을 빛낼 만한, 암염을 발라 구운 두툼한 사슴고기를 나이프로 썰어 뜯고 있는 것을 보면. 혹시 여인숙 같은 곳에서 만났더라면 산적 두목이 아닌가 했으리라.

"마실 것은 맥주로 되겠소? 포도주도 있는데."

추운 지방에서는 포도가 나지 않기에 포도주는 고가의 수입품이다. 로렌스는 전직 행상인의 습성으로 호로를 견제하려 했는데, 다행히 호로는 싼 맥주를 선택했다. 겸손을 표한 것은 물론 아니고, 빼곡하게 늘어선 기름진 음식에는 맥주가 더 잘 어울린다고 단순히 생각했을 것이다. 당연히 식사는 사양하지 않고 먹어 치울 작정인 듯했다.

"음하하하하! 잘 드시는구먼!"

호로는 터질 듯이 속이 꽉 찬 삶은 소시지에 겨자를 듬뿍 쳐서 먹는다. 이런 자리에서 사양한다고 칭찬받는 것은 귀족 부인네뿐이다. 잘 먹고 잘 마시고 일 잘 하는 것이 시정 사람들의 얼마 안 되는 평가 기준이다.

"그나저나, 로렌스 씨와 이렇게 식사를 할 수 있다니 환전상으로서 영광이오!"

"아니요, 별 말씀을."

하고 로렌스는 송구해 하면서 속으로는 '응?' 했다.

이름을 대며 다시금 인사를 하려 했는데, 상대가 먼저 이름을 불러 왔기에.

"아, 죄송합니다. 어디선가 이미 뵌 적이 있었는지요?"

살집이 퉁퉁한 백발의 환전상을 그리 쉽게 잊었을 리 없는데.

그러자 조합장은 뼈다귀 고기를 물어뜯고 맥주로 입가심한 뒤 웃었다.

"무슨 말씀이시오! 로렌스 씨는 우리 환전상의 영웅 정도가 아니라, 이른바 장사의 수호성인이시오! 게다가 부인은 그 무렵과 하나 다를 바 없이 여전하시고! 바로 알아봤다오!"

칠성장어 튀김에 버터를 바르고 있던 호로가 '누가 나 불렀어?' 하는 표정으로 고개를 든다.

"십여 년 전… 아니, 15년도 넘었던가? 부인이 숙소 창에서 용감하게 외치던 모습을 지금도 생생히 기억하는데. 기가 막힌 말솜씨로 비열한 상인들의 꿍꿍이를 격파한 이야기는 지금도 회자되고 있다오! 물론 환전상에게는 조금 속 쓰린 부분도 있소만."

호로는 관심 없다는 투로 칠성장어 튀김을 먹다가 뚝뚝 떨어지는 기름에 뜨거워하며 맥주를 마셨다.

하지만 로렌스는 조합장의 말을 듣자 역시 뿌듯했다.

그것은 호로와 함께 헤쳐 나온 마지막 대모험이었으니까.

"좌우간, 그때 로렌스 씨 일행의 활약이 없었으면 지금쯤 데바우 상회는 시시한 상회로 전락했을 테고, 북방 일대 상권의 번영을 가져온 데바우 은화도 탄생하지 못했을 거요. 그뿐 아니라 이 도시도 이렇게까지 커지지 못했을 테고."

당시 로렌스 일행은 현기증이 날 만큼 거대한 기획 속에 있었다. 그것은 교통이 너무 불편한 탓에 권력 통일이 이루어지지 않았던 이 지역을 화폐라는 것으로 통일하려는 장대한 계획이었다. 그런 거대한 꿈을 꾸고 있던 곳이 데바우 상회였다.

하지만 어떤 기획이 있으면 그것을 뒤집으려는 이들이 등장하는 것 또한 세상의 습성인지라, 하마터면 파탄이 날 뻔했다. 그런 상황을 타파한 것이 로렌스였고, 로렌스를 받쳐 준 것이 호로였다. 지금은 이 일대에서 제일 신용받는 은화, 태양의 문양이 새겨진 데바우 은화는 로렌스와 호로가 없었으면 존재할 수도 없었다 해도 과언이 아니리라.

그렇다 해도, 그런 일마저 뇨히라에 온천장을 차리고, 딸인 뮤리가 태어나고, 하루하루 생활에 쫓기는 사이에 까맣게 잊었다. 옛날 같으면 부푸는 자긍심에 가슴을 폈겠지만, 지금은 나직이 웃고는 맥주와 더불어 추억으로서 목구멍 너머로 삼켜 넘긴다.

"그때 일은 신의 뜻이셨습니다. 게다가 많은 분들이 함께하신 결과였고요."

오히려 우리는 단역에 지나지 않았다. 당시의 두 사람은 시대에 뒤처져 고향으로 가는 길조차 잊은 외로운 늑대와 일개 행상인일 뿐이었으니.

"게다가 데바우 은화가 유통되고 있는 것은 데바우 상회의 화폐 관리 덕택이지요."

"음후후후. 겸허하게 행동하는 사람이 제일 무섭지. 하지만 데바우 상회도 무서운 게 사실이지. 관리되는 처지에서는 갑갑하다 싶은 때가 많다오."

상인의 돈주머니에는 무수한 종류의 화폐가 들어 있다. 개중 어느 것이 제일 많이 쓰이느냐는 국가 간의 세력다툼과도 비슷해 강한 자가 이긴다. 데바우 상회는, 나쁘게 말하자면 북방 일대의 상업을 장악할 목적으로 데바우 은화를 발행하고 있다. 그러기 위해 환전 시세를 유지하는 한편, 다른 은화는 녹여서 지금*으로 되돌리는 등, 철저하게 유통을 관리하고 있을 것이다.

"이제 데바우 상회는 상회라기보다는 시장을 영지로 삼은 상인국가이니 말이오. 검보다도 강력한 무기가 은이지. 화폐 창고는 흡사 무기고 취급이고."

음모가 소용돌이치는 돈과 권력의 세계.

거기에 파문이라도 일으켜 보겠다는 생각을 옛날에야 했겠지만, 그땐 참 젊었지 하며 웃고 만다.

"저토록 강대한 데바우 상회에 행상인의 신분으로 잠시나마 관여할 수 있었던 것이 지금도 자랑스럽습니다만, 역시 어쩌다 맺은 인연이었지요."

"무슨 말씀! 마땅히 있어야 할 때, 마땅히 있어야 할 곳에 있는 것 또한 상인에게는 실력인 것을. 아아, 참. 이제는 온천장의 주인장이시지."

※지금(地金) : 화폐 세공의 재료가 되는 금속.

조합장은 웃으며 로렌스의 잔에 맥주를 부었다.

"바로 그 마땅히 있어야 할 곳이 뇨히라였던가 보오."

뇨히라 사람들과 오랜 세월 관계를 맺어 온 조합장이라면, 이 시기에 마을의 화폐와 물품을 가져오는 것이 어떤 의미인지 잘 알 것이다.

사람 좋은 할아버지의 웃음을 지으며 연신 고개를 끄덕인다.

"마땅히 있어야 할 그곳에 있게 된 것이야 다행입니다만."

하고, 로렌스는 왕년의 장사 호흡을 떠올리며 때는 이때다 싶어 말문을 열었다.

"그곳을 위협하는 누군가가 나타났다는 소문이 들려서요."

조합장은 어리둥절한 표정이었다가 씨익 웃는다. 그 눈에는 '은퇴라니, 아직 50년은 더 있어야 할 일이야!'라고 큰소리치는 듯한 힘찬 빛이 담겼다.

"요즘 우리 사이에서도 그 소문이 자자했다오."

조합장은 등받이에 몸을 기대고 수염을 쓰다듬으며 한숨을 푹 쉰다. 그 침묵을 틈타 들려오는 것은 양뼈에 달라붙은 고기를 호로가 오독오독 씹어 대는 소리.

"온천마을이 둘로 늘어나면 장사도 배로 늘어나니까."

그러면서 살짝 미안한 표정을 보인 것은 착각이 아닐 수도 있다.

이익에는 정직하게, 오로지 앞으로 나아가는 상인의 얼굴.

로렌스는 오랜만에 옛 친구를 만난 것 같은 기분이 들었다.

"바늘구멍에 두 가닥 실을 꿰려는 것은 아닌지?"

조합은 현 상황으로도 바빠서 정신없어 보인다. 조합장은 흠, 하고 수긍하면서 기름에 통째로 튀긴 마늘에 나이프를 꽂았다.

"하기야, 뇨히라 분들 입장에선 반갑지 않은 이야기일 수도 있겠소."

마늘껍질을 벗기다가 하나 먹겠느냐며 나이프로 가리키기에 로렌스는 거절했다.

대신 호로가 받아서 사슴고기와 함께 먹었다. 아니, 내가 마늘을 먹으면 냄새 난다고 화를 내면서. 로렌스는 조금 어이가 없었다.

"누굽니까? 온천을 파려면 나름대로 준비가 필요할 텐데. 게다가 산 너머… 뇨히라에서 서쪽으로 산을 넘어간 곳이라는데, 꽤 멀리까지 가 봐도 그쪽으로는 집락다운 집락이 없었던 것 같은데요."

"그렇지. 하지만 그쪽 지역으로는 스베르넬에서 연결되는 오래된 길이 딱 하나 있기는 하오."

조합장은 마늘 알에 소금을 뿌려 바로 입에 털어 넣었다. 훌륭한 조합 건물에 몸을 담고 있으면서도 젠체하지 않는 모습이 로렌스의 눈에는 털털해 보인다.

"벌써 몇 십 년쯤 전이던가…. 이 땅에 아직 교회의 가르침이 눈곱만큼도 뿌리를 내리지 못한 시절의 일이오만, 주변이 온통

적으로 둘러싸여 있어 되레 피가 끓는다는 듯 열심인 수도사들이 들어왔거든. 그야말로 엄청난 열의로 길을 트고, 산속 깊숙이에 돌로 된 수도원까지 세웠다오. 북방지역과 남방 교회가 심각하게 싸우던 시절이었지. 하지만 그 용기에 감복했는지 아무도 방해하지 않았어. 이 도시에서 교회 쪽으로 개종한 사람들 대부분은, 나를 포함해서 그들의 열의를 알았거든."

그럴 수도 있겠다. 참된 신념이란 그런 것이니.

"하지만 어느 사이엔가 전쟁도 껍데기만 남아 무슨 연중행사처럼 된 데다, 수도사들도 나이를 먹어 어디론가 가 버렸지. 하기야 뭐, 열의 없이 살기에는 너무도 척박한 곳이니까."

"그럼 그 수도원 자리에?"

"그런가 보오. 길은 오랫동안 쓰이지 않으니 재정비를 해야겠지만, 완전히 새로 닦는 것보다는 수월할 테고, 수도원 건물도 남아 있다고 하거든. 게다가 그 주변 일대의 특권장도 갖고 있다지."

그 말에 로렌스는 숨을 삼켰다.

"설마, 식민 정책인 겁니까?"

시벽 안이나 마을에 사람이 너무 많이 모여들어 일자리가 부족해지면 그들의 불만을 해소하기 위해 귀족은 이따금 멀리 떨어진 영토에 사람들을 이주시키기도 한다. 혹시 귀족이 주도한 식민 정책이라면 문제가 더 복잡해진다.

"아니…. 그렇게 거창한 일은 아닐 거요. 소문으로는 열 명도 안 된다던가?"

"출신은?"

"원래는 남방에서 소소하게 용병으로 살았다고 하오. 외진 곳
이니 아마 어떤 연줄로 그 땅의 특권장을 얻었겠지. 전쟁이 끝나
자 용병들도 일이 사라졌을 테고. 영주의 입장으로는 자기 땅에
할 일 없는 용병들이 어슬렁대는 것보다야… 하는 속셈도 있었을
거요. 그리고 용병들도 부평초 같은 생활이 몹시 힘들었을 테니
이쯤에서 험한 일에서는 손을 떼자 싶었던 게 아닌지."

"그렇다면… 혹시 온천이 솟지 않아도 사냥꾼 흉내를 내면서
살겠다는 심산도 있는 걸까요?"

그렇다면 고마운 일인데. 뇨히라에서도 새 원천을 발견하기는
극히 어렵다. 눈에 띄는 곳은 이미 모조리 파헤쳐졌다. 로렌스가
온천장을 차릴 수 있었던 것도 호로의 늑대의 힘 덕분이었을 정
도다.

"우리도 그렇게 생각했지. 헌데."

조합장은 나이프를 내려놓고 맥주를 단숨에 마셔 버린다.

"…그들은, 생각할 수 있는 머리를 갖고 있다오."

생각할 수 있는 머리.

게다가 조합장의 표정이 약간 떨떠름하다.

"그들은 그다음 준비도 하고 있소."

"그다음?"

"요컨대, 온천이 나올 것을 전제로 하여 온천마을을 운영하기 위한 물자 조달에 이미 나서고 있다오. 그러니 목재상, 푸줏간, 빵가게 조합에 이어 맥주 양조 조합까지 파고들었지."

로렌스는 할 말을 잃었고, 조합장의 얼굴은 점점 더 심각해졌다.

"그 조합들 모두 우리와 시정 참사회 자리를 두고 다투는 사이거든. 은밀한 계약이 있다는 것까지는 파악했소."

물자를 융통해 주는 대신 뇌물을 건네고, 그것을 받은 조합은 그 돈으로 시정 참사회의 지위를 사는 그런 식인가.

일의 옳고 그름은 둘째 치고, 그렇게까지 일이 본격적으로 진행되어 있을 줄은 꿈에도 몰랐다.

상대는 요행을 바라고 온 남방의 거친 무리가 아니라는 이야기다. 온천이 나올지 말지 이판사판 도박을 걸고 온 것도 아니다. 교섭할 줄 아는 머리를 가졌고, 그럴 만한 수단도 갖췄다.

"우리에게 접촉하지 않은 것은 화폐의 형편을 따질 필요가 없기 때문이겠지."

환전상들이 온천마을에 고이는 화폐에 되레 의지하는 상황이니까.

그러나 로렌스가 고심하고 있자, 조합장은 소도 때려잡을 만한 두툼한 팔을 탁자 위에 턱 올려놓고는 몸을 앞으로 기울였다.

"그러니 로렌스 씨와… 아니, 뇨히라와 우리의 이해는 일치한다고 보오. 시정 참사회에서 놈들에게 지위를 역전당하면 우리 명예에 먹칠인 거지. 아울러 우리가 지금까지처럼 그들 위에 설 수 있으면, 제한된 물자의 흐름을 뇨히라의 편의를 고려해 운용할 수도 있소. 그러니 우리는 서로 도와야 한다고 생각하오."

이런 노골적인 이해관계가 얽힌 이야기는 오랜만이었다.

로렌스는 느긋한 척 맥주를 들어 천천히 마셨다. 그러는 사이에 잠들어 있던 머리를 걷어차고 불을 지핀다. 조합장이 꺼내 든 것은 물자를 확보하고 싶으면 돈을 내라는 이야기일 테니까.

"말씀하신 대로이긴 합니다만."

그렇다면 환전상과 손을 잡을 게 아니라 목재상이나 푸줏간 조합으로 직접 가서 신참자들과 경쟁하는 게 효과적이지 않을까? 어쩌면 지금 이 상황은 신참자가 등장했다는 정보를 이용한 조합장의 연극일 가능성도 있으니까.

어쨌든, 적잖은 금액이 걸린 문제다.

섣불리 행동했다가는 앞으로 몇 십 년간 뇨히라의 동료들에게 폐를 끼칠 수도 있다.

"마을 사람들과 협의를 해야지요."

"흠? 그야 그렇겠지만 로렌스 씨, 지금 나는 당신에게 부탁을 하는 거라오."

붉은 기가 도는 뺨은 흥분 때문인지, 아니면 취기 때문인지.

로렌스가 머뭇대자 조합장은 문득 뭔가를 깨달은 표정을 지었다.

"로렌스 씨, 당신, 설마?"

로렌스는 조합장이 엉뚱한 착각을 했을까 봐 초조했다. 뇨히라가 이미 환전상을 배신했고, 로렌스도 목재상과 푸줏간 조합을 돌아다니고 있는 것으로 오해하면 안 되는데.

"아니요, 이 이야기는 여기에서 처음 들었습니다. 그 점만큼은 믿으십시오."

"오오, 역시나. 아니, 그렇겠지…. 느닷없이 이런 얘기를 들었으니 당황할 만도 하겠지만, 우리도 놈들에게 질 수는 없는 노릇이라서 말이오."

좁은 도시 안에서의 세력 다툼. 게다가 한창 발전 중인 도시이기에 참사회의 의자는 황금 옥좌다. 그렇다고 해서 정략의 장기 말로 이용당할 수는 없다.

로렌스가 정신을 가다듬고 숨을 들이마신 그 순간.

"아니면, 혹시 그거인가? 로렌스 씨는 특별한 불살(不殺)의 맹세라도 하시었소?"

자꾸 되묻기만 했다가는 얕잡혀서 장기 말로 취급되고 만다.

하지만 방금 그 말은 너무도 뜬금없었다.

"예? 불살…이오?"

설마 눈엣가시는 제거하겠다는 뜻인가? 장사의 세계에 그런 일이 있기도 하다는 것은 알지만, 등줄기에서 주르륵 땀이 흐른다.

암살.

이곳은 불과 얼마 전까지만 해도 몇 십 년이나 계속된 전쟁의 영향 아래에 있었다. 죽이고 죽임을 당하는 것을 당연히 여길 수도 있다.

긴장하여 꿀꺽 침을 삼키자 조합장은 탁자를 응시한 채 말을 이었다.

"신앙은 귀중하오. 그 점은 부인하지 않겠으나, 우리도 살아 있는 한은 모종의 살생은 피할 수 없지. 그 점은 잠시 눈감아 주시겠소?"

번득, 조합장의 시선이 와 닿는다.

"로렌스 씨는 섭생에도 신경 쓰는 듯하고, 불룩 나온 배가 방해할 일도 없지 않겠소."

시벽 안 사람이 했다가는 들통 나기 쉽다. 하지만 산중 깊숙이 사는 사람이라면 산중에서 처리할 수 있을 거다 싶은 건가? 온천을 파는 것은 광산 채굴과도 비슷하다. 광산 채굴에는 사고가 따르기 마련이다. 그야말로 호로가 농담 삼아 말했듯이 그들이 구덩이를 파고 있을 때 흙으로 덮어 버리면 그만이다. 게다가 뇨히라 온천마을의 의장 격도 말했다. 옛날 같았으면 곤봉을 들고 산을 넘어 쫓아갔을 거라고….

유황 냄새 나는 온천 김에 에워싸여 바깥세상이 보이지 않았다.

그렇다. 세상은 이토록 잔혹하고 무자비한 곳이었는데.

이런 곳에서 양심을 지킨다는 것이 그 얼마나 사치인지를 잊고 있었다.

"하지만 저는—"

"물론 알다마다. 우리 조합과 뇨히라 마을이 맺은, 해마다 도와주던 일과는 조금 다르다는 것을."

조금 정도가 아니잖아!

로렌스는 그렇게 소리치고 싶었다.

"그렇긴 한데, 우리 환전상 조합은 보다시피 앉아서 일하는 이들뿐이라서 말이오. 환전상 외에 우리 조합에 속한 이들도 죄다 금은세공 직인이거나 기둥과 벽에 조각을 하는 직인뿐이니. 설상가상, 내빼는 사냥감을 잡기에는… 너무 나이를 먹었고."

이번에는 젊은 사람을 보내 주었다며 로렌스를 보고 반기던 조합장의 말이 거무튀튀한 의미를 띠고 되살아난다. 사냥감이라고 둘러말하는 것은 이것이 자주 있는 일임을 암시하고 있었다.

"그렇더라도 안심하시오. 우리도 해체하는 데에는 익숙하니까. 로렌스 씨는 사냥감을 잡아서 끌고 오기만 하면 되오."

잡아서, 죽이고, 갈가리 찢어 어디엔가 묻는다. 일련의 흐름이 이미 짜여 있다.

조합장은 맥주를 꿀꺽 삼키고 말했다.

"로렌스 씨의 역할이 가장 힘든 작업이라는 것은 알고 있소. 허나… 놈들을 이기려면 이 방법뿐이오. 게다가 로렌스 씨도 원래는 곳곳을 다니던 행상인이라 들었으니 한두 번쯤은 경험이 있으시지 않겠소?"

상인 가운데 그런 놈들이 더러 있다고 듣기는 했다. 예를 들어 전쟁터를 따라다니는 상인. 그들은 병사와 함께 도시로 쳐들어가서는, 재산을 지키려고 금은보화를 삼킨 이들의 배를 가르고 다닌다고 한다.

행상인 시절에도 몇 번인가 주워들은 적이 있다. 길이 위험하니 함께 가자고 하던 그자야말로 도적의 수하였다는 이야기를.

하지만 자신은 다르다고 로렌스는 생각한다. 완벽하게 정직한 상인이라고 신의 안전에서 당당히 말할 수는 없지만, 장사의 수호성인이라면 용서해 줄 윤리의 선은 지키고 있다. 하물며 지금은 한 아이의 아비다. 사랑하는 딸이 돌아왔을 때 이 손이 피로 물들어 있으면 껴안을 수도 없지 않은가. 그런 짓은 못 한다. 해서는 안 될 일이다.

뇨히라 온천장의 주인들은 이 일을 알고 있을까? 오랜 세월 관계를 맺어 온 환전상의 손이 피로 물들어 있다는 것을 알고 있을까?

어쩌면, 하는 생각이 들자 로렌스는 등줄기가 서늘했다. 십여 년이 지나 비로소 마을의 일원으로 받아들여진 것도 이것 때문이 아니었을까? 이제는 떠날 생각을 못 할 만큼 뿌리를 내렸으니 더러운 일의 비밀을 지키도록 하기도 쉬웠겠지.

그렇다면, 거절했다가는 어떻게 될지도 예측이 간다.

로렌스는 눈앞이 새카매졌다.

어떻게 이런 일이.

"로렌스 씨?"

조합장이 부르는 소리에 로렌스는 정신이 확 들었다.

하지만 그렇다 해도 말은 나오지 않는다.

로렌스는 한심하게도 곁에 있는 호로를 쳐다보았다.

"당신."

로렌스의 시선을 받은 호로는 무자비하게 말했다.

"거절할 이유가 있어?"

눈앞이 아찔하다. 하지만 마을을 생각하면, 그렇다. 마을에서 살아갈 것을 생각하면. 이제 다시 얻지 못할 우리의 고향이 될 곳이다. 그곳을 저울질해야 한다면, 반대편에 악마가 놓인들 기울 리 있으랴.

"그리고, 내가 있잖아."

하며 호로가 미소 지은 순간, 결심이 섰다. 호로가 곁에 있어 준다면 나는 그 어떤 곳에라도 갈 수 있다. 그렇게 생각했다.

로렌스는 바싹 마른 목구멍을 가다듬고 지옥으로 가는 문에 손을 얹는다.

호로만 있으면 견딜 수 있다.

"당신, 땀 좀 봐."

"아니, 괜찮아."

뺨에 흐른 땀을 닦은 그때였다.

"옛날에 몇 번인가 반격의 박치기를 당한 게 그렇게 무서웠어? 하기는. 벌렁 나자빠지긴 했지…."

"…뭐?"

반격? 박치기?

뒤이어 푸흐, 하고 바람 빠지는 소리가 들렸다. 탁자 너머로 조합장이 웃음을 터뜨렸다가 황급히 손으로 가리고 있다.

"자칫 잘못 부딪쳤으면 거시기가 똑 떨어졌을 수도 있긴 했지."

"오오, 신이시여."

조합장이 심각한 얼굴로 중얼거리고는 의자 위에서 꿈지럭댄다.

"사냥감도 야단법석이니 그럴 염려는 별로 없을 거요."

"그런가? 상당히 거칠다고 들었는데."

"그야 물론 그렇지 않다고는 청하는 입장에선 할 말이 아니오만. 분위기가 잔뜩 고조되는 것만은 분명하니, 뭐… 한두 군데 다치는 것쯤은 각오해야 할 거요…."

둘이 대체 뭔 소리를 하는 거야?

로렌스는 당혹스럽기만 한데, 호로는 빵을 손으로 찢어 우물우물 먹는다.

"게다가 그 이름. 어쩌면 우리 집 양반은 그 이름에 겁먹고 벌벌 떨고 있을 수도 있는데."

"아아, 옳거니!"

조합장은 백발을 손으로 훑고는 이제야 알았다는 투로 고개를 끄덕였다.

　"아니, 로렌스 씨. 확실히 그 이름이 좀 불온하고 위험하게 들릴 수도 있지만, 그렇게까지 심하지는 않다오."

　더는 되물을 여유조차 없는 로렌스에게 조합장은 낭랑하게 말했다.

　"망자의 축제라는 이름이 붙어 있기는 하오만, 그렇게까지 음산하진 않다오. 오히려 축제의 양상이랄까, 모양새를 더없이 잘 표현한 것이지. 딱 보면 아시겠지만."

　"정말 기대돼. 잡은 사냥감 고기도 나눠 준다고 들었거든."

　"맞아요. 오히려 그래서 하는 셈이니까. 망자의 축제 뒤에 열리는 수호성인 부활의 축제, 그에 앞선 준비 작업을 즐기자는 취지라오. 이 시기에 이곳에 오는 사람들의 수가 너무 많으니까 의식용 초에 쓸 동물기름, 식용육의 수요를 푸줏간의 일손만으로는 채울 수가 없거든. 그러니 그 문제를 해결하자는 뜻에서 시작한 축제라오. 게다가 축제의 중요한 준비를 어느 한쪽이 독점했다가는 정치적인 힘을 얻어서 일이 복잡해지기도 하니까."

　"처음 이야기를 들었을 때는 참 잘 짜인 축제다 감탄했었지. 게다가 축제 규칙이 참으로 명쾌해서 좋더라고."

　"오오, 알고 계셨소? 그렇다오. 이 지역은 옛날에는 먹을 것이 흔치 않아서 말이오, 잘난 놈은 단순히 일을 잘 하는 놈이라는 불문율이 당연했소. 역사가 긴 다른 도시에서는 잘난 놈들의 세계는 권모술수로 더러운 세계라지만, 우리 시는 다르오. 시정 참사회의 의자는 축제 중에 잡은 사냥감의 수로 결정되지!"

주먹을 불끈 쥔 조합장은 참으로 즐거워 보였다.

로렌스는 이 도시의 축제를 잘 알지 못했다. 이번에 할 일도 축제를 거든다는 정도로만 들었다. 하지만, 그러고 보니 이곳에 오는 도중에 호로가 축제에서 어떤 일을 하게 되느냐고 물었던 것 같다. 떠들썩한 것을 좋아하는 호로는 투숙객에게서 미주알 고주알 들어서 자세히 알고 있었나 보다.

"지금까지는 불초하나마 내가 곤봉을 휘둘렀소만, 나이는 이길 수가 없으니…. 헌데 이 축제의 참가 자격은 오직 이 일대 주민이어야 하고, 눈에 띄는 청년들은 진작 점찍어 가 구할 수가 없고. 그러니 이대로 가다가는 특권장을 손에 쥐고 혜성처럼 나타난 용병들을 가진 다른 조합에 지고 말 거요. 로렌스 씨, 매년 하던 일과는 다르겠지만, 올해는 예외라 생각하고 꼭 좀 맡아주시면 아니 되겠소?!"

로렌스는 기운 빠진 눈으로 되물었다.

"구체적으로, 무엇을?"

조합장은 말했다.

"양과 돼지를 잡는 역할이오. 해체는 우리가 할 테니까. 제일 위험한 역할이기는 하오만, 부디 좀!"

탁자를 손으로 짚고 머리를 숙인다. 목재상과 푸줏간 조합 편에 선 것은 남방에서 온 용병들이라고 한다. 힘깨나 쓰겠지.

로렌스는 아득한 눈을 하고 천장의 나뭇결을 바라보다가 고개를 끄덕였다.

"그러겠습니다."

"오오! 고맙소!"

조합장이 고개를 들더니 로렌스의 손을 잡고 마구 흔든다. 로렌스는 있는 대로 흔들리면서 머리로는 딴생각이었다.

방금 저지른, 이루 말할 수 없이 멍청한 이 착각을 어떻게든 감추어야 하는데….

하지만 눈치 빠르고 짓궂은 호로가 이상한 기색을 놓칠 턱이 있을 리가. 식사를 마치고 방으로 돌아가자마자 달려든다. 로렌스는 얼버무리려고도 하지 않았다. 손도끼를 들고 기다리는 주인 앞에 터벅터벅 나타난 집돼지처럼 얼빠진 눈을 하고 자백했다.

호로가 얼마나 데굴데굴 구르며 웃었는지. 그 어느 시인도 제대로 묘사해 내지는 못할 것이다 싶었다.

이튿날부터 로렌스는 나무로 된 메*를 짊어지고 거리로 나섰

─────────────────────────

※메 : 묵직한 나무나 쇠에 자루를 박아 무엇을 치거나 박을 때 쓰는 물건.

다. 그것도 소소한 목조 세공용이 아니라, 자루까지 치면 호로의 키만한, 망자의 축제를 위해 시내 광장에 원형의 목책을 설치하는 말뚝 박기용 메다.

단순해도 몹시 고된 일이라 각 직업의 조합이 작업을 나누어 맡는 모양이다. 그러니 광장을 보면 어느 조합이 일을 제대로 하고 있는지 단박에 눈에 들어왔다. 그중에서 환전상 조합의 몫은 빈말이라도 일이 진행되고 있다고 할 수 없었다. 바쁘기도 하거니와 매일 앉아서 일을 하고 나이도 많아 다들 허리가 좋지 않은 탓이다. 그래서 이 작업은 해마다 뇨히라 사람이 맡는다.

로렌스는 조합에서 도제 하나를 빌려 작업에 임했다. 허벅지 두께만한 말뚝을 잡고 쳐 넣는 작업은 혼자서는 도저히 할 수 없는 일이다. 잡고만 있으면 되니 호로도 할 수 있을 터이건만, 단호히 거절당했다. 발밑이 질퍽거리는데 말뚝을 끌어안듯 받치고 있다 보면 아무리 조심해도 진흙투성이가 될 테니.

결국 로렌스가 온종일 메를 휘두르는 사이, 호로는 조합 건물의 방 안에서 우아하게 털손질이다.

"…너하고는 '협력'이라는 단어에 관해 한번 논의를 해 봐야 할 것 같다만?"

"연약한 나한테는 그에 걸맞은 일이 있어."

꼬리털 끝의 하얀 부분을 우아하게 훅 불며 그딴 소리를 한다.

로렌스는 화를 낼 기력도 없어 조합에서 준비해 준 더운물로 몸을 씻었다.

한숨을 쉬며 침대에 걸터앉아 머리카락을 닦고 있자, 호로가 수건을 집어 대신 닦아 준다.

"이걸로 때워질 거라 생각 마."

로렌스가 못을 박자 호로가 짓궂게 얼굴까지 마구 비벼 댔다.

"그건 그렇고, 우리 영역을 흐트러뜨리려는 멍청한 놈들은 보고 왔어?"

머리카락을 대충 닦고는 수건으로 로렌스의 머리를 툭툭 때린다.

"아니, 나도 다른 사람에게 물어봤는데, 자기네 몫은 진작 끝냈는지 가고 없더라. 지금은 일단 시벽 밖으로 나가서 온천이 나올 땅이라도 파고 있지 않겠느냐고 하던데?"

어찌나 작업이 신속하던지 다른 조합 사람들도 놀라워했다. 로렌스도 그들이 박았다는 말뚝을 만져 보고 전율했다. 말뚝은 곧게 깊숙이 박혀 꿈쩍도 하지 않았다. 이런 놈들을 상대로 양 돼지 쟁탈전에서 이길 수가 있겠는가. 솔직히 그런 생각이 들었다.

"뭐, 어떻게든 되겠지."

로렌스가 낮에 한 생각을 말하고 있는데도 호로는 진지하게 듣지 않는다. 로렌스의 등에 뺨을 대고 허리를 껴안더니 꼬리를 파닥였다. 속이 훤한 응석을 부리는 것은 말상대 하나마저 없이 종일 혼자 방에 있었던 탓이려나.

평소 같으면 반가울 참이지만, 지금은 다른 일로 머리가 꽉 찼다.

"나는 너만큼 마음 편히 있을 순 없다고."

망자의 축제에서 제대로 하지 못하면 환전상 조합은 참사회의 의석이 감소할 테고, 도시의 물류 상황에 여러모로 의견을 낼 권리도 잃고 만다. 지위를 잃으면 뇨히라를 특별 대우할 수도 없게 된다. 그렇게 되면 뇨히라는 당장 물품 구입에 지장을 받을… 일이야 없겠으나, 마을에 좋은 일은 못 된다.

혹시나 그리 되면, 어떤 낯을 하고 마을로 돌아가야 한단 말인가.

"하지만 고민한다고 당신 팔뚝이 굵어질 것도 아니고. 하물며 그 자리에서 거절할 수도 없었잖아? 설령… 암살이라 한들."

자기가 말해 놓고는 혼자 깔깔댄다. 로렌스의 그 얼빠진 착각은 한동안 호로의 놀림거리가 될 것 같다.

"그거야… 뭐, 그렇지만…."

"그럼, 이야기는 끝난 거지?"

목을 감았던 팔을 풀고 스르륵 로렌스의 앞으로 온다.

"밥?"

"그리고 술도."

배가 고파서는 싸우지도 못하지.

방금 밖에서 돌아왔지만, 꾸물대다가는 노점도 닫힌다. 로렌스가 기운을 쥐어짜 일어서자 호로도 외투를 집어 들었다.

혼자 가서 사 오라고 할 줄 알았는데 함께 가 주려나 보다.

"…너의 그, 밀었다 당겼다 하는 재주에는 두려움이 인다."

가만 생각해 보면 당연한 일인데, 왠지 이런 것을 무슨 상처럼 느끼게끔 만드니 호로는 대단하다.

마을에서는 다소 사치품이기에 자주 하지 않던 여우 목도리를 두르며 호로가 여봐란 듯이 미소 짓는다.

그러고는 "뭔 소리야?" 하며 귀여운 소녀처럼 고개를 갸웃했다.

그런 생활을 며칠간 반복하는 사이, 도시는 차츰 축제 준비를 해 나갔다.

처음 나무 메를 휘두른 뒤로 이틀이 지나니 온몸을 덮치는 근육통에 심신을 고달파 하며 로렌스도 최대한 거들었다. 풀어놓은 양 돼지를 잡는다는 망자의 축제에 쓸 원형 울타리 제작은 물론이고, 그 후에 이어지는 수호성인 축제에 쓸 거대한 짚단 인형을 만들기 위해서도 바빴다. 말 그대로 동분서주, 몇 구획으로 나뉜 스베르넬 시가지를 지푸라기를 찾아 짐수레를 끌고 돌아다녀야 했다.

어느 도시나 엇비슷한 축제를 여는 것은, 겨울 내내 쓰고 망가진 침상용 짚단이며 의자의 속재료 등 쓰레기가 대량으로 나오기 때문이다. 참고로 이런 지푸라기들을 끌어내는 작업 역시 거

들어야 한다. 그 외에도 사료용으로 사 두었는데 쥐가 집을 지어 못쓰게 된 것, 큰 상회에서는 짐을 쌀 때 쓰느라 첩첩이 쌓여 있던 것을 끌어내기도 한다.

인파를 헤쳐 가며 짚을 모으러 다닌 뒤에는 광장으로 가서 짚단을 묶는 작업에 들어간다.

짚단을 만드는 재료도 쓸모를 다한 삼베끈이나 가죽끈 종류로, 버리기 직전에 마지막으로 한 번 이용하려는 뜻인 듯하다. 낯선 사람들과 함께 지푸라기를 모아서 끌어안고, 그것을 끈으로 칭칭 감은 후 나무로 짠 인형의 뼈대에 끼우는 일을 맡은 이들에게 건넨다. 점심은 어느 상회가 준비해 광장으로 한꺼번에 가져다주었다. 그것을 진흙 범벅 짚 범벅인 손으로 집어서 먹고, 힘을 북돋우기 위해 술을 마신다. 명랑한 이가 있으면 노랫가락도 나온다.

이런 일은 행상인 시절에도 했던 것이라 옛날 생각도 나고 하여 즐거웠다. 숙소로 삼은 환전상 조합의 방으로 돌아가면, 호로와 밥을 먹다가도 꾸벅꾸벅 졸 만큼 피로했다.

하지만 그것은 매우 기분 좋은 피로였고, 호로도 꽤 극진히 돌봐 주었다.

"평소에 이거 반만이라도 하지?"

하고 시험 삼아 물어봤더니 인상을 팍 쓴다.

"나는 현랑 호로야. 여차할 때 나서야 하는 법이라고."

그러니 평소에 로렌스더러 부지런히 공물을 바치라는 뜻일 텐데, 그렇다면 이번 일로 그간 비축한 것도 거의 다 떨어졌으리라.

게다가 정말로 넘어야 할 산은 따로 있다.

온몸의 근육통도 나을 무렵, 마침내 광장 한복판에 우러러보아야 할 만큼 거대한 성인상이 완성되었다.

스베르넬은 이교도의 땅에 교회의 가르침을 심기 위한 전쟁이 끝나자마자 성과가 확 드러났다는 별난 도시다. 아마도 원래부터 심정적으로는 교회에 기울어 있었는데, 무늬만 전쟁이라도 일단은 전쟁 중이라 주변의 시선을 의식할 수밖에 없었던 것이리라.

하지만 작업 중에 알게 된 시중 사람들의 말에 따르면, 교회의 가르침을 따르기로 개종한 대다수의 사람들은 딱히 설교에 감동해서 그런 것은 아니라 한다. 교회력을 따르면 1년 내내 수많은 축제가 있어서 그랬다고. 어차피 있을지 없을지 모를 신에게 기도를 드리는데 이왕이면 재미있는 쪽이 더 낫지, 하는 심산에서.

이런 이야기를 호로에게 했더니, 마을에서 왕년에 보리 풍작을 위한 숭배의 대상이었던 호로는 뭐라 말할 수 없이 떨떠름한 쓴웃음을 지었다.

그렇다 해도 축제에 쏟는 시중 사람들의 열의는 진심이다. 마침내 시작되는 봄 축제, 그 첫걸음이 될 망자의 축제 당일의 야릇한 열기를 봐도 뚜렷했다.

"해체하는 것은 걱정하지 마시오! 여차하면, 깎여서 둘레가 날카로워진 동화로라도 해체할 테니까!"

이날을 위해 정성스레 갈아 두었다는 거대한 손도끼를 들고 환전상 조합장이 포효한다.

뒤따르는 면면들도 로렌스보다 십 년, 이십 년은 연상인 환전상들이다. 저들보다 젊은 환전상은 연일 이어진 밤샘 환전 작업으로 책상에 엎어져 자고 있다. 나이든 환전상들의 흥분은 대부분 잠을 못 잔 탓일 테고.

그래도 역시 전쟁 시대를 아는 노인들이 더 옹골찬가 하며 로렌스가 감탄하고 있자, 조합장이 히죽 웃는다.

"우리는 살 날이 길지 않으니 말이오. 앞으로 몇 번이나 축제에 참여할 수 있을지 생각하면 힘이 마구 솟는다오."

내일 죽을 각오로 살라. 호로가 눈부신 것이라도 보듯 그들을 바라보고 있는 것은, 오래도록 살기에 모든 것이 순식간에 눈앞을 스쳐 지나는 것을 잘 알기 때문이다. 나이 먹은 산적 떼처럼 조합장을 선두로 저마다 손도끼를 짊어지고 건물 밖으로 나갈 적에, 로렌스는 호로에게 말했다.

"네가 보면 나도 살 날이 길지 않지?"

호로의 눈이 휘둥그레지더니 입을 앙다문다.

"그러니까 죽을힘을 다해 열심히 할게. 실컷 웃어."

어제와 오늘의 구별이 가지 않는 일상이 아니라—이런 일도 있었네, 그런 일도 있었지, 참 여러 가지 일이 있었어, 하고 말해 질 특별한 하루로.

그러고 보면 호로가 뇨히라에서 급하게 따라나선 데에는 나름 의 이유가 있었을 것이다. 영원히 변할 것 같지 않아 보이는 그 산 중 마을에서조차 콜이 여행을 나서고, 딸아이 뮤리가 따라나섰다. 호로는 로렌스 이상으로 '저 너머'를 느끼고 있는지도 모른다.

그렇다면 환전상에게 암살을 의뢰받았다고 심각하게 착각을 하는 바보도 호로에게는 좋은 선물이 되겠지.

그리고 오늘의 축제도.

"멍청이."

호로는 울 것처럼 웃는 얼굴로 로렌스의 뺨을 양손으로 감쌌다.

"당신은 나의 반려인데, 축제에서도 제일 빛이 나야지."

"물론 그래야지. 마을 일도 걸려 있으니."

이 축제에서 사냥감을 잡으면 잡을수록 해당 조합의 도시 내 지위가 올라간다고 한다.

상대 용병들이 어떤 용자들인지 끝내 오늘까지 보지 못했다.

이기기는 어렵겠지만, 어떻게든 물고 늘어져야지.

로렌스가 눈을 마주 보자, 호로가 뺨을 꼬집었다.

"내가 있잖아."

"그래, 든든하다."

로렌스는 후드째 호로의 머리를 확 쓰다듬었다. 그런 후 어서

가자고 재촉하자 호로는 여전히 뭔가 할 말이 있는 표정이다가 묵묵히 따라나섰다.

무엇보다 시가지의 혼잡이 지금까지와는 비할 바가 아니어서 느긋이 말을 나눌 새가 없었다.

아담한 호로가 인파에 떠밀려가지 않게끔 거의 껴안다시피 하여 앞으로 나아간다.

드디어 광장에 도착했을 즈음 숨은 차올라 있었지만, 인파에 시달린 몸은 따뜻했다.

"자, 갑시다!"

한발 먼저 도착한 환전상들이 늘 하는 의식인지 서로의 도끼를 비비며 사기를 높인다.

갖은 고생을 하며 박은 말뚝 울타리 주위로 수많은 사람들이 밀려들고 있었다. 저래서야 방목된 가축들을 에워쌀 목적인지, 사람들로부터 가축을 보호할 목적인지 알 수가 없겠다.

원형 울타리 안에는 일정한 간격으로 멍석이 깔렸고, 각 조합의 대표가 나와 있다. 다들 온 힘을 다해 젊은이들을 그러모았는지, 척 보기에는 누가 용병인지 분간이 가지 않았다.

"승부는 고기의 무게로 결정되지만, 큰 놈 한 마리보다는 잡기 쉬운 놈으로 두 마리를 노리는 것이 효율적일 거요."

조합장은 로렌스에게 곤봉을 넘겨주며 그렇게 설명했다.

"상대의 사냥감을 가로채는 것도 한 방법이오! 곤봉으로 사냥감을 한 대 치면 사냥감이 쓰러지겠지? 그 순간 익숙지 않으면 아무래도 반응을 기다리다 틈이 생기게 마련이지. 그때 힘 좋은 돼지든 양이든 냅다 부추겨서 뒤에서 돌파하며 빼앗으면 되는 거요!"

"직접 돌파하면 안 되오. 나중에 싸움거리가 되니까!"

"어디까지나 사냥감한테 시키는 거지. 그러니까 사냥감이 허공을 날아다니고 누군가에게 부딪치는 것은 허용된다오."

사냥감으로 때리는 것은 용납된다는 뜻이다. 도시의 축제는 거칠기 짝이 없는 것이 많다. 나이가 들어서도 다혈질인 환전상들은 참 즐거운가 보다. 로렌스는 제 한 몸을 지키기 위해서라도 조언을 단단히 머리에 새겨 두고 숨을 크게 들이마신다.

하늘이 쾌청하니, 한바탕 소동이 벌어지면 땀 범벅이 될 게 뻔하다. 온천장 주인이 어째 이런 일을, 하는 생각이 들자 긴장을 한 탓도 있어 웃음이 자꾸 삐져나온다.

"오, 밀리케 참사회장님이시다."

이러저러하고 있자, 광장으로 장식한 수레가 들어온다. 수레 위에는 권력자의 상징인 심홍색 의식용 외투를 입은 한 남자가 타고 있다. 로렌스도 아는 사람이다. 스베르넬의 지도자 격인 장 밀리케. 인파의 소음에 이쪽에서는 그의 연설이 들리지 않는다. 하지만 설령 곁에 있다 해도 로렌스의 귀에는 들리지 않을지도 모른다. 그 정도로 떠들썩했다.

잠시 후 방목될 사냥감을 잔뜩 실은 짐수레가 보이자, 헛구역질이 날 만큼 긴장감이 치민다. 본래 거친 일은 적성이 아니다.

　손도끼를 쥐고 있으니 산적이 따로 없는 환전상들 옆에서 로렌스는 울타리 너머로 뒤를 돌아다보았다.

　그쪽에 있는 호로가 로렌스의 얼굴을 보고 쓴웃음을 짓는다.

"개시!"

　누군가가 소리친다.

　그 순간, 수많은 짐수레가 광장으로 밀려들고 돼지와 양들이 난폭하게 내몰렸다.

　별안간 드넓은 광장에 풀려나 어리둥절하더니 성난 파도와 같이 밀어닥치는 사람들을 보자마자 토끼처럼 내뺀다. 죽어라 달리는 양을 따라잡으려고 젊은 남자가 전력 질주하다가 바로 옆에서 튀어나온 돼지에게 받쳐 튕겨 나간다. 사람들이 그것을 보고 환성을 지른다.

　양과 돼지의 수가 점점 불어나고, 개중에는 혼란에 빠진 나머지 오도 가도 못 하는 것도 있다. 그런 불쌍한 길 잃은 어린 양은 냅다 얻어맞고 축 늘어진 순간 질질 끌려갔다.

　로렌스도 마음을 다잡고 대혼돈 속으로 뛰어들었다.

　양과 돼지는 완전히 다 자란 큰 놈들이 아니라 아직 어린 것들이 많았다. 그러니 끌고 가거나 짊어지기엔 어렵지 않았으나, 좌우지간 팔팔했다.

처음에는 곤봉으로 기절부터 시켜야겠다고 생각했는데, 그럴 짬이 없다는 것을 금세 깨달았다.

우뚝 멈춰 선 얼빠진 놈에게 닥치는 대로 달려들어 뒤에서 어깻죽지 잡기로 안아 든다. 매애! 매애! 꽤액! 꽤액! 곳곳에서 난리도 이런 난리가 없다.

사냥감을 진지로 옮기면 다음은 환전상들이 이어받는다.

두 마리, 세 마리, 기세 좋게 잡고 네 마리째 잡는 찰나, 머리에 세찬 충격을 받고 진창 속에 머리부터 처박혔다. 엎어진 등짝 위를 네발 달린 무언가가 밟고 지나갔으니 아마도 돼지인지 뭔지에게 당한 모양이다.

로렌스는 핑그르르 도는 머리를 흔든 뒤, 옆에 쓰러져 버둥대고 있는 양을 죽을힘을 다해 덮쳤다. 말조차 잊은 야수처럼 양을 깔아뭉갰다가, 스스로도 이런 힘이 어디에 있었나 싶을 만큼 양을 번쩍 짊어지고 진지로 돌진한다. 고기를 해체하느라 피로 칠갑을 한 노환전상이 쾌재를 부르고, 로렌스는 양을 내던지자마자 돌아섰다.

광장을 뛰어다니는 이들은 사람도 짐승도 모두 진흙 범벅이다. 필사적인 것 또한 모두 한마음이었으리라.

네발 달린 것을 덮쳐 어깻죽지 잡기로 안아 들고 옮긴다. 오로지 그 생각뿐인 야릇한 도취감에 얼굴이 자꾸만 실룩댄다. 기운찬 양이 남자들을 몇 명이나 떨어내며 눈앞을 달려 나간다. 뒤에서 덤벼들었다가 떨쳐지고, 정면에서 막으려다가 걷어차인 남자들이 진창 속에서 금세 벌떡 일어나서는, 눈만 유독 새하얀 진흙 인형의 형상으로 분노의 포효를 내지르며 도망친 사냥감을 뒤쫓는다.

로렌스는 그런 광경을 보고 비로소 깨달았다.

망자의 축제.

오호라. 과연.

"여섯 마리째!"

노환전상이 흥분하여 외친다. 멍석 위에는 고기가 산을 이루고, 계량 담당 푸줏간 소년도 흥분하고 있었다. 아마 다른 멍석에 비해서도 많은 편인가 보다.

"이제부터가 뒷심을 발휘할 때요!"

그렇게 외친 조합장 본인도 숨을 씩씩대고 있고, 도끼를 쥔 손에 힘을 너무 주어 부들부들 떨린다.

해체 작업은 중노동이다.

"그러지요!"

로렌스도 에라 모르겠다 자포자기로 외치고 다시 전쟁터로 돌아가려는데, 몸이 따라오질 않는다. 더욱이 지구력 승부는 네발짐승이 한 수 위인 것이 점점 명백해졌다. 진흙과 피로에 뒤덮여, 마침내 휘청대는 걸음걸이까지 망자나 다름없게 된 이들이 휘적휘적 양과 돼지를 쫓아다니지만, 점점 사냥감을 쫓지 못하게 되는 모습이 눈에 띄기 시작했다. 한 자리에 우뚝 서 있다가 눈앞을 지나가는 사냥감을 덮치려는 뻰질이도 있다.

로렌스는 그런 와중에 운 좋게 눈앞에 멈춰 선 사냥감을 덮쳐 안아 들고, 고함과 더불어 피로를 떨쳐 내며 진지로 옮긴다.

일곱 마리째, 여덟 마리째.

"대단해! 조짐이 좋아! 이길 수 있겠어!"

흥분하는 조합장의 격려를 등 뒤로 받으며, 어디에 정신이 팔렸는지 별안간 멈춰 선 돼지를 잡아 진지로 옮긴다.

"아홉 마리째! 기적이야!"

조합장만 외치는 것이 아니다. 근처에 있는 관객도 희희낙락이다. 주위를 둘러봐도 이만큼 고기가 쌓여 있는 곳은 없다. 이 정도면 용병들이 낀 조합에도 이길 수 있지 않을까. 나도 꽤 하는걸?!

울타리 너머로 환호성도 터지고, 로렌스는 자신이 전장의 영웅이라도 된 것 같은 기분이 들었다. 얼굴에 묻은 진흙을 더 진흙 범벅인 팔로 씩씩하게 닦는다. 이렇게 용감무쌍한 모습이라면 호로도 기뻐하겠지.

사람들의 울타리 속에서 호로의 모습을 찾으려는데, 조합장의 예리한 외침이 날아들었다.

"로렌스 씨, 사냥감!"

진지 근처까지 양이 도망쳐 와 있었다. 쫓아오던 남자가 지쳤는지 다리가 꼬여 쓰러진다. 피로하기는 자신도 비슷했지만, 로렌스는 달려오는 양 앞에 버티고 섰다.

양은 이내 로렌스를 보고는 몸을 기우뚱하여 진로를 바꾼다. 과연 여기까지 도망쳐 온 양답다. 하지만 저놈을 잡아 승부에서 이기리라.

로렌스는 죽을힘을 다해 달려 양을 쫓는다. 다리가 무겁다. 숨이 차오른다. 양도 머리를 숙인 채 열심히 달린다. 이제 양밖에 보이지 않는다. 한 걸음 한 걸음이 영원한 제자리걸음처럼 느껴진다.

조금만 더, 조금만 더. 그 간격이 좁혀지지 않는다. 덮쳐도 아직은 놓칠 수 있는 거리. 하지만 더는 접근할 수가 없다. 그렇다면 마지막 발버둥으로 몸을 날려야 할까?

폐 속이 타 들어가는 것처럼 뜨겁고, 팔다리가 내 것이 아닌 듯하다.

이판사판!

로렌스가 무릎을 깊이 굽힌 그때였다.

양이 별안간 움찔하더니 옆으로 미끄러지며 나동그라졌다.

진창에 발을 헛디뎠나?! 어쨌든 지금이 기회!

극도로 예민해진 수렵 본능에 이끌려 양에게 덤벼든다. 다음 동작이 느려질수록 일어서지 못할 것을 알았다. 비명을 지르는 팔과 다리를 질타해 양을 안아 들고 걸음을 내디딘다. 진지 쪽에서 환호성이 터진다. 환전상들도 이미 기력은 한계에 다다랐을 텐데, 팔을 휘두르며 응원한다. 행상을 하면서 이보다 힘들었던 적도 얼마쯤 있었다. 그런 것까지 연료로 삼아 로렌스는 마침내 양을 옮겨 냈다.

그런 뒤 기진맥진하여 무릎부터 무너져 내리고, 헐떡이듯 하늘을 우러르며 숨을 들이마신다.

더는 한 걸음도 못 걷겠다. 하지만, 훌륭했지?

울타리를 뛰어넘을 듯이 팔을 휘두르며 칭찬해 마지않는 시중 사람들 속에서, 로렌스는 호로를 발견했다.

그 직후였다. 자신의 착각을 깨달은 것은.

"내가 있을 거랬지?"

자신의 거친 숨소리조차 들리지 않을 만큼 사위가 떠들썩한데도, 호로의 음성만큼은 또렷이 들린 것만 같았다. 이쪽을 보며 의기양양하게 미소 짓는 저 호로는, 현랑은 여차하는 순간 나서는 법이라고 말씀하시던 그 호로였다.

로렌스는 패배를 받아들이듯 웃었다.

나는 체력적으로 출중한 것도 아니고, 운도 그리 좋지는 않다. 그런데도 활약을 할 수 있는 것은 어떤 뒷배가 있기 때문이다. 내 눈앞에서 동작 그만이 된 멍청한 양과 돼지는 죄다 호로에게 째림을 당했던 것이리라.

'연약한 나에게는 나의 일이 있다'고 한 말은 거짓이 아니었다.

호로와 만난 뒤로 지금까지, 나는 혼자 걸어온 것이 아니다. 호로의 자그마한 어깨를 끌어안은 일도 있고, 거대한 늑대의 등에 그야말로 찰싹 매달린 적도 있었다.

로렌스는 말했다.

"공물을 듬뿍 바친 보람이 있었네."

호로는 '멍청이' 하고 입만 움직이고 웃었다.

푸줏간 조합원이 지켜보는 가운데 계량 작업이 이루어졌다. 각 조합의 결과가 그때그때 발표되고, 박수와 환호성이 터진다. 짐승에게서 튄 피 범벅에 진흙 범벅으로 망자가 따로 없는 대장간 조합원들이 궁정에서 하듯 가슴에 손을 얹으며 무릎을 꿇자 박장대소가 터진다.

로렌스 일행의 차례에는 저울에 올리기 전부터 함성이 터졌다. 계량용의 커다란 나무상자의 개수부터가 달랐다. 결과는 이때까지 계량한 조합 중에서는 단연코 1등. 관객들이 발을 구르며 웅성거린다. 로렌스와 노환전상들도 사전에 말을 맞춘 기사처럼 무릎을 바닥에 대는 인사를 시연했다.

"이거 참, 예년을 뛰어넘는 성과가 나왔소!"

더운물로 얼굴을 씻어 내며 조합장이 말했다. 광장 인근의 대상회가 하적장을 활짝 개방해 참가자들을 위한 세면장과 휴식 장

소로 제공해 주었다. 겉으로 보이는 곳만 더운물로 씻어 낸 뒤 차가운 맥주로 건배했다.

하적장 의자에 앉아 광장 쪽을 보니, 사람의 울타리 건너편으로 지금도 이어지고 있는 계량의 떠들썩한 소리가 들린다.

"상대는 얼마나 잡았을까요?"

"글쎄…. 우리도 작업에 집중을 하느라."

곁에 있는 호로에게 시선을 돌리자, 작은 어깨를 으쓱이고는 말했다.

"용감무쌍한 놈도 분명히 있긴 했어."

"뭐, 그 정도로 잡았으니 설령 진다 하더라도 큰 차이는 아닐 거요. 처음엔 참패를 예상했었는데! 아, 이것도 다 로렌스 씨 덕이오. 덕분에 살았소!"

벌써 몇 번째인지 모를 악수를, 조합장을 포함해 전원과 나눈다. 나 혼자만의 힘은 아니었으나 도움이 되었다니 어쨌든 기뻤다.

"자, 어떻게 하시겠소? 이후에는 축제의 의례적인 행사가 이어지다가 한참 후부터 고기가 배분된다오. 뭐, 고기야 오늘부터 쭉 계속 배분돼서 나중엔 질릴 정도가 되니까! 그런 식이니 일단 조합으로 돌아가서 옷을 갈아입고 오시겠소?"

로렌스는 조합원이 아니다. 의례적인 행사에 참석해 봐야 어색하기만 하리라.

하지만 곁에 있는 호로는 어쩌고 싶을지 몰라 쳐다보니 고개를 끄덕였다.

"그럼 그렇게 하겠습니다."

"조합에 있는 먹을거리며 마실 것은 뭐든 마음대로 하시오! 단, 돈은 빼고!"

환전상이니 가능할 엉성한 농담에 웃음으로 대답한 후, 로렌스는 호로와 함께 일어섰다. 그 직후, 무릎이 굳어 있어 비틀거리고 만다. 호로가 잽싸게 부축하면서 쓰게 웃었다.

단숨에 오십 년은 나이를 먹은 것만 같다.

"예행연습이네."

로렌스가 속삭이자, 뜻을 알아들은 호로가 웃으려다가 살짝 얼굴을 굳힌다.

"아직 한참 멀었어."

야단치듯 한마디 했다.

"물론 그럴 생각이야."

혹사당해 굳었던 몸은 그래도 조금씩 움직이니 얼마간 유연성을 되찾았다. 상회 뒷문을 이용해 뒷길로 나가니 오가는 이도 별로 없어 걷기 편했다.

조용한 길을 걷고 있노라니, 귀를 찌를 듯한 소음도 몇 년 만인지 모를 정도의 전력질주도 모두 물거품 같은 꿈처럼 느껴진다.

로렌스는 피곤한 탓도 있었겠지만, 보는 눈들이 없으니, 진흙으로 더러운 것도 개의치 않고 어깨를 빌려주고 있는 호로의 뺨에 응석을 부리듯 입을 맞췄다.

"…당신은 예전에도 이런 뒷골목에서 이상한 짓을 했었지?"

호로가 야멸찬 것도 여전했다.

"이 세상에 단둘만 있는 것 같은 기분이 들어서 그런가?"

"멍청이."

한 방 걸어차였다.

"그리고 오늘의 내 활약 말인데, 어때? 봤어? 나도 하면 되지? 싶었는데, 네 손바닥 위였더라."

"……."

로렌스가 자세를 바로 하며 말하자, 호로의 시선이 뺨에 와 닿는다.

"처음 만났을 때 같으면 분했겠지만… 오늘은, 진심으로 기뻤어. 너는 늘 나한테 짓궂게 굴면서도 여차하는 순간에는 꼭 도와주니까."

호로를 보며 피시식 웃고 만다.

그러자 호로는 입술을 앙다물더니 눈길을 홱 피했다. 의외로 수줍음을 탄다.

"고맙게 생각해."

로렌스는 그 점을 놀리는 대신 그렇게 말했다. 달리 할 말이 없으니까.

둘이서 느릿느릿 뒷골목을 나아간다.

호로가 우뚝 멈춰 선 것은 그때였다.

"나도, 당신을 믿어."

"그거 영광이네."

"그리고 또, 당신이 나를 믿는다는 것도, 믿어."

호로 특유의 알쏭달쏭한 돌려 말하기인가?

아니, 아닌 것 같다. 호로의 분위기가 묘했다.

"호로?"

이름을 부르자 후드 속에서 귀가 움찔한다.

"그 어떤 문젯거리도, 당신과 함께라면 꼭 해결돼."

지친 듯한 웃음을 한순간 짓더니, 호로가 고개를 들었다.

"나한테 볼일 있으면 나와."

매복? 로렌스는 행상인 시절의 습관에서 반사적으로 허리 뒤춤의 단검을 찾았다. 그러나 조합 건물에 두고 나온 것을 떠올린다. 게다가 신변의 안전이라는 의미에서라면 곁에 호로가 있다.

사람을 한입에 삼킬 수 있을 만큼 거대한 현랑에게 맞서려면, 산 능선에 걸터앉아 앞다리를 뻗으면 달도 챌 수 있다는 거대한 전설의 곰이거나 또는….

"저희는 해를 끼칠 뜻은 없습니다."

골목 모퉁이에서 모습을 드러낸 청년은 먼저 그렇게 말했다. 그 뒤로 얌전해 보이는 소녀도 보인다.

청년은 진흙으로 된 옷을 입은 것 같은 몰골에, 방금 씻었는지 짧은 금색 머리가 젖어 있다. 소녀의 변변찮은 여행복은 피에 젖어 있었다. 저들이 조금 전까지 무엇을 했는지 훤히 알겠다.

하지만 로렌스의 눈길을 끈 것은 두 사람이 자아내는 독특한 분위기.

호로와 오래 살다 보니 절로 알게 되었다.

길을 막아선 저자들은 인간이 아닌 존재들이 분명하다.

"제 이름은 아람. 이쪽은 여동생인 세림."

아람이라고 이름을 댄 청년은 약간 긴장한 듯이 숨을 크게 들이마셨다. 그러다 숨을 뚝 멈추더니 허리에 차고 있던 검의, 그 부분만 진흙이 묻지 않은 자루에 손을 얹는다.

"남쪽에서 용병으로 살았습니다."

스르릉 뽑힌 검의 날이 뒷골목 그늘 속에서 둔탁하게 빛났다.

장검은 익숙지 않으면 칼집에서 뽑아내지도 못한다. 아람의 거침없는 발도와 단련된 몸집에서 범상한 검사가 아니라는 것을 로렌스도 느꼈다.

하지만 기겁한 것은 다른 이유에서였다.

애당초 로렌스는 왜 진흙 범벅이 되어 가면서까지 양과 돼지를 쫓아다니게 되었는가. 스베르넬과 이어지는 길 저편에 새로운

온천마을이 생긴다고 한다. 마을을 세우려는 것은 남방에서 온 용병들. 그렇다면?

아람은 검을 뽑았을 때와 똑같이 유려한 동작으로 허리띠에서 칼집을 풀어 검과 교차해 발밑에 내려놓았다. 용병과 기사들이 하는, 최대의 경의를 표하는 방식. 그 곁에 여동생이라는 세림도 무릎을 꿇는다.

적의는 없다는 것, 단순한 도둑은 아니라는 것은 처음부터 느꼈으나 로렌스는 저들이 이러는 목적이 이해되지 않았다.

게다가 아람의 눈은 로렌스가 아니라 호로를 똑바로 응시하고 있다.

"저희보다 아득히 긴 시간을 살아오신, 긍지 높으신 늑대님을 뵈옵니다."

충성을 맹세하는 기사 같은 말에도 호로는 무표정했다.

"아침도 그렇고, 아까 한창 축제를 하는 중에도 나를 알아보자 마자 손을 놓던데, 목적이 뭐지?"

망자의 축제에서 다른 이들의 활약은 어떠했던가. 그렇게 물었을 때 호로는 용감무쌍한 놈이 있기는 했더라며 말을 얼버무렸다. 그게 이런 뜻이었던가 보다.

"…환전상 조합에 당신 같은 분께서 편을 들고 있다는 것을 눈치챈 때는 축제가 한창 진행되는 중이었습니다. 몸에 유황 냄새가 흠뻑 배어 있어 한동안 알아보지 못했습니다."

호로는 그제야 비로소 표정을 조금 풀었다. 그러고는 제 어깨의 냄새를 맡고 로렌스의 옷소매에도 코를 킁킁댄다.

"이제 스스로도 잘 모를 정도이시겠지요. 그 정도로 당신은 뇨히라 땅에 뿌리를 내리셨습니다."

환전상을 돕는 사람이 누구인지 이곳 사람에게 물어봤으면 금세 알았으리라. 이 시기가 되면 뇨히라 온천장의 주인들이 도우러 온다는 것을 스베르넬에서 장사를 하는 사람이면 직인부터 상인까지 모두 다 알 테니.

하지만 아람 측은 놀랐을 것이다. 뇨히라의 주민 중에 인간이 아닌 자가 있다. 더욱이 인간 수컷까지 곁에 데리고 있었으니.

"그래서 어쨌다는 게냐?"

호로가 시치미를 떼며 묻는다. 아람과 세림이 새로운 온천마을을 지으려 하는 바로 그들임은 명백했다. 그런 두 사람이 호로의 앞에 무릎을 꿇고 저토록 경의를 표한다. 그저 인사차 찾아왔을 리는 없다.

아람은 말했다.

"이 또한 어떤 인연일 터. 도저히 가만있을 수가 없어, 저희가 새로운 고향을 꾸리는 일을 도와주십사 여쭈러 왔습니다."

호로의 꼬리가 외투 밑에서 약간 부푼 것 같다.

"저희는 앞으로 몇 백 년이든 동료들이 돌아올 수 있을 터전을 만들고 싶습니다."

숲과 정령의 시대는 가고, 지금 세상에서 인간이 아닌 존재들은 주눅이 들어 있다. 십여 년 전의 여행길에서는 어쩔 수 없이 유랑을 떠나게끔 강요받는 동료들을 구하기 위해 대초원에 안주할 땅을 구축한 황금 양을 만났었다. 숲속에 숨어 살아도 길이 생겨나고, 산은 광산으로 개발되며, 장작을 채취하느라 나무는 베어진다. 이럴 바에야 차라리, 하는 심정에서 인간 세상에 섞이려 해도 인간이 아닌 존재는 어디까지나 인간이 아닌 존재일 뿐이다.

그렇다면 외진 곳에서 소소한 생업을 꾸리며 지내는 삶을 누구든 그려 보게 되리라. 예컨대, 행상인과 늑대의 화신이 뇨히라에 온천장을 차린 것처럼.

"곁에 계신 분도 뇨히라의 온천장 '늑대와 향신료'의 주인이시고, 이 도시를 구해 낸 상인분이라 들었습니다. 더욱이 당신과는 깊은 사이인 듯하고. 사람이 받들어 모시는 신이 존재한다면 이 또한 신의 뜻일 터이니."

거기까지 듣자 로렌스는 호로의 굳은 표정에 이해가 갔다.

로렌스는 아람을 향해 말한다.

"우리더러 그쪽 온천장 경영의 길잡이가 되어 달라?"

"또는."

아람은 조금도 기죽지 않는다.

"우리 마을로 아예 이주해 주시거나."

'마을'이란다.

환전상의 말에 따르면, 저들은 열 명도 채 되지 않는 숫자로 수도원 자리를 어떻게든 재활용해 온천장을 조성하려 한다고 했다. 로렌스의 당초 짐작은, 만일 온천수가 나오지 않으면 사냥꾼 흉내라도 내며 살려나 했는데, 저들은 주도면밀하게도 시 조합들과 사전 교섭을 하고 있었다.

저들이 '마을'이라 했으니 아람 측이 꾸고 있는 꿈은 훨씬 더 큰 것이다.

"두 분의 힘과 지혜가 있으면 일당백, 일당천."

"저희는 남쪽 지방에서 소소하게 용병 가업… 정확하게는 전란 때문에 밀려난 무법자들의 행패로부터 작은 마을을 지키며 생계를 이어 왔습니다."

아람의 곁에 있는 세림이 주춤주춤 덧붙인다. 아람보다 더욱 성실해 보이는 것이, 입을 다문 채 이틀이고 사흘이고 잠도 안 자고 일을 할 수 있는, 그런 수도녀 같은 심지가 느껴졌다. 겉으로 보이는 연령은 호로보다 조금 위일 듯하지만, 고생을 해서인지 울적한 표정 탓에 더 어른스러워 보인다. 무엇보다 그 손이. 망자의 축제에서 사냥감을 해체하느라 저렇다는 것만으로는 설명이 되지 않을 만큼 거칠었다.

호로의 손과는 딴판이다.

"당신과 같은 권속임을 부끄러워하지 않을 수 없는 나날이었습니다."

그렇다면 아람과 세림, 그리고 동료들은 늑대라는 뜻.

호로는 그것을 알고 있었으리라. 표정을 바꾸지 않은 채 둘을 노려보고 있다.

"인간 세상에 관해서는 잘 모릅니다. 제가 도시의 상회에서 잠시 일을 거든 것이 고작입니다. 이 지역 말을 할 수 있는 것도 저와 오빠뿐입니다."

"무모한 짓이라고, 어쩌면 웃으실지도 모르겠으나."

아람은 교차해 놓은 검과 자루로 시선을 내렸다가 다부지게 고개를 들었다.

"세상은 변화를 거듭하고, 저희의 얼마 안 되는 양식도 줄어들고만 있습니다. 어차피 전쟁의 잔재로 입에 풀칠을 하는 처지입니다. 그러다 이 지방의 특권장을 손에 넣는 요행을 얻게 되었고, 그렇다면 이곳에 운을 걸어 볼 수밖에 없다는 생각에서 왔습니다."

그런데 해당 토지에서는 온천수가 솟을 듯한 기운이 느껴지고, 수도원 건물까지 남아 있더라.

그런 것이리라.

이 세상에 사연 없는 자가 어디 있으랴.

"너희는."

그 순간 호로가 느릿느릿 말문을 열었다.

"우리가 간신히 파고든 마을을, 버리라는 것이냐?"

"이주하실 수 있으시면 더할 나위가 없지요. 하지만 힘을 빌려주시는 것만으로도 물론…."

"그렇다면, 어떻든 간에 우리더러, 지금 살고 있는 마을의 사람들을 배신하라는 게냐? 너희는 우리의 영업 경쟁자가 될 텐데?"

"호로."

그 이름을 부른 것은 로렌스다.

아람 일행이 영업의 경쟁자이기는 해도, 저들 또한 사정이 있다는 것은 이내 알았다. 게다가 아람 일행은 호로처럼 인간이 아닌 존재. 게다가 늑대라고 한다. 호로에게는 뇨히라 사람들보다 오히려 더 가까운 존재이리라.

그런 한편, 그렇기에 더더욱 이토록 싸늘하게 대하는 것이겠지.

아람 측을 조금이라도 동정했다가는, 마음을 열었다가는 저들을 돕지 않을 수 없게 되니까. 그리고 그것은 뇨히라를 배신하는 행위가 되니까.

안 그래도 호로는 뇨히라 마을 안에서 정체를 숨겨야 하는 이질적인 존재다. 로렌스로서는 알 길 없는 부담감도 있으리라.

하지만, 로렌스는 호로에게 말했다.

"그렇게 쉽게 결론을 내서는 안 돼."

이것은 훨씬 먼 앞날까지 영향을 미칠 이야기다. 우리의 아주

근원적인 문제와 맞닥뜨릴 이야기다.

왜냐하면.

"호로 님."

아람이 무릎을 꿇은 채 다가왔다.

"잘 생각해 주십시오. 당신께서 지금 쥐고 있는 것은 영원하지 않을 테니까요."

남방에서 온, 몹시 군색했을 용병 가업으로 먹고살아 온 이들이라고 한다.

가뜩이나 날카로운 아람의 표정이 너무도 올곧았다.

이 세상에는 설령 그것이 옳다 해도 해서는 안 될 말이 있다.

로렌스는 자신이 그 말을 하지 않은 우를 범했다는 것을 깨달았다.

"…그래서 어쨌다는 게지?"

호로의, 뼛속까지 얼어붙일 듯한 음성.

"그게 너희와 무슨 상관이야?"

"호로."

"대답해!"

계속해서 행복할 수 있는 이야기는 없다고 옛 철인(哲人)은 말했다. 로렌스는 언젠가 죽고, 호로만 살아남는다. 그 문제에 관해 로렌스는 호로와 함께 대답을 냈다. 그래서 뭐? 하며 둘이서 허세를 부리기로 했다.

호로가 로렌스의 팔을 붙든다. 아프리만큼 힘이 들어가 있었다.

"내가 현랑이라 불린 적도 있다만, 그것도 옛날이야기다. 다른데 가서 알아봐."

마음이 닫히는 소리가 들린 것만 같다.

호로가 걸음을 내디디며 로렌스의 팔을 확 잡아끌었다. 경의의 표시로 아람이 내려놓은 검과 칼집까지 걷어찰 듯한 기세였다.

곁을 지날 때, 청년은 망연자실한 표정이었다. 솔직히 호로가 화를 내리라고는 생각지 못했을 수도 있다. 아람은 인간 세상에서는 좀체 보기 힘들 만큼 올곧은 심지를 갖고 있을 것 같다.

그러나 세상은 곧기만 해서는 헤쳐 나갈 수 없다. 길이 곧게 뻗은 곳은 시벽으로 둘러싸인 시내에서도 몇 군데 되지 않으니까.

"호로."

아람 일행이 보이지 않게 된 뒤로, 로렌스가 이름을 부르는데도 호로는 걸음을 멈추지 않았다.

"호로, 어이, 호로!"

허리가 아프기도 하여 로렌스는 호로의 팔을 역으로 잡아당겼다. 소녀의 모습인 때는 힘도 마냥 소녀.

그리고 온화한 마음 또한 가냘픈 몸으로는 지키지 못하게 된다.

돌려 세워진 호로는 울고 있었다. 아까 그 자리를 박차고 온 것은 최소한의 허세였나 보다.

"나, 나는… 당신은…."

"알아. 그 이상은 말하지 마."

로렌스는 옷이 진흙투성이라 한순간 주저했으나 결국엔 흐느껴 우는 호로를 품에 끌어안았다. 호로는 얼굴이 진흙 범벅이 되는 것도 개의치 않고 안겨 들었다. 등을 쓸어 주자, 호리호리하고 연약하기 짝이 없는 가냘픈 몸집이 느껴진다.

품속에서 우는 호로를 안은 채 로렌스는 벽에 등을 기대고 고개를 들었다.

높은 건물에 끼인, 좁다란 길의 밑바닥에서 올려다보는 하늘이 멀고도 작다.

우리야말로 어리석다는 것을 안다.

로렌스는 문득 시야 귀퉁이에서 사람의 형체를 느껴 그쪽을 돌아보았다. 가만 보니, 딱하리만큼 어쩔 줄 몰라 하는 세림이었다. 무리하게 다가오려 하지 않고 로렌스를 쳐다본다. 로렌스는 고개를 나직이 가로저었다.

세림은 괴로운 표정이기는 했으나 고개를 조용히 끄덕이고 깊이 숙인 뒤 물러난다. 저들에게 악의나 책략의 냄새가 없다는 것이 되레 가슴 쓰렸다. 악의를 품고 다가왔다면 주저 없이 우리의 행복을 지켜 낼 텐데. 그러나 언젠가는 마주해야만 할 일이 형태를 띠고 나타나 버렸다.

로렌스는 호로의 등을 다시금 쓸어 주고 끝으로 토닥토닥 가볍게 다독인다.

"호로, 이러고 있는다고 해결되진 않아."

그 말이 다소나마 설득력을 띤다면, 그것은 로렌스 본인이 걸음을 내딛지 않으면 돈을 벌 수 없는 행상인이었으니까.

"일단 숙소로 돌아가자. 그런 다음."

그런 다음?

뒷말을 잇기가 두렵지만, 나는 호로를 믿고, 호로도 나를 믿는다.

물러서지 않고 말했다.

"그런 다음, 생각해 보자. 직시하면서, 제대로."

호로는 아무 말이 없다.

하지만 로렌스가 팔을 서서히 벌리자, 몸을 뗐다.

피식 웃고 만 것은 그 얼굴이 진흙으로 엉망진창이었기에.

"누가 지금의 너를 보고 현랑이라 생각하겠냐."

훌쩍이면서도 호로는 소매로 난폭하게 얼굴을 훔치고, 주먹을 쥐더니 로렌스의 배에 한 방 먹였다.

그리고 그 손으로 로렌스의 손을 꼭 잡으니, 말괄량이 뮤리보다도 훨씬 더 계집애 같다.

"힘내. 조합에 있는 먹을거리와 마실 것은 마음대로 하랬잖아."

호로는 코를 들이마시고 로렌스의 어깨에 머리를 쿡 박는다.

"멍청이."

그 한마디에도 흐느낌이 어려 있었지만, 욕이라도 할 수 있다면 일단은 됐다.

나와 호로와의 사이에는 강력한 유대가 있다.

어떻게든 될 테고, 어떻게든 할 수 있겠지.

뒷골목에서 대로로 나서자, 무슨 암시처럼 햇살의 온기가 확 느껴졌다.

환전상 건물은 고즈넉했다.

축제 기간, 상회 간의 큰 거래는 사라지지만 여행객이나 일을 쉬고 있는 직인들이 잔돈을 들고 시내를 왔다 갔다 한다. 어제까지는 조합 회관에서 큰 거래의 결제, 환전을 하던 환전상들은 아침에 먼저 눈을 뜬 차례대로 저울을 들고 시내로 줄줄이 나간 것이다.

그뿐 아니라, 망자의 축제 후에는 광장이 개방되니 그곳에 사람들이 몰려간 탓인지 구획 자체가 조용했다. 한밤중에 해가 뜨면 이런 느낌일까.

"아, 죽다 살았네. 진짜 망자의 축제 맞네."

머리에서 손끝까지 진흙 범벅인 데다, 알몸이 되고 보니 곳곳이 커다란 멍 자국이다.

한창 축제 중의 모습도 망자 그 자체였지만, 이 축제의 이름을 붙인 놈은 몸을 씻고 난 후에 절로 입 밖으로 흘러나왔을 소리에서 축제 이름을 땄음이 분명하다.

"너도 좀 진정됐어?"

호로의 얼굴은 진흙으로 엉망진창이었다. 게다가 로렌스에게 안겨 있던 탓에 옷도 더러웠다. 그 결과, 엎어져 얼굴을 진창에 박는 바람에 울면서 돌아온 소녀가 따로 없었다. 상회를 지키고 있던 도제들도 축제에 참가한 로렌스보다 호로를 더 신경 썼을 정도다.

"……."

더운 물로 세수하고 옷을 갈아입은 호로는 침대 구석에 앉은 채 말이 없었다.

도제 아이가 가져다준 술과 가벼운 먹을거리에도 손을 대지 않는다.

"하도… 갑작스러워서. 게다가 말 탄 기사처럼 꼿꼿하더라."

아람은 그만큼 검을 멋지게 다루면서도, 마을을 호위하는 일로 생계를 이었다고 했다.

자신의 힘을 사람을 향해 휘두르기가 싫어서였겠지. 그들이 지켜 주었다는 곳도 아무도 구해 주지 않을 외진 마을이었을 것 같다. 그런 식이라면 수도원 자리에서 작업 중일 다른 이들도, 엇비슷한 성격이라 지금 세상에서는 살아가기 힘든 정직한 이들뿐일 성싶다.

"무엇이 올바른지는 다들 알지. 술은 조금만 마시고, 수다는 삼가고, 일은 열심히, 약한 자에게는 상냥하게 대해라. 그리고 가끔은 신께 기도를 드려라."

로렌스는 말을 하면서 탁자로 다가가 가죽으로 만든 커다란 잔을 잡았다. 예로부터 모피와 호박의 유통 경로로 번성한 마을, 무기로도 쓸 수 있겠다 싶을 만큼 탄탄함을 자랑하는 훌륭한 가죽이다. 내용물은 포도주인가 보다. 거기에서 훨씬 작은 놋쇠 컵에 술을 따라 호로의 앞에 내밀었다.

"논리적으로는 어떻게 해야 할지 너도 알지?"

호로는 로렌스 쪽을 돌아보지는 않았어도 말을 인정하듯 컵은 받아 들었다.

"아람 측의 온천장이 산중 깊숙한 곳에서 인간이 아닌 이들끼리 영업을 시작한다. 거기에 점차 동료들이 돌아와 이윽고 마을의 형상을 갖춘다…. 생각만 해도 무슨 민담 설화에나 나올 이야기 같다만."

뇨히라도 비경의 땅이니 뭐니 하여 하계와 천국의 경계라는 소리를 듣곤 하지만, 차원이 다르다. 손님이 문득 한밤중에 눈을 뜨고 봤더니 마을 광장에서 술판을 벌이고 있는 것이 늑대와 사슴, 토끼와 여우들이었더라 하는.

그런 민담들이 곳곳에 많이 남아 있는 데는 나름대로 이유가 있어서겠지.

"저기, 호로."

말을 걸자 호로가 고개를 확 쳐들었다. 못 본 체하던, 상처를 싼 붕대가 풀리기라도 한 듯. 술잔을 든 것도 잊고 벌떡 일어서려 하기에 로렌스가 한 손으로 어깨를 눌러 막았다.

"일단, 아람을 돕는 일이 뇨히라에 대한 배신이라 치자."

로렌스가 마을에 스며들려고 안간힘을 썼다는 것을 호로는 잘 안다. 그것이 얼마나 힘든 일이었는지, 뇨히라 사람들에게 악의는 없었다 해도 사사건건 외부인 취급, 신참자 취급을 얼마나 당해 왔는지 안다. 그뿐 아니라, 그런데도 로렌스가 뇨히라를 순수하게 사랑하고 마을 전체가 성황을 이룰 수 있게끔 매사에 지혜를 짜고 있다는 것도 아주 잘 안다.

그런 와중에 호로만이 뇨히라의 적에게 지혜를 빌려준다면?

그것도 태평하게 뇨히라에 살면서.

"나는 그래도 될 것 같은데."

"…그치만."

"나는 장사꾼이야."

하며 쓴웃음을 짓자 호로는 허를 찔린 표정이 되었다.

"이것저것 마다하지 않고 받아들이는 데에 익숙해. 배짱부리는 게 특기이고."

자신이 둘인 것처럼 정반대의 일을 동시에 해내야 장사꾼이다.

예를 들어 거래를 생각해 보라. 상대가 나를 따돌리고 있지는 않은지, 함정을 치고 있지는 않은지, 사기는 아닌지 의심하면서도 한편으로는 상대를 믿고 악수를 해야 거래가 성립한다.

그뿐 아니라, 잔뜩 의심을 했다가도 거래가 성사된 뒤에는 진심으로 상대와 즐겁게 술을 마시기도 한다. 그러다가 이튿날에는 또다시 의심 가득한 대화를 나눈다.

그것은 그것, 이것은 이것.

"네가 아람 측에 협력한다고 그게 뇨히라에 직접적인 손해를 입히지는 않을 거야. 그것만으로도 핑계는 충분하잖아? 그리고 나는 호적수가 생기는 것이 나쁘지는 않다고 생각해. 뇨히라에서 장사를 하면서 하게 된 생각인데, 뇨히라는 몇 백 년 동안 너무 평안했어. 위기감이 심히 부족해."

손님이 뚝 끊긴 봄과 가을에도 손님을 불러들일 수 있게끔 여러 가지 제안을 해 봤지만 온천장 선배들이 보인 태도는 그 시기쯤은 좀 쉬고 싶다는 것이었다.

로렌스도 마을에서 지내는 새에 그런 느긋한 분위기에 휩싸이기 시작했다.

그러니 외적이 등장하면 졸음에서 깨어나겠지.

"이상의 이유에서, 네가 아람 측에 협력한다면 나도 물론 협력할 테고, 그렇다고 해서 다른 온천장 주인들에게 미안하게… 뭐, 조금은 그런 생각이 들겠지. 생각은 들어도 '뭐, 어쩔 수 없잖아'

하고 어깨를 으쓱이고는 끝이지."

불성실한 생각이라는 건 안다. 하지만 훨씬 중요한 목적이 달리 있다면 배교자의 죄를 기꺼이 받아들일 정도의 각오는 되어 있다.

"그리고, 네가 가장 고심하고 있는 건 그 부분이 아니지?"

옛 상처를 쑤신 것처럼 호로는 입을 꾹 다문다.

"아람이 말하기 전에 내가 말을 했어야 했어."

당신이 쥐고 있는 것은 영원하지 않다.

서로 알고 있으면서도 모르는 척하기로 했던 것.

"네가 뇨히라에 계속 있는 것은 무리야. 나이를 먹지 않는 것을 감추는 데에도 한계가 있어. 그게 아니면, 다들 죽은 후에도 옛날에 파슬로에 마을의 보리밭에서 했던 것처럼, 감사받지 못하는 수호신으로 계속 여기에 머물 거야?"

호로가 바르르 떠는가 싶더니 움켜쥐듯 들고 있는 놋쇠 컵 속에 눈물이 떨어졌다. 로렌스는 그 눈물에서 눈을 떼지 않았다.

"너는 내가 가장 사랑하는 상대야. 하지만…."

아무래도 말이 멎고 만다. 하지만 가만히 있는 것이야말로 배신이라고 생각했다.

"인간이 아니야. 너는, 남겨진 기나긴 시간은, 아람 일행과 살 수 있다면 그렇게 하는 게 나아."

호로가 고개를 든다.

꽉 다물린 입술이 떨리면서 벌어졌다.

"하지만, 그건… 그건 꼭, 당신이 죽을 준비를 하는 것 같잖아…."

"맞아. 그 준비야. 아니, 나는 네 장례식 예행연습도 했는데? 이번에는 내 차례잖아?"

멍한 호로가 뭔가 대꾸를 하기도 전에 로렌스는 호로의 뺨으로 손을 내밀어 엄지로 눈꼬리의 눈물을 닦아 냈다.

"그때가 오기 전까지는, 마치 영원히 이 관계가 지속될 것처럼 행동하자고 약속하기는 했지. 하지만, 시간의 흐름이라는 강변에서 뒹굴뒹굴하고 있었는데 배가 온 거야. 나중에 건너편 물가로 건너가기 위해 잡아 둬서 나쁠 건 없어."

그러다 로렌스는 쓴웃음을 지었다. 이쪽을 바라보고 있는 호로의 표정이 당장에라도 로렌스가 떠나갈 것 같은 표정이었기에.

로렌스는 호로 앞에 쭈그리고 앉아 눈높이를 호로보다 낮췄다.

"너도 장사꾼의 아내라면 장사꾼답게 행동해야지."

"……?"

"보험, 이라는 거야. 모든 것을 잃을지도 모를 모험을 앞두고, 모든 것을 잃었을 때를 대비하는 거지. 물론, 혹시 모든 것을 정말 잃고 싶지 않다면 처음부터 위험을 감수하지 않는 게 완전한 보험이긴 해. 옛날에 너는 후자의 방법을 택하려고 했었지."

헤어짐이 괴로워지기 전에 헤어지자고.

"하지만 그래서는 얻을 수 있을지도 모를 이익을 놓치게 돼. 알겠어? 만일 아람 측에 도움을 줘서 그들의 장사가 순조롭게 풀렸다고 치자. 엇비슷하게 긴 수명을 가진 자들과 그럭저럭 느긋이 살 수 있다고 쳐. 생각해 봐. 피차 사정을 잘 아는 이들이 모여 있으니까, 예를 들어 네가 우리 가게를 유지하고 싶다면 내가 죽은 후에는 그들의 힘을 빌려서 유지하면 되잖아. 30년쯤 뇨히라와 아람네 온천장 사이를 왔다 갔다 하면 뇨히라 사람들도 의심하지 않을 테고, 그야말로 영원히 유지할 수 있을 거야. 물론… 네가 흥청망청 써서 파산시키지 않는다면 말이지만."

그러면서 짓궂게 웃자, 로렌스를 내려다보고 있던 호로도 기침을 터뜨리듯 웃었다.

"멍청이…."

"나쁘지 않은 제안인 것 같은데? 아무도 손해 보지 않아. 뭐, 아람 측 온천장에 대항해 뇨히라 면면들이 지혜를 짜는 한편에서 몰래 일을 꾸며야 하긴 하겠지만."

로렌스는 호로의 손을 잡고 다독이듯 살짝 흔들었다.

"너를 위해서라면 나는 조금쯤은 신의 가르침을 거역할 수 있어."

호로의 웃음이 괴로워 보인다. 로렌스가 무리하게 농담을 하고 있으니 거기에 맞춰 더 무리하게 웃으려 애를 쓰느라.

하지만, 그거면 된다. 처음엔 억지로 했어도 머지않아 익숙해지고 받아들이게 된다.

세상의 섭리를 거스르려 하는 것이니 그 정도 노력은 해야 한다.

"그럼, 알았지?"

로렌스가 호로를 올려다보자, 호로는 당장에라도 눈을 감을 듯하면서도 그러지는 않았다.

"너는 아람 측에 협조한다. 그들에게 조금 더 잘 대해 준다."

그 말에 호로가 여전히 표정을 찡그리기에 로렌스는 웃고 만다.

"하여간, 낯도 참 많이 가려."

"뭣?!"

호로는 숨을 삼키고 당장 눈을 치뜨며 로렌스를 노려본다.

"긍지가 높은 것뿐이야!"

로렌스에게 잡힌 손을 떨치더니, 로렌스의 뺨에 찰싹 손바닥을 댔다.

로렌스는 뺨에 닿은 호로의 손에 제 손을 포갠다.

호로는 여전히 화가 난 듯이 노려봤지만, 꼬리는 파닥파닥 소리를 내고 있었다.

"아무렴요."

로렌스는 호로가 한 손에 들고 있던 컵을 받아 자신의 발밑에 둔다.

몸을 띄워 호로와 눈높이를 맞춘 후 등을 얼싸안았다.

"너는 공주님이니까."

"…현랑이야, 멍청아."

호로는 어디까지나 호로. 방심했다가 거꾸로 엎어졌다. 그러다 이내 나무창을 깜박 닫지 않은 것이 생각났지만, 오늘은 축제다. 웬만한 일은 문제없겠지.

열린 창밖으로 맑게 갠 하늘이 잘 보였다.

몇 번쯤 달이 엿본 적은 있지만, 다행히 태양에게 들키진 않았으리라.

상대는 표면적으로는 환전상 조합이나 뇨히라와 대립하는 관계다. 로렌스와 호로가 대놓고 만나러 갔다가 남의 눈에 들켰다가는 이야기가 복잡해진다.

그래서 이용할 수 있는 연줄을 이용하기로 했다.

"당신들이 나타나면 또 무슨 소동이 벌어지는 게 아닌지 불안한데."

고귀한 신분의 손님을 대기시키는 귀빈실로 들어서자마자, 이 도시를 다스리는 장 밀리케가 찌푸린 얼굴로 말했다.

"바쁘신데 죄송합니다."

"바쁜 것은 사실이지만, 이 도시를 뒤에서 도운 사람이 늑대를 데리고 와서 문을 열라고 하면 여는 수밖에."

밀리케는 붉은 천이 덮인 의자에 앉아 한숨을 푹 쉬었다. 기분이 언짢다기보다는 몹시 피곤한 기색이다. 온 도시가 축제로 야단법석이니, 온갖 재료가 가득한 거대한 냄비를 죽어라 젓고 있는 것처럼 현기증이 날 테지.

"그나저나, 설마하니 당신들이 망자의 축제에 참가했을 줄이야. 까맣게 몰랐어."

사람이 많기도 했거니와 아무래도 우리한테서 늑대의 냄새를 가릴 만큼 유황 냄새가 나는가 보다.

"환전상 조합이 결국 고기의 양에서 1등이더군."

대단한 활약이었다. 그 기쁨을 호로와 나누려고 곁을 돌아보자, 호로는 자기가 힘을 빌려주었으니 당연한 일이라는 투로 심드렁하게 밀리케가 내놓은 꽃잎 설탕 범벅을 덥석덥석 먹고 있다. 울고 난 뒤라 입맛이 짰나.

"당신들 용건 말인데, 옛 수도원 자리의 특권장을 갖고 있는 놈들을 호출해 달라고?"

밀리케는 거기까지 말하고는 고개를 끄덕이는 로렌스를 제지하듯 몸을 앞으로 내밀었다.

"정말로 무슨 문젯거리는 아니겠지?"

밀리케는 로렌스와 호로가 온 이후로 그 점을 내내 신경 쓰고 있었다.

십여 년 전, 로렌스 일행은 엄청난 소동에 휘말린 채 한 가닥 희망에 의지하여 이 도시에 이르렀다. 사건에 끌려들 뻔했던 밀리케의 입장에서는 재앙이 우르르 밀려든 것이나 다름없었으리라.

다행히 잘 풀렸으니 망정이지, 밀리케가 여태껏 마음에 담아 두고 있는 것의 8할은 그럴 만도 하다.

"오히려 문젯거리가 생기지 않게끔."

"흐응?"

밀리케는 다소 의심스러운 눈치인데, 흰 설탕이 묻은 보랏빛 꽃잎을 아삭아삭 맛나게 먹고 있던 호로가 손가락을 핥으며 끼어들었다.

"그러는 당신은 왜 우리한테 놈들에 관해 숨겼어? 아니, 놈들에게 우리에 관해 왜 숨겼는데? 그 정도로 예의 바른 놈들이면 이 도시의 수장인 당신에게 제일 먼저 인사하러 왔을 테니, 놈들에 관해서 알고 있었을 거 아냐?"

따지는 어투는 아니었고, 밀리케도 한쪽 눈썹을 살짝 올렸을 뿐이다.

"그래. 애당초 그들은 곰팡내가 나는 특권장이 유효한 게 맞는지 불안해 하고 있었지. 그것을 확인하기도 할 겸 여기에 왔었다."

"그때 뇨히라에 늑대가 있다고 전하지 않은 것이로군? 놈들이 온천장을 차리려 하는데도."

밀리케는 호로를 빤히 응시하며 그 진의를 탐색하려고 한다. 당사자인 호로는 아랑곳없이 다시 희희낙락 꽃잎 설탕 범벅이라는 고급 과자에 입맛을 다신다.

결국 밀리케는 한숨을 쉬고 의자에 몸을 기댔다.

"이유는 두 가지."

그런 후 몸을 일으켜 점점 줄어드는 설탕과자 하나를 집는다.

"첫째, 내가 원하는 것은 이 도시의 발전과 유지이니까. 이 도시를 위한 일이라면 뭐든 상관없지."

온천마을이 두 개가 되면 벌이도 두 배, 라고 환전상 조합장도 말했다.

"둘째, 놈들이 십여 년 전의 당신들을 생각나게 했거든."

"상태가 그렇게 심한데?"

로렌스의 물음에 밀리케는 어깨를 슬쩍 으쓱였다.

"일견 터무니없는 희망에 매달려, 설상가상 제대로 사전조사도 없이, 라는 의미에서."

장 밀리케는 당시부터 가차 없었다.

"놈들은 모호한 정보에 매달려 찾아와서는, 산속에서 온천수가 나올지도 모르니 정말 그렇게 되면 온천장을 차리고 싶다더군. 나중에는 마을로까지 발전시키고 싶다고. 그런 놈들에게, 뇨히라에는 늑대가 있고 이미 온천장도 하고 있다고 해 봐, 어떻게 되겠나. 바로 그쪽으로 달려갔겠지. 하지만 그렇게 되면 당신들은 성가시다 생각지 않았겠어?"

"얼마 전에 만났을 때는 진짜 성가셨지."

설탕과자를 한바탕 먹고 만족했는지 호로는 이파리를 우린 뜨거운 차를 마셨다. 취하지도 않을 음료인 차를 왜 마셔야 하는지 모르겠다며 욕을 한 적도 있지만, 향은 마음에 드나 보다.

그나저나 스베르넬은 꽤나 벌이가 쏠쏠한 모양이다. 접대용으로 내놓은 것이 죄다 귀족 저택에나 있을 남방산 수입품인 것을 보니.

"그 성가신 놈들을 그쪽으로 돌린 줄 여겼다가는 또 골치 아파지니까. 그럼 그냥 언젠가 알아서 만나기를 기다리는 게 상책이다 싶었지."

겉모습에 걸맞은 용의주도함. 로렌스는 감탄하며 수긍했다.

"하지만 만났으면 거기서 끝 아닌가? 왜 나더러 불러 달라는 거지? 정말 문젯거리인 건 아니겠지?"

떨떠름한 표정의 밀리케를 보며 로렌스는 사정을 설명하려 했다. 하지만, 그날 호로가 울었던 일이며 숙소로 돌아와 의논한 후에 다소 시간이 걸린 것 등등을 어떻게 제대로 설명해야 할지 고민이 됐다.

"아니, 그것이, 실은⋯."

우물대자 호로가 말했다.

"놈들이 만나자마자 대뜸 부탁만 늘어놨거든. 그 자리에서 대답할 수도 없어서 일단 숙소로 돌아가 차분히 의논했지. 그러다 때를 놓쳐서."

거짓말은 아니지만 진실에서도 한없이 멀다.

태연한 얼굴로 차를 마시는 호로에게 로렌스는 감탄을 금치 못했다.

"결론은?"

자기를 통할 거니까 미리 가르쳐 달라는 거지. 로렌스가 눈짓하자 호로는 재미없다는 투로 콧방귀를 뀌었다.

"놈들을 도와주기로 했어. 나도 가끔은 이 양반한테서 떨어져서 조용히 혼자 있고 싶을 때가 있거든."

그건 내가 할 소리라고 대꾸했다가는 사흘 밤낮은 말도 못 붙이게 하겠지.

"그런 이유라면, 알았다."

밀리케는 안도의 한숨을 쉬고 열린 나무창의 바깥으로 눈길을 주었다.

"나도 마찬가지거든."

"예?"

로렌스가 놀라자, 밀리케는 얼빠진 놈을 보듯 눈을 가늘게 떴다.

"나도 이 도시에 오래도록 있었다. 이제 슬슬 한번 도시를 떠나야 해."

장 밀리케는 이 도시의 선대 지도자에게 물려받은 이름이고, 밀리케는 하빌리시라는 또 다른 이름을 가진 영주이기도 하다. 아마도 병이 나서 요양해야 한다는 핑계를 대고 영지로 물러난 뒤, 표면적으로는 병사라도 한 것으로 처리하고 영토와 권력을 모두 승계한 친인척 누군가가 되어 돌아오리라. 귀족 계급은 혈통을 보존하기 위해 형제자매나 가까운 친척을 일부러 먼 곳에 두기도 한다. 실제로 그런 일이 흔하기에 아무도 의심하지 않을 것이다.

그렇더라도 몸을 숨길 곳이 근처에 있어서 해가 될 것은 없다.

"당신은 수염이 있으니까 그나마 낫지. 내 미모는 감출 길이 없으니 이만저만 힘든 게 아니라고."

"……."

아람 측의 온천장에 협조하고 그곳을 어찌 이용할지는 인간이 아닌 존재들이라면 단박에 안다. 하지만 인간인 로렌스는 '그' 틀 안에 들어갈 수가 없으니 아쉽다.

그런 한편, 로렌스는 이런 생각도 들었다. 호로가 밀리케와는 뜻밖에 죽이 잘 맞는 것 같다. 이런 분위기면 자신이 죽은 후에도, 또는 뮈리가 여행지에 눌러앉게 되더라도 호로가 홀로 외로이 꼬리 손질을 하는 일은 없을 수도 있겠다.

"아무튼 그놈들을 이리로 부르면 되는 거지?"

"부탁드리겠습니다. 그들이 우리와 연락하고 있다는 것을 시중 사람들에게 들키면 두고두고 귀찮게 될 것 같으니."

"상인답군."

밀리케는 한숨을 쉬고 테이블 위의 작은 방울을 울렸다. 금세
똑똑 소리가 나고, 풀 먹인 옷을 입은 소년이 방으로 들어온다.
밀리케가 소년에게 아람을 불러오라고 지시하자, 소년은 공손히
인사를 한 후 방을 나섰다.

"왜?"

로렌스가 그런 모습을 빤히 쳐다보고 있자, 밀리케가 의아한
얼굴로 물었다.

"아, 아니요…. 참 괜찮은 일꾼이다 싶어서."

"지금 이곳은 일손이 부족해. 쓸 만한 놈들은 상회가 모조리
채 가지."

"그렇겠죠."

로렌스가 체념하듯 말하자 밀리케는 한쪽 눈썹만 슬쩍 끌어올
린다.

"왜? 온천장 지점이라도 내려고? 그 콜인지 뭔지 하는 젊은 녀
석과 딸도 있잖아?"

그렇게 물으니 콜과 뮤리의 일을 대충 설명하는 수밖에 없었
다.

"허허어. 피는 못 속인다더니."

"그러게요. 그래서 이번 기회에 이곳에서 새로이 사람을 구해

고용하려고 와 봤습니다만."

"흠. 그런 거면 차라리 용병들을 몇 명 고용하지그래?"

"그 방법도 검토해 보고 싶긴 합니다만."

그러면서 로렌스가 곁에 앉은 호로를 쳐다보자, 얼굴을 찌푸리고 있다.

"놈들은 늑대의 권속이라 들었는데? 마침 잘된 것 아닌가?"

"그러게 말입니다만. 어디가 싫은 건데?"

로렌스와 밀리케의 시선이 쏠리자 호로는 설탕에 자갈이라도 섞인 듯한 표정을 지었다. 하지만 얼버무리기도 바보 같다 생각했는지 고개를 홱 돌리고 한숨을 짓더니 마지못해 말했다.

"나는 현랑 호로야. 지켜야 할 위엄이라는 게 있다고."

위엄? 하며 로렌스가 쳐다보자, 호로에게도 가차 없는 밀리케는 어깨를 으쓱였다.

"권속 앞에서는 대낮부터 늘어지게 술을 마시고 낮잠을 잘 수가 없다, 이건가?"

찌릿 소리가 날 정도로 호로가 노려봤지만, 밀리케는 물론 꿈쩍도 하지 않는다.

"아닌가?"

오히려 재차 얻어맞고 호로는 분한 듯이 끄응 소리를 냈다.

"일은 잘 할 것 같던데? 매일 정해진 일을 맡겼을 때 비로소 진가를 발휘하는 성격일 거야. 늑대라기보다는, 개에 가깝지."

"확실히 사냥개 분위기에 걸맞은 성실함과 거침없는 느낌이 있었습니다."

"반면 시야가 좁지. 옳은 것은 언제까지나 늘 옳을 것이라 믿어. 인간이 아닌 힘을 갖고 있으면서도 용병으로 근근이 먹고산 것도 능력보다 성격 문제였겠지."

이 세상엔 적합 부적합이란 게 있다.

호로를 화나게 한 것도 바로 그 곧이곧대로 한 말 때문이었고.

"새로운 온천마을이라고 했던가? 일단 시작만 하면 잘 돌아가기는 하겠지만…."

"무슨 문제라도?"

밀리케는 지친 듯이 한숨을 쉬었다.

"놈들이 들고 온 특권장 말이야. 그게 진품이기는 하겠지만, 아무래도 꺼림칙한 느낌이 가시지 않거든. 그런데 설상가상 당신들까지 와서 놈들을 호출하라고 하니 맙소사 했던 거지."

의심을 한 데에는 나름대로 근거가 있었던 모양이다.

"특권장을 지렛대 삼아 뭔가… 예를 들면 영토적 야심을 채우려는 권력자의 그림자가 비친다거나?"

특권장의 진품 여부를 판단할 수 있었다 하니, 밀리케가 평소에 접한 적 있는 이 일대 권력자가 발행한 것이리라.

하지만, 그렇다면 이야기가 조금 야릇하다. 아람 일행은 아득히 먼 남방에서 용병 생활을 했고, 그곳에서 어쩌다가 곰팡내 나는 특권장을 손에 넣었다고 하지 않았나? 특권장이 이리저리 떠돌다가 머나먼 곳으로 가는 일이 없지는 않으나, 보통은 이 영주에게서 저 영주에게로 이동하면서 명의가 바뀐다.

밀리케는 잊고 있던 무언가 중요한 점이 생각난 것처럼 미간을 손가락으로 집고 있다.

"그 특권장을 발행한 것은, 교황이다."

"교황? 교회의 총본산이 발행한 특권장이란 겁니까?"

그렇다면 남방에서 활동하던 아람 일행이 입수할 가능성도 충분하고, 밀리케가 그 특권장의 진위를 가릴 수 있을 만도 하다. 교회 조직은 전 세계에 퍼져 있으니까.

"해당 토지에는 오래된 수도원이 있다고 들었습니다. 혹시 그때 발행된 게 아닐까요?"

"일반적으로 생각하면 그렇지."

일반적으로 생각하는 것 말고 어찌 생각하면 된단 말인가? 그런 심중이 얼굴에 드러났는지 밀리케는 한바탕 앓는 소리를 내더니 짜증스레 말했다.

"특권장은 해당 토지 일대에서 구덩이를 파서 나온 것의 독점권을 교황의 이름으로 보장하는 것이었다."

"그건… 온천수를 파내기 위해서는 필요한 일이죠. 하지만 그게 뭐—"

로렌스는 거기에서 우뚝 말을 멈췄다.

해당 토지에 수도원이 세워진 것은 이교도와의 전쟁이 진지하게 행해지던 전란의 시대였다고 한다. 신심 깊은 수도자들이 목숨 걸고 그 땅에 와서, 믿기지 않을 정도의 열의로 숲을 개간하고 산중 깊은 곳의 땅에 돌로 된 수도원을 세웠다. 그들은 그 후 전쟁이 껍데기만 남게 되자 덩달아 열의도 식었는지 어느 사이엔가 사라졌다. 환전상에게 들은 바로는 그랬다. 살아가기 혹독한 곳이니 떠났을 것이라고.

하지만 수도사라는 것은 원래 스스로 역경을 자처함으로써 신앙심을 닦으려 하는 자들의 모임이다. 그렇다면 뭔가 좀 이상하다.

로렌스가 고개를 외로 꼬고 있자 곁에서 호로가 끄윽 트림을 했다.

"내가 아는 승려들은 땅 같은 거 안 파는데."

"뭐?"

하며 돌아보자 시선이 마주쳤다. 호로의 붉은 기가 도는 호박색 눈이 이쪽을 가만히 응시하고 있다.

"응. 어쩌면 당시부터 뇨히라의 명성은 자자했으니 그 덕을 보려 했을 수도 있지. 하지만 그렇다 쳐도 묘해."

"그래. 맞아. 위험한 곳에서 몇 년이나 버텼으면서 **안전해지자 물러선 건 왜지?**"

중얼거리는데, 머릿속에서 무언가가 딸깍 연결됐다.

"바닥난 것은 열의가… 아니었다?"

그럼 무엇인가.

아람 일행이 손에 넣은 것은 곰팡내 나는 특권장이었다고 한다. 거꾸로 이렇게 말할 수도 있다.

곰팡내가 날 때까지 미련이 뚝뚝 흘러서 챙겨 두었던 특권장.

그곳에 아직도 무언가가 있을지 모른다고 기대했다면?

"혹시."

로렌스가 그렇게 중얼거린 것과 동시에 문 두드리는 소리가 났다. 전원이 그쪽을 돌아보자, 조금 전 밀리케에게 지시를 받아 간 시종과는 다른 소년이 얼굴을 내밀었다.

"무슨 일이지?"

밀리케의 물음에 소년은 다소 당혹스러운 표정으로 복도를 돌아보았다.

"저어, 세림이라고 하는 여성이 밀리케 님을 뵙고 싶다고 합니다."

"뭐?"

불러서 온 것이 아니다. 밀리케가 얼떨결에 로렌스와 호로를 쳐다봤지만 로렌스도 짚이는 바가 없다.

"들여보내. 아, 그리고, 세림이라고 했던가? 그럼, 혼자뿐인가?"

"예. 여행복 차림의 여성분 혼자입니다. 그런데 몹시 다급한 기색이어서…."

소년이 머뭇대며 한마디 덧붙였다.

일단 이리로 데려오라고 밀리케가 지시하자, 소년은 몸을 돌려 달려 나갔다.

아람이 아니라 세림이, 그것도 혼자서 다급한 기색으로 찾아왔다.

즐거운 소식을 가져왔을 리가 없다.

모두 침묵한 가운데, 호로가 차 마시는 소리만 울린다.

그리고 빈 잔을 탁자에 탁 내려놓은 순간, 세림이 모습을 나타냈다.

세림의 낯빛은 창백했다.

자신을 들인 밀리케에게 뭔가 호소하려고 하다가, 그제야 방 안에 로렌스와 호로가 있는 것을 알아챘다.

"마침 잘됐습니다. 안 그래도 이곳으로 오시라고 하려던 참이었습니다. 지난번의 무례를 사과하고자."

로렌스가 먼저 환하게 웃으며 그렇게 말한 것은, 세림이 눈에 띄게 흐트러져 있었기 때문이다. 사람은 웃는 얼굴을 보면 일단 마음이 가라앉는다는 것을 행상 경험에서 배웠다.

의도한 대로 세림은 로렌스의 태도에 긴장이 좀 풀렸는지, 여전히 어색하기는 했으나 로렌스와 호로에게 인사했다.

"자, 우선 앉지. 아니면 지금 당장 병사가 필요한 안건인가?"

세림은 아름답지만 분위기는 전혀 위엄 있는 늑대가 아니다. 굳이 말하자면, 초원 한구석에서 소심하게 풀을 뜯는 양이다. 축제로 기분이 들뜬 들개들의 눈에 띄었다가는 희롱당하는 일도 있을 것 같다.

"아, 아니요…."

세림은 고개를 가로젓더니, 퍼뜩 무슨 생각이 떠오른 것처럼 재차 고개를 저었다.

"아니요. 하지만, 어쩌면…."

"어쩌면?"

되묻자, 세림은 혼란함을 털어 내려는 듯이 머리를 흔들었다.

"도대체 무슨 일이 벌어진 건지, 모르겠습니다…. 갑자기 조합 사람들이 방으로 들이닥쳤어요. 그건 어디에서 났느냐, 진짜 큰일 났다면서."

한순간 특권장 이야기인가 싶었는데, 좀 이상했다. 아람과 세림은 특권장이 있기에 온천장을 차리고 싶어 했고, 그러려고 조합과 교섭을 했으니.

세림은 긴장을 삼키듯 입을 다물었다가 말했다.

"온천수를 파다가 나온 광석이 대체 무엇인지 여쭤 봤었습니다."

광석.

로렌스는 빠져 있던 톱니바퀴의 마지막 하나가 채워진 느낌을 받았다. 특권장을 둘러싼 기묘한 이야기, 거기에 있는 구멍에 들어가야 했던 것이 바로 저것이다.

"그래서, 오라비는?"

마찬가지로 알아챘겠지만, 밀리케는 냉정하게 묻는다.

"조합 사람들에게 재촉을 받고… 수도원 자리로 안내를…."

"그 광석이 뭐였기에? 한창 축제 중인 조합 놈들이 굳이 시벽 밖으로까지 나갔다면 심상치 않은데?"

"저, 저도, 잘 모르겠습니다. 혹시 팔 수 있는 물건이면 경영에 보탬이 될 것 같다고, 시중 분들에게 감정을, 부탁드렸습니다. 하지만 오빠 생각엔, 납이 아닌가 하는…."

"납?"

흔한 금속이고 진귀하지도 않다. 조합원들이 안색이 변해 들이닥칠 일도 없다.

밀리케의 표정은 그랬다.

하지만 로렌스는 다르다.

행상인 시절의 기억이 되살아난다.

"납에는 때로 귀중한 금속이 풍부하게 섞여 있기도 합니다."

돌아보는 밀리케에게 로렌스는 말했다.

"금, 또는 은이."

밀리케의 눈이 휘둥그레졌다. 두 금속 모두 산에서 나오면 일대 소동이 벌어진다.

특히나 은이라면 문제다. 아람에게 몰려갔다는 조합원들이 말한 대로 진짜 큰일이 나게 된다.

이 일대는 험준한 산에 둘러싸여 검으로는 권력을 통일하지 못했으나, 대신 은화로 경제 통일을 이뤄 냈다. 환전상 조합장이 한 말을 떠올려 보라.

바야흐로 은은 이 지역에서는 권력을 좌지우지할 만한 무기의 하나다.

그런 무기가 샘솟는 샘이 어디선가 발견됐다면 해당 권력자가 무슨 생각을 하겠는가?

"그럼, 과거의 수도사들은 신께 기도를 드리며 광물을 채굴했던 건가…."

"산중 깊숙한 곳에 어째서 석조 수도원을 지었는지도 설명이 되겠군요. 구덩이를 파는 것은 건설용 돌을 얻기 위해서이지 결단코 광석을 채굴하는 것은 아니라는 변명. 파내서 제련한 은도 의식용 촛대와 문장으로 만들어 반출하면 눈에 띄지 않을 테니."

"하지만, 은? 은이라니…."

밀리케는 이마에 손을 짚고 비틀댔으나 추스르는 것도 빨랐다.

"그러는 너는 어떻게 여기에 올 수 있었지?"

불쑥 질문 방향을 바꾼다.

"그리고 뭘 하러 온 거냐?"

세림은 지켜보는 쪽이 되레 조마조마할 만큼 당황한 표정이면서도, 그 거친 손에 걸맞은 강인함을 보였다.

"저, 저희들은 발소리로 상대가 어떤 용건을 갖고 있는지…
어, 어느 정도는 알 수 있습니다."

그런 삶을 살아왔으리라. 그리고 늑대의 권속이라면 호로처럼
귀도 밝을 터.

"저는 바로 침대의 짚단 속에 숨었습니다. 오빠가, 때를 엿봐
밀리케 님께 가라고 했습니다. 뭔가 건드려선 안 될 것을 건드린
모양이지만, 밀리케 님이라면 반드시 힘이 되어 주실 거라…면
서."

저것은 희망적인 예측, 또는 어리숙한 생각이라 할 수 있겠지
만, 신뢰라 부를 수도 있는 것이다. 필시 아람의 성격을 드러내
는 반증이다. 마찬가지로 인간이 아닌 존재로서 밀리케는 우리
를 도울 것이고, 반대의 경우이면 나도 당연히 도울 것이라는.

그러나 밀리케는 눈곱만큼도 표정을 무너뜨리지 않았다.

"한 가지 묻고 싶은데, 너희들은 정말로 그 광석의 존재를 모
른 채 이 곳에 온 거냐?"

눈동자 깊은 곳까지 꿰뚫어 볼 듯한 밀리케의 시선에 세림은
숨을 삼켰다.

로렌스는 왕년에 장사를 하던 때가 떠올랐다. 아무도 쉽게 믿
을 수 없는, 믿어서는 안 되는 그 메마른 세계의 분위기.

밀리케가 가장 두려워하는 것은 세림 일행이 무지한 나그네인

척하면서 광산 개발을 노리는 경우이리라. 인간이 아닌 존재라고 해서 인간의 수하가 될 수 없다는 법은 없다. 단순히 인간이 아닌 존재라는 이유만으로 힘을 빌려주었다가는 이 도시를 파멸로 이끌 수도 있다.

그때 제3의 음성이 들렸다.

"뭐, 사실이겠지."

호로였다.

"그것이 거짓말을 하고 있다면, 나는 이 귀를 실로 꿰매 버려야 해."

호로는 후드를 벗고 짐승 귀를 드러내더니 쫑긋댔다. 호로는 거짓말을 분간할 수 있다.

"애초에 목적이 금이든 은이든, 무슨 꿍꿍이가 있었으면 파낸 물건을 시중 놈들에게 알아봐 달라고 하겠어? 여기에서 보물을 찾고 있다고 선언하는 것이나 다름없는 짓인데."

있을 수 없다. 게다가 약간의 도구와 지식만 있어도 자기네끼리 조사할 수 있다. 목적한 광물이 분명하면 더욱 준비를 했을 터이니.

"쟤 오라비가 시중 놈들과 채굴 장소로 간 것은… 뭐, 그럴 수밖에 없었겠지. 몰려온 놈들이 그 장소로 안내하라고 하면 거절할 도리가 없었을 테니까."

호로의 말에 세림이 어색하게 고개를 끄덕였다.

"헌데, 듣자 하니 구덩이를 파는 곳까지는 제대로 된 길이 없다며? 그럼 시간을 버는 의미도 있겠지. 안색이 변해서 달려온 시중 놈들이라도 산에서 어느 정도 보물이 나올 거란 확신 없이는 움직이지 않을 테고. 거꾸로 아람인지 뭔지 하는 녀석은 자기가 엄청난 꼬리를 밟은 것은 깨달았지만, 섣불리 움직였다가는 쓸데없이 일이 복잡해질지도 모른다고 생각했을 거야. 시간을 벌어서 의지할 곳을 찾는다. 뭐, 옳은 판단이지."

"그러는 동안 누가 문제를 해결할 것이냐를 제외한다면."

해당 역할의 기대를 받은 당사자인 밀리케는 지긋지긋하다는 투로 한숨을 쉬었다.

"상황으로 볼 때, 산에서는 은이 나왔을 거야. 그리고 이 지역에서 은이 나온다는 게 얼마나 복잡한 일인지, 그걸 모르는 놈에게 어떻게 설명하면 되지? 게다가 그 땅의 주인은 이 일대 권력자도 아니야. 교황이라고!"

긴 수염과 머리가 분노로 일렁이는 것처럼도 보인다.

세림이 죄책감에 당장에라도 울음을 터뜨릴 것 같았기에 로렌스가 끼어들었다.

"데바우 상회라면 중간에 서서 잘 처리해 주지 않을까요?"

이 일대에서 은이 나오면 골치 아픈 것은, 바야흐로 한 나라의 양상을 띠고 있는 데바우 상회가 은화 발행으로 권력을 유지하고 있기 때문이다.

자기네 세력권 내에서 은광이 멋대로 개발되고, 누군가 외지인이 그 은을 이용해 화폐를 발행하는 것은 명백한 영토 침범에 해당한다.

더욱이 화폐 발행에는 막대한 이권이 동반되니, 데바우 상회는 은화의 원재료가 되는 은을 취급하는 데에는 신경을 곤두세우고 있다. 환전상 조합장도 그 점에는 진저리를 쳤다.

그러나 거꾸로도 말할 수 있다. 데바우 상회에게 은이 출토된 땅을 팔겠다고 하면 데바우 상회도 나쁘게 나오지는 않을 것이다. 오히려 기꺼이 매입하리라.

조합원들이 안색이 변해 아람을 협박하듯 채굴 현장으로 몰려간 것은 거기까지는 그림을 그리지 못했기 때문이라 보아야 할 것이다.

하지만 밀리케는 지옥 바닥에서 들려오는 것 같은 한숨을 쉬었다.

"특권장은 교황이 발행한 것이다. 나중에 그 땅에서 대량의 은이 나왔다는 소리를 들어 봐. 전쟁의 불씨가 되고도 남지."

특권장에 쓰여 있는 것은 신께서 기록하신 은총이 아니다.

대체 얼마나 많은 대상회가 왕후 귀족들에게 돈을 빌려주고 빚을 지워 파산시켰던가.

"그럼 어떻게 합니까."

로렌스의 말에 밀리케가 신음하듯 대답했다.

"현실적으로는… 그 땅에서 나온 은은 데바우 상회가 매입하고, 그 대금을 교황의 품에 갖다 바치는 수밖에. 그래야 매듭이 지어지겠지."

교회의 총본산인 교황은 권위가 실추되었다고는 하나, 여전히 세상에서는 손꼽히는 권력자다. 그리고 이 땅에는 데바우 상회에 반감을 가진 자들도 있다. 적의 적은 아군이라는 논리에 따라, 교황이 데바우를 치게끔 일부러 대립을 부추기는 자가 나오지 말란 법도 없다.

그리고 전쟁이 벌어지면 스베르넬은 여지없이 주된 전쟁터의 하나가 되리라.

이 도시를 지키고 싶어 하는 밀리케는 물론이고, 물자 공급을 이곳에 의존하는 뇨히라의 주민 로렌스에게도 최악의 결과가 된다.

무거운 분위기가 지배하는 가운데 뜬금없다 싶기도 한, 조그만 음성이 들렸다.

"저어."

세림이었다.

"저, 저희, 저희들은 대체… 어떡…해야…."

남쪽 땅에서 희망을 불태우며 찾아왔다. 저들에게 악의가 있었던 것도 아니고, 산에서 무엇이 나올지 미리 알고 있었던 것도 아니다. 오히려 채굴처럼 은이 나올 줄 기대하고 왔다가는 된통

당하는 경우가 압도적으로 많다.

그런 의미에서는 행운도 과하면 저주가 된다.

"아무것도 못 해. 교회에 대가를 바치려면 대규모로 개발하지 않고서는 타산이 맞지 않을 테니까. 슬금슬금 온천장이나 하겠다는 느긋한 발상도 끝이야."

"어떻게, 그런….'

오히려 이 땅에 복잡한 문제를 끌고 들어온 죄를 물을 수도 있다. 밀리케가 그런 말까지 하지 않은 것은 최소한의 위로였으리라.

세림은 거친 손으로 자신의 옷을 꽉 붙들고 있었다.

"광산에서 일거리를 얻을 수는 있겠지. 거기에서 돈을 모아 새로운 땅을 찾아가는 수밖에."

시 조합도 우호적이니, 이제 남은 것은 온천수가 나오기를 기다리는 것뿐이다 싶었을 것이다. 꿈에 손끝이 닿은 만큼 낙담도 클 것이다. 세림은 비틀대며 그 자리에 주저앉아 버렸다.

밀리케는 그런 세림에게 말도 걸지 않고 눈만 어렴풋이 가늘게 떴다.

"일단 데바우 상회에 연락을 취해야 해. 채굴을 확인한 놈들이 이곳으로 돌아왔을 때 데바우 상회 사람이 미리 와 있는 게 바람직해. 욕심에 눈이 먼 놈들이 일을 벌일 시간을 주어선 안 돼."

밀리케는 말을 하며 순서를 확인하듯 그 자리에 있는 이들에게 차례로 시선을 주었다. 로렌스, 세림, 그리고 마지막으로 호로였다.

"…나를 파발마 취급하기야?"

"당신이 먹은 설탕과자가 얼마짜리인 줄이나 알아?"

그릇에 수북했던 설탕과자는 어느새 사라지고 없다.

"게다가 데바우 상회의 토끼 양반과도 친하잖아."

데바우 상회의 장부를 맡고 있는 자는 인간이 아닌 토끼의 화신. 로렌스 일행은 그들과 함께 이 도시로 도망쳐 와 재기를 도모한 적이 있다.

"참 나…. 어쩌다 도시로 나와 봐야 좋을 일이 없다니까."

"자, 잠깐만요."

호로가 떨떠름하게 동의하는 순간 끼어든 것은 그때까지 넋이 나가 있던 세림이었다.

"제, 제가 하게 해 주세요."

"흐음?"

호로는 세림이 아니라 밀리케를 보며 고개를 갸웃했다.

밀리케는 원래 그렇게 생긴 건지, 아니면 냉정한 판단을 하는 것에 익숙한 권력자의 얼굴인지 모를 무표정으로 세림을 내려다보았다.

"어떤 책임감을 느끼고 일을 자청하는 거면, 거절한다. 데바우 상회에 아무런 신용도 없고 쓸데없는 짓을 했다가는 더 곤란해지니까."

섣불리 동정을 베푸는 것은 아무에게도 도움이 되지 않는다.

하지만 이렇게 되면 세림은 완전히 소외된다. 사태는 세림 일행의 손이 전혀 닿지 않는 곳에서 처리되고 만다. 세상이 돌아가는 판에서 따돌림을 당하는 기분은 일개 행상인에 지나지 않았던 로렌스도 잘 안다.

그저 운과 운명이 좋지 않았을 뿐이다.

"그리고 현랑 호로, 당신은 먼저 아람을 만나러 갔으면 해. 최대한 길을 지연시켜. 늑대끼리니까 시중 놈들은 눈치 못 챌 대화가 가능할 테지?"

"늑대를 막 부려먹네."

호로는 투덜대면서도 의자에서 일어섰다.

"그리고? 당신네처럼 성가신 놈들은 항상 글로 쓰는 걸 선호하잖아? 가져갈 게 있으면 빨리 써 줘. 슬슬 날 저물 때도 됐어."

"바로 준비하지."

여전히 주저앉아 있는 세림의 곁을 지나 밀리케는 방 밖으로 나갔다.

밀리케는 누구에게나 평등하게 냉정하다. 그가 중요하게 여기는 것은 오로지 이 도시뿐이다.

"일어설 수 있겠습니까?"

하는 수 없이 로렌스가 손을 내밀자, 세림이 그제야 정신을 차린다.

그리고 정신이 들자 현실감이 밀려드는지 눈에 차츰 눈물이 고인다.

우는 얼굴을 감추기는 힘들다. 세림이 울음을 터뜨리자 비로소 로렌스는 그 참된 젊음이 와 닿았다. 이들은 젊음에 걸맞은 순수한 꿈을 꾸고 있었다. 앞으로 나아가는 저 너머에는 빛이 있을 것이라고, 그저 그것만을 믿고.

"자자, 젊은 아가씨가 이런 데서 울고 있으면 안 돼요."

여차하면 딸인 뮤리 또래로도 보이는 세림의 어깨를 부축해 일으켜 세우자 호로가 축축한 시선을 보내온다. 물론 일부러 그러는 것이겠지만.

"당신은 아무것도 잘못하지 않았고, 특권장도 그냥 빼앗기는 일은 없을 겁니다."

밀리케의 말대로 광산으로 개발되면 거기에서 자금을 버는 것도 한 방법이다.

하지만 어찌 되었든 그 후에는 또다시 부평초 같은 생활이 기다린다.

"그게 아니면⋯."

로렌스는 말을 하려다가 거기에서 멈추었다. 자신의 온천장에서 일을 하게 한다 해도 이들 모두는 도저히 무리다. 결국엔 임시방편에 지나지 않는다. 나에게 막대한 자금이라도 있으면 이들에게 빌려줘서 뇨히라 산속 깊숙이 온천장을 꾸리게 하겠는데.

아쉽지만, 세상에는 방법을 안다 해도 도움이 안 될 때가 있다.

그렇기에 설교를 하는 자들은 착하게 살라고 반복해서 말을 해야 하는 것이다.

"데바우 상회 측에도 일이 있는지 물어봅시다. 가능한 당신들이 함께 흩어지지 않을 수 있게끔."

젊으면 눈물도 구슬처럼 떨어진다는 것을 뮤리를 보며 알았다.

세림도 조약돌 같은 눈물을 뚝뚝 흘리며 로렌스를 본다.

원망의 말 한마디 없는 것은 성격 탓이기를 바란다. 결단코, 지금까지 보아 온 그 어떤 희망도 종국엔 다 무너졌더라는 체념에서가 아니라.

"고맙, 습니, 다…."

잠긴 목소리로 인사를 하고는 눈을 내리깐다.

로렌스는 그 가냘픈 어깨를 토닥이는 수밖에 없었다.

그리고, 혼자 두어야 하겠지 싶어 호로에게 눈짓을 한 후 방 밖으로 나섰다.

"후우…."

복도로 나오자 한숨을 내쉰 것은 로렌스가 아니라 호로였다.

"어떻게 좀 안 돼?"

아픔을 참는 얼굴로 닫힌 문 너머를 바라본다.

남의 일처럼 행동하기는 했으나 호로는 로렌스보다 훨씬 동정심이 많다. 어떻게든 해 주고 싶다고, 저 자리에서는 가장 간절히 바랐을 것이다.

"안 되겠지. 기적이라도 일어나지 않는 한."

이 세상에 땅끝이란 없는지, 가도 가도 그곳은 누군가의 땅이다.

"기적이라…."

호로는 불쑥 내뱉고는 숨을 크게 들이마셨다.

"당신, 내가 인간을 적으로 돌리면 화낼 거야?"

안이하게 대답했다가는 호로에게 얕잡힌다. 그리고 호로를 믿는다면 대답은 저절로 정해진다.

"네가 내 적이 되고, 내 소중한 것을 망가뜨리려 한다면, 어쩌면? 하지만 그럴 일은 없어. 절대로. 그러니까 물어볼게. 뭘 제안하고 싶은데?"

"…당신은 가끔 정신을 바짝 차리게 만들어서 얄미워."

칭찬으로 받아 둔다.

"기적은 못 일으키지만, 기적의 반대라면 일으킬 수 있겠지."

그러나 호로의 발상은 뜬금없었다.

"기적의 반대?"

"저주."

날이 저물기 시작한 이 시각이면 건물 안은 이미 어두컴컴하다. 거리 모퉁이, 선반 옆, 악마가 깃든 어둠이 곳곳에 생겨나는 시간.

"옛날이야기가 떠올랐어. 욕심에 눈이 먼 놈들이 안내인에게 이끌려 보물이 있는 곳에 가지. 하지만 정직하게 보였던 안내인은 화톳불로 생긴 그림자를 보자 송곳니가 생겨나."

어린애들깨나 겁먹게 하였을 이야기이지만, 로렌스는 자기도 모르게 경직된 웃음을 지었다.

평소 같으면 싱거운 이야기로 흘려 넘겼을 텐데, 가만 생각해 보니 그럴싸하다.

지금 상황이 딱 그런 상황이니.

"그 산에 들어가면 무사할 수 없다. 보물이 있다는 소문은 산중의 악마가 흘린 것이다. 옛날에 있던 승려들은 그게 두려워서 사라졌노라?"

그렇게 하면 사람들은 산에 다가가지 않을 테고 은화 이야기는 흐지부지된다.

까짓것 하며 산으로 들어가는, 목숨 귀한 줄 모르는 놈들도 더러 있겠지만 그들은 산중에서 늑대에게 에워싸인다.

설상가상, 우러러봐야 할 만큼 거대한, 인간을 한입에 꿀꺽해 버릴 것 같은 늑대에게.

"소용없어."

음성이 추운 복도에 싸늘히 울려 퍼진다.

"요즘 놈들은 숲의 어둠 따위는 두려워하지 않아."

손에 서장을 든 밀리케다. 아직 둥글게 말기 전인 서장을 가볍게 흔들자 잉크를 흡수시키기 위한 모래가 사라라락 떨어지는 소리가 난다.

"숲속에서 우왕좌왕하다가 엉덩방아를 찧으며 도망치겠지. 그리고 다음번에는 펄펄 끓는 기름과 횃불을 산더미처럼 들고 올거야. 그것으로 산에 불을 놓아서 두려운 무엇인가와 더불어 다 불살라 버리는 거지."

악마와 정령이 사는 숲의 어둠은 그리하여 빛에 노출된다.

"이 도시에는 시시때때로 아람 일행과 같은 놈들이 남방에서 올라와. 인간 세상에서 살아갈 재간도 없고 그렇다고 몸을 숨길 데도 더는 없으니, 하는 수 없이 북쪽에서 활로를 모색하지. 혹시 미개척지가 있지 않을까 하는 생각에."

있기는 하되 살아가기가 몹시 척박하다. 날씨는 따스하고 숲에서는 나무열매가 주렁주렁 열리며 야생 꿀도 채취할 수 있는 남쪽 지방과는 형편이 다르다.

"혹시 놈들이 수도사인 척할 작정을 하고 왔다면 성공했을지도 몰라. 성역이라고 하면 사람들은 여전히 뭔가 경의를 표하거든."

여러 선택지가 있었다. 그러나 개중에 가장 적합한 것이 무엇일지 평소에는 알 길이 없다.

또한, 수도사인 척을 한다고 해도 일이 간단치는 않다. 스베르넬은 수호성인 부활 축제를 성대하게 축하하는 도시가 되었으니, 폐허였던 수도원에 수도사가 새로이 들어왔다는 소리를 들으면 신심 깊은 신도가 기도를 드리러 그곳으로 갈 수도 있다. 거짓말이 들통 나는 것은 시간문제다.

"자, 잉크도 다 말랐군. 데바우의 힐데에게 가져다줘. 상황과 대략적인 계획을 작성했으니까."

서장을 말아 기묘한 끈으로 묶는다.

"고풍스러운 것을 쓰는군."

호로가 쓴웃음을 짓기에 비로소 알았다. 저 끈은 밀리케의 머리카락인 모양이다.

"밀랍은 추워서 부서지니까. 몸의 증표이니 최고지."

"하기야."

"시벽 밖까지는 내가 마차로 데려다줄게."

일이 척척 진행된다. 거기에는 감상도 여운도 아무것도 없다.

세림에 관해서는 아무도 언급하지 않은 채 청사 밖으로 나가, 밀리케가 마련해 준 마차의 마부석에 앉아 로렌스가 고삐를 쥔다.

하늘에는 진작 밤의 장막이 내렸으나, 그 대신 온 도시가 주황빛으로 물들어 있었다.

곳곳을 밝히고 있는 것은 그냥 화톳불이 아니라 고기 굽는 불이다.

"맛있겠다…."

호로가 태평한 소리를 했으나, 말투는 건성이었다.

세림 일행을 빼놓고 일을 진행하는 것에 여전히 저항감이 드는가.

"돌아오면 실컷 먹을 수 있어."

로렌스도 호로에게 장단을 맞춘다.

나이를 먹어서 배운 것이 있다면, 이 세상에는 가능한 일과 불가능한 일이 있다는 것을 이해하는 것, 그리고 보고도 못 본 척하는 유들유들함이랄까.

두 사람 사이에 오가는 대화도 없이 마차는 천천히 시가지를 나아간다.

그러다 길 건너 광장을 보았다. 횃불이 휘황한 가운데 서 있는 거대한 성인의 상이 잘 보인다.

"저러면 무슨 이득이 있는데?"

"글쎄? 병마를 쫓는다거나 외적으로부터 구해 준다거나 하는 거 아닐까? 축제 마지막 날에는 불을 놔서 저 성인이 우리 대신 신에게 몸을 바치는 것으로 되어 있거든. 사람들은 감지덕지하면서 그 재를 받아서 시벽 밑에 묻는대. 그런 전설을 가진 성인이 많고, 옛 시대에는 진짜로 있었다고도 하고."

성인의 상을 만들 때 시중 사람에게서 이런저런 설명을 들었는데, 별로 특이한 이야기는 아니었다.

"성인인지 뭔지도 큰일이겠네. 죽어서 재가 된 뒤로도 도시를 위해 일을 해야 하니."

"재로 만들어 주면 그나마 다행이게? 개중에는 천 년 전의 말라비틀어진 성인의 유체를 안치한 유명한 교회도 있거든. 잠들어 있는 옆에서 허구한 날 순례자들이 기도를 바치는 거야. 제대로 잠이나 잘 수 있겠어?"

"일 년에 한 번 정도는 떠받들어지는 것도 괜찮은데⋯."

호로가 그러면서 이쪽을 빤히 응시한다.

"나를 천 년 동안이나 지켜볼 바에야 그냥 꿀꺽 먹어 버려."

호로는 송곳니를 드러내며 이히히 웃었다.

"하지만 순례지는 돈이 되거든. 이 도시처럼 처음부터 가짜라는 걸 알면 다행이지만, 진짜라고 칭하는 성인의 유체가 여기저기에 수두룩해."

"흐음? 가짜라는 걸 어떻게 알아? 죽었으면 모르잖아."

"간단해. 성 아르비로스는 팔이 다섯 개이고, 성녀 헬레스는 머리가 둘이야. 제일 웃기는 것은 순교자 루데온의 뼈인데, 고스란히 세 구가 남아 있어. 각각 크기가 다른데 말이지. 유년기의 뼈, 소년기의 뼈, 청년이 된 후의 뼈라는 거야."

"흐음? 그런데 그게 뭐가 웃겨?"

어리둥절하여 되묻는다. 로렌스는 오히려 자기가 놀림을 당하고 있는 것인가 했다.

"⋯탈피하는 새우나 게도 아니고, 어떻게 한 인간의 뼈가 몇

구나 남을 수 있겠어?"

"앗!"

정말로 몰랐던 모양이다. 호로가 로렌스의 팔을 때린다. 멋대로 착각하고 바보같이 군 것은 호로 본인이었으면서.

"처음에는 다들 진짜가 아니라는 것을 알았더라도 시대가 변함에 따라 진짜로 여기게 되는 거겠지. 그러니까 저 성인의 상을 태운 재를 시벽 밑에 묻는 사이에 정말로 저기에 성인의 재가 묻혀 있는 게 되는 것이고."

"하여간 인간은 멍청하다니까."

호로는 어이가 없는지, 또는 인간의 그런 멍청한 점이 조금 사랑스러운지, 어제 본 재미있는 꿈이라도 떠올리듯 부드럽게 웃으며 눈을 가늘게 떴다.

"그런데, 그렇게 멍청하다면, 차라리 그걸 이용하는 건 어때?"

"이용?"

"가짜를 만들어 내서 산속 수도원을 그 뭐시깽이처럼 만들면 되잖아?"

그 말에 로렌스가 호로를 쳐다보고 만 것은, 황당한 발상에 놀라서가 아니다. 아직까지도 세림 일행을 포기하지 않은 것이 놀라웠다.

로렌스는 고삐를 당겨 말을 세웠다. 왜 말을 세우느냐고 호로는 묻지도 않는다.

"내가 죽어라 일을 해서, 새 온천장을 차릴 때 그들을 고용하는 방법도 있어."

"만약 그럴 만한 돈이 모인다면 당신은 꼭 그렇게 해 줄 텐데 말이지."

호로도 바보는 아니다. 가게를 새로이 차리는 데에 얼마나 많은 비용과 수고가 드는지 모를 리 없다.

"호로…."

"미안. 헛소리였어. 변명이 필요해서."

온 힘을 다해 애써 봤지만 소용없었노라고.

로렌스가 대꾸를 못 하자, 호로가 다부지게 웃어 보였다.

"어서 가자. 나도 어떻게 해야 하는지 정도는 알아."

교황과 알력을 빚지 않도록 데바우 상회가 나서게 한다. 아람과 세림 일행은 포기하게 한다. 우리는 축제를 구경하고 뇨히라로 돌아간다. 그로써 모든 것이 아무 일도 없었던 듯이.

하지만 밀리케는 말했다. 아람 일행은 마치 십여 년 전의 우리 같았다고.

그때의 우리는 행복을 끌어당겼다. 마지막의 마지막 순간까지 끌어당겼다.

운이 좋았다고밖엔 생각되지 않는다. 가진 지혜를 모조리 동원하고 마지막엔 호로에게 의존할 수밖에 없는, 그런 방법을 알면서도 실행할 수 없었다.

그것은 운.

아람 일행에게는 그것이 없었다.

"순례지 이야기 말인데, 정말 그게 실현될 수 있으면 좋을 텐데."

로렌스는 고삐를 고쳐 쥐고 말 엉덩이를 철썩 때렸다.

"……."

호로가 이쪽을 보지 않는 채로 가만히 고개를 끄덕인다.

"사람들은 길이 험해도… 아니, 오히려 길이 험하니까 찾아와서 기부를 잔뜩 하고 가거든. 거기에 여관을 병행하면 손님이 항시 드나들겠지. 온천장 경영보다 훨씬 편하고. 전시하는 성유물을 도둑맞지 않게 주의하기만 하면 되고."

마차는 시벽을 향해 다가가고, 인적은 차츰 줄어든다.

"온천장이 아니니까 뇨히라와도 대립하지 않을 테고, 오히려 순례자들이 돌아가는 길에 뇨히라에 들를지도 몰라. 모두가 행복해질 수 있지."

식사와 술 조달 면에서는 다툴 수도 있겠지만, 하고 덧붙였다.

"하지만 성유물은 만들어 낼 수 있어도 그걸 진품으로 인정받는 게 쉽지 않아. 온천장은 그런 문제가 없지. 온천수가 나오면 의심도 끝이니까."

도시를 순례지로 바꾸는 것은 외딴 도시에 사는 사람들이라면 한번쯤은 반드시 고려해 보는 기사회생의 방안이다.

"대개는 교회의 중추, 최소한 대주교에게는 인정을 받아야 해. 그러려면 진짜 기적이라는 것을 증명하거나, 또는 기적이다 싶을 만큼 금덩어리를 쌓아 올려야 하지."

돈벌이가 될 테니 그에 상응하는 대가를 치러야 한다. 그런 짓만 해 왔으니 교회는 권위를 잃었겠지.

"내가 할 수 있는 건 고작해야 어린애 눈속임 정도니까, 뭐."

호로는 보리에 깃든 늑대의 화신으로 보리 풍작을 관장했었다. 예전에는 보리알을 단번에 이삭으로 바꿔 낸 적도 있다.

"경우에 따라서는 그것도 괜찮은데."

수도원 자리는 몹시 추워 보리가 자라지 않으니, 너무 부자연스럽다.

"그것 말고는, 기적과도 같은 식탐이 있겠군."

"멍청이."

호로가 로렌스의 발을 밟는다.

그리고 손잡는 것을 대신하듯 발을 얹은 채 말했다.

"내가 본모습을 드러내도 안 될까?"

"다들 놀라기야 하겠지만 기적이랑은 다르지."

호로가 수중의 패를 전부 내보였지만, 그 어느 것도 도움은 되지 않았다. 마차도 시벽 문 앞에 도착했다.

눈앞에 있는 현실을 따르는 수밖에 없다.

"일단 밖으로 나가서 인적이 없는 곳까지 가자. 벗은 옷을 목에 둘러야 할 테니까."

"데바우 상회가 있는 곳엔 시벽이 없잖아. 늑대 모습으로 들어가도 될 텐데?"

"힐데 씨는 토끼의 화신이야. 한밤중에 늑대가 머리맡에 서 있으면 좋겠어?"

"큭큭. 그렇겠네."

"아무튼 힘들겠지만, 잘 좀 부탁할게. 뇨히라의 존속과도 이어지니까."

"걱정 마."

밀리케가 준 통행증으로 시벽을 빠져나가자마자 대뜸 추워진다. 시벽 안과 밖은 다른 세계다.

"그나저나, 쉼 없이 달려 하룻밤이면 데바우 상회가 있는 레스코까지 갈 수 있는 거지? 사람 걸음이면 서둘러도 사흘은 걸리는데. 그야말로 기적이네."

"흠. 그놈들도 차라리 행상인을 하지. 등에 짐을 묶고 달리면 그 누구보다 빨리 운반할 수 있는데."

하기는 그렇겠다고 생각했다가, 냉정을 되찾고 머리를 가로젓는다.

"어떻게 운반했느냐고 캐물으면? 무슨 마술 부린 거 아니냐고 의심만 사지. 거기에 있을 수 없는 누군가가 있게 되는 거니까."

"인간 세상은 귀찮기 짝이 없어."

호로는 그러면서 주위에 인기척이 없다고 느꼈는지 옷을 벗기 시작했다.

로렌스는 일단은 배려하는 뜻에서 눈을 돌리고 있다가 문득 시벽 쪽을 보게 되었다.

시벽을 따라 일정한 간격으로 작은 말뚝이 박혀 있다. 아담한 무덤처럼 되어 있는 것을 보니, 저기가 수호성인의 상을 태운 재를 묻은 곳인가 보다.

다행히 진짜 성인의 재는 아니니 무덤에 걸터앉아 느긋이 시벽을 지키고 있는 지친 얼굴의 성인도 보이지 않고, 매년 구멍이 파여 새로운 재가 보태지는 바람에 기침을 할 일도 없다.

"하하."

그 모습이 상상되어 웃은 순간.

로렌스는 그 무덤에 앉아 이쪽을 보고 있는 세림을 본 것만 같았다.

"당신?"

마지막 옷가지를 벗으려던 호로가 이상하다는 걸 느꼈는지 로렌스를 부른다.

로렌스는 방금 본 환상의 의미를 필사적으로 생각했다.

무덤 위에 앉은, **거기에 있을 리 없는 성인의 모습**.

그 또한 교회의 설교 속에서 흔히 등장하는 유형 중 하나.

그중 최고는 **무덤 파헤치기**.

"…저기."

무덤에서 눈을 떼고 마른침을 꿀꺽 삼키며 로렌스는 말했다.

"궁금한 게 있는데."

"뭔데?"

화들짝 놀란 것은 그 음성이 몹시 가까웠던 바람에.

돌아보자 호로가 귓가에 속삭이듯 하고 있었다.

"당신의 그런 얼굴 오랜만에 봐."

호로의 눈이 쓰윽 가늘어진다. 반가운 듯이 꼬리를 파닥이며.

"…네 기대에 부응하지 못할 수도 있고… 어쩌면 너를 화나게 할 일을 하게 될 수도 있는데?"

"흐응?"

호로는 그러면서 짐승 귀를 쫑긋댄다. 어서 털어놓아 보라는 뜻이다.

로렌스는 다시금 머릿속으로 계획을 세우고 곱씹는다.

그렇게 하면 잘 풀릴 성싶지만, 딱 한 군데에서 호로의 노여움을 살지도 모른다.

로렌스는 머릿속에 떠오른 터무니없는 계획을 천천히 설명하다가 그 미묘한 부분에 이르자 이렇게 말했다.

"내가 다른 여자한테 올라타도 화 안 낼 거야?"

호로의 웃음이 꾸민 것이 역력한 것으로 바뀌었다.

그리고 이렇게 대답했다.

"난 당신을 믿어. 그러니까 그런 거에 일일이 화 안 내. 그리고 나한테는 예리한 눈과 귀가 있다고."

물론 날카로운 이빨도 있지.

하지만 저렇게 말한다면 허락의 인장이 찍힌 셈이다.

"그런 계획이면 그래야만 하겠지."

"너는 너대로 밀리케의 계획을 이행해. 잘될지 어떨지 알 수 없으니까."

"흥. 나도 가끔은 혼자 자유롭게 달리고 싶으니까."

마지막 속옷을 벗어 로렌스에게 일부러 던지고는, 알몸이 된 호로가 마차에서 뛰어내렸다.

"자, 칭찬 안 해?"

부끄러움이라고는 눈곱만큼도 없다.

그 대신 추워 보였다.

"옛날 생각난다."

로렌스가 그러자 호로는 허를 찔린 것처럼 눈이 커졌다가 이내 웃었다.

「멍청이.」

다음 순간 호로는 거대한 늑대로 돌아가 있다.

「옷.」

그 말에 로렌스는 황급히 호로가 벗어 던진 옷가지를 접어 끈으로 묶었다. 그러는 사이 내내 호로는 커다란 개가 그렇게 하듯 로렌스의 머리를 코끝으로 툭툭 찔러 댔다.

"부탁한다."

호로의 목에 옷 꾸러미를 둘러 준 뒤 로렌스는 말했다.

늑대의 날카롭고도 웅대한 눈이 로렌스를 지긋이 본다.

「당신도.」

호로는 이내 일어나 지평선을 응시했다.

「만일 그 멍청한 놈들이 소박한 늑대 마을 만들 수 있게 된다면, 그 마을 수호성인의 이름은 정해졌군.」

뾰족한 이빨이 그득한 입으로도 웃는 것이 느껴진다.

그리고 로렌스가 뭐라 말을 하기도 전에 호로는 바람처럼 달려 나갔다.

아마도 일부러 그런 거겠지만, 뒷발로 찬 먼지를 털어 내고 나니 호로의 모습은 이미 보이지 않았다.

"하여튼…."

투덜대면서도 얼굴은 웃고 만다.

호로에게 기대를 품게 했다. 이것이 헛된 기쁨으로 끝났다가는 어떤 꼴을 당할는지 모른다.

"자, 그럼 기적을 일으키러 가 볼까!"

기합을 넣고, 짐마차의 마부석에 뛰어올랐다.

로렌스는 시 청사로 돌아가자마자 밀리케를 만났다.

계획을 설명하자 밀리케는 역력히 떨떠름한 표정을 지었다.

그래도 안 된다고는 하지 않았다.

"이러면 데바우 상회도 달랠 수 있고, 교회의 체면도 세워지며, 게다가 아람 일행도 살 수 있습니다."

모든 것을 원만히 수습할 수 있을 방법이 딱 하나 있었다.

"…시도해서 나쁠 것은 없다… 인가?"

"최악의 경우, 대주교님이 여우에게 홀렸다 하겠죠."

"음…."

밀리케는 잠시 숙고한 뒤, 콧김으로 수염을 날렸다.

"그런 생각을 잘도 해냈네. 상인들은 그렇게 해서 장사를 하나?"

"저는 상인이 아닙니다."

로렌스는 어깨를 으쓱이고 웃는다.

"이 세상과 저 세상 사이에 있는, 뇨히라의 온천장 주인이죠."

밀리케는 어이없어 하는 얼굴로 손을 흔들고 업무로 돌아갔다.

그 길로 로렌스는 세림이 있는 방으로 갔다. 문을 열자 촛불도 켜지 않은 채 침대에 걸터앉은 세림이 보였다. 어쩌면 로렌스의 큰 발소리를 듣고, 그 어떤 처우도 달게 받겠다고 마음먹고 있었는지도 모른다.

"계획이 있습니다. 모든 일이 잘 수습될지도 모릅니다."

느닷없이 그런 소리를 해서일까. 세림은 놀라지도 않고 로렌스를 의심스럽게 올려다보았다.

"당신들의 꿈과는 조금 다른 모양새가 될지도 모릅니다만."

로렌스는 운을 띄운 뒤 설명에 들어갔다.

세림은 처음에는 곤혹스러운 기색이기만 하더니, 차츰 이야기의 흐름을 파악하자 이내 눈빛이 바뀌었다.

그리고 로렌스의 마지막 한마디.

"당신의 협조가 꼭 있어야 합니다."

힘차게 일어섰다.

"꼭 시켜 주십시오."

거기에 있는 것은 소심하게 풀을 뜯는 양이 아니었다. 양이라쳐도, 그 진흙탕 광장을 끝까지 도망치던 용감한 양과 닮았다.

하지만 세림은 늑대다. 일단 사냥감을 정하고 나니, 그 표정이 호로 못지않다.

"다만, 한 가지 확인해 두고 싶은데요."

"말씀하세요."

로렌스는 헛기침을 한 번 한다.

"저어…. 제가 당신을 올라타는 일로 뭔가 문제가 되지는 않을는지요?"

일단은 물어보는 것이 예의라고 생각했다. 세림은 젊은 아가씨이니까.

"…호로 님께서 노여워하시지 않는다면 괜찮을 거예요."

"그 점은, 아마도."

"후후. 그럼 괜찮아요. 로렌스 씨를 레노스까지 고이 모셔다 드리겠습니다."

"저는 중개역일 뿐입니다. 그다음부터는 당신이 하기에 달렸어요."

세림은 큰 책임을 맡은 기쁨에서인지 나이에 걸맞은 소녀처럼 웃으며 말했다.

"음울한 수도녀 행세는 잘 해낼 자신이 있습니다."

사실은 이런 식으로 웃고 농담도 할 줄 아는 소녀다.

로렌스는 고개를 끄덕였다.

"그렇겠군요, 라고 말을 해도 되는 건지."

세림이 키득키득 웃고는 숨을 크게 들이마셨다가 천천히 내쉬자, 이미 거기에는 일평생 한 번도 웃어 본 적이 없는 듯한 수도녀의 얼굴이 있었다.

"일찍이 산중에 수도원이 있었습니다. 그 자리에는 무덤이 있고, 그 무덤이 파헤쳐지려 하고 있습니다. 나의 이름은 세림. 무덤이 파헤쳐질 위기에 처한 수도녀입니다."

손색없다.

로렌스는 세림과 함께 다시금 시벽을 넘었고, 이번에는 옷을 벗는 동안 완벽한 배려를 하여 눈길을 피했다.

됐습니다, 라는 한마디에 돌아보니, 호로보다는 훨씬 작지만 인간보다는 큰, 은빛 털이 아름다운 젊은 암컷 늑대가 눈앞에 있었다.

「…무서워하지 않으시는 게 신기합니다.」

"우리 집 녀석이 훨씬 무섭거든요."

분위기는 호로와 퍽 다르지만 늑대의 웃음은 비슷하구나 싶어 묘한 감동이 일었다.

로렌스는 밀리케에게 받은 서장과 수도녀복, 그리고 세림의 옷을 짊어지고 은빛 늑대의 등에 올라탔다.

「그럼 가겠습니다.」

그 직후, 바람이 되었다.

모피와 목재의 도시 레노스까지는 늑대의 걸음으로도 이틀 넘게 걸린다. 사람의 걸음이라면 열흘은 각오해야 할 행로다. 그리고 거기에는 이 지역에 퍼져 있는 교회 조직의 권위 있는 대주교구가 있고, 그가 그렇다고 하면 청어 머리도 성스럽게 되는 대주교가 있다.

로렌스가 생각한 계획은 그 대주교의 집으로 세림이 잠입해 머리맡에 서서 이렇게 말하는 것이다.

나는 수도녀 세림. 아득히 먼 북녘 땅에 신의 축복을 받아 잠들어 있는 자….

산중 깊숙이에서 신앙심이 결실을 맺어 신의 곁으로 간 것까지는 좋았으나, 남아 있던 몸이 신의 기적으로 남몰래 은이 되어 버렸다. 숲속 짐승들은 무관심하였기에 지금까지 평안히 잠들어 있었으나, 탐욕스러운 인간은 다르다. 무덤이 파헤쳐질 위기라 난감하다. 부디 신의 이름으로 나를 구해 달라.

늑대인 세림이라면 벽을 뛰어넘어 잠입하기도 어렵지 않으리라.

이틀간 싸늘한 바람을 견디며 오랜만에 레노스에 다다르자마자, 추억에 잠길 새도 없이 목적지로 향했다.

대주교님께서는 거대한 성당 옆에 지어진 귀족 저택이 저럴까 싶을 만큼 거대한 집에서 주무시고 있었다.

늑대의 발톱 모양처럼 가늘어진 달이 뜬 가운데, 로렌스는 세림이 저택의 정원으로 사라지는 것을 지켜보았다.

이튿날. 로렌스는 두려움에 떠는 모습을 가장하며 대성당 문을 두드린다. 저는 보잘것없는 행상인이온데, 어젯밤 꿈에서 대주교님을 스베르넬로 안내하라는….

간밤에 꿈인지 현실인지 모를 성녀의 방문을 받았던 대주교는 새끼손가락의 손톱 끝만큼도 의심하지 않았는지 로렌스를 신의 사자로 후하게 대접하며 온갖 공무를 내팽개치고 여행 채비를 시켰다.

이리하여 대주교가 스베르넬로 한달음에 달려가고 보니, 그곳에서는 북방 일대의 은광을 쥐고 있는 데바우 상회와 교황의 특권장을 쥐고 구덩이를 파고 있다가 은을 발견했다는 자들이 줄지어 기다리고 있었다. 설상가상 그들은 은을 둘러싸고 한창 추한 싸움을 하는 중이었다.

그 은이 어떻게 나왔는지를 자기만 아는 줄 아는 대주교는 얼굴이 하얗게 질려서 중재에 들어간다.

기다리시오. 그 은에 손을 대서는 안 되오! 그 은은 신께 부름을 받으신 성녀님이시니!

그 한마디는 순례지라는 관광 명소가 태어나는 순간을 알리는 한마디이기도 했다.

성녀의 기적이 분명히 일어났다면, 성녀를 꿈에서 본 대주교가 그 땅을 험히 다루는 일은 절대 없다. 그렇게 되면 시중 사람들이 아무리 탐욕스러워도 은을 채굴할 수는 없다. 은을 채굴하지 못하면 데바우 상회가 으르렁댈 필요도 없다.

그리고 사람들이 찾아와 돈을 떨어뜨려 준다면, 그곳에서 소박하게 여관을 운영할 수도 있다.

"네 귀퉁이를 둥글게 잘 수습했네."

웬일로 호로가 감탄을 다 해 주었다.

"네가 끝까지 포기하지 않은 덕분이야."

겸손에서 나온 말이 아니었다. 저 길 끝에는 엄청난 것이 기다리고 있을 게 분명하다며 씩씩대던 시절은 진작 지났다. 나이를

먹으면 차분함을 갖는 한편, 될 대로 되는 수밖에 없다는 체념과
도 비슷한 감정이 생겨난다.

십여 년 전의 여행이라면 아람 일행의 일에 로렌스 자신이 더
연연했을 것이다. 은을 둘러싼 이해의 대립에서 한몫의 냄새를
맡고 한바탕 했을 게 뻔하다. 그 과정에서 소동에서 소외된 세림
을 그냥 내버려 두지 못해 도와주었다가 질투하는 호로와 싸우고
야단법석⋯ 상상이 간다.

하지만, 마지막 부분에 관해서는 현랑 호로 님께서 아직 용서
를 베푸신 것이 아니다.

"그래서? 그 계집애를 올라탄 기분은 어땠는데?"

그런 말을 웃음과 더불어 한다.

그것도 로렌스는 침대에 누워 있고, 호로는 침대 옆에 놓인 의
자에 앉아서. 손에는 죽이 담긴 그릇을 들고, 숟가락으로 떠서
입에 넣어 주는 와중에.

세림의 등에 꽉 매달려 계획의 일환으로 레노스로 향한 것은
좋았으나, 나이에는 이길 수가 없었다. 축제에서 진흙 범벅이 되
어 가며 체력을 다 쓰고, 꼬박 이틀을 한풍에 시달려 가며 레노
스로 갔다가 곧바로 대주교와 함께 일주일 가까이 여행을 하는
강행군에는 도저히 버텨 낼 재간이 없었다.

스베르넬에서 일의 성사 여부를 지켜본 그날 밤, 고열을 일으
키며 쓰러졌다.

사흘 밤낮을 앓고 나서 이제야 열도 내린 무렵.

"은빛 털이더라."

"호오?"

호로는 숟가락의 죽을 후후 식힌 후 입에 잘 넣어 준다.

"크기는 너보다 훨씬 작았어. 큼지막한 소보다 조금 큰 정도."

"흠."

"다리의 빠르기는 솔직히 잘 모르겠어."

호로는 그릇에 담긴 죽을 떠서 다시 후후 식힌다.

"그리고?"

그 말을 듣고서야 깨달았다.

호로는 **화를 내고 싶은 것**이다.

"글쎄…? 세림 씨는 젊어서 그런지 털이 상당히 부드러—우
웁."

말을 하는데 숟가락을 쑤셔 넣는다.

로렌스의 입에 쑤셔 넣은 숟가락을 웃으면서 빙글빙글 돌린다.

로렌스는 기를 쓰며 물고 늘어져 호로가 숟가락에서 손을 뗄
때까지 버텼다.

호로가 왜 화를 내고 싶어 하는지 짚이는 바가 있었기에.

"나도 처음부터 결과를 모두 예측한 건 아니야. 네 귀퉁이를
쳐서 둥글게 만드는 계획이 떠오른 때부터 아등바등했으니까."

그리고 **쳐낸 후의 귀퉁이가 어찌 될 것인가**까지는 미처 생각지

못했다.

호로는 로렌스를 가만히 쳐다보며 복슬복슬한 꼬리를 왼쪽 오른쪽으로 느긋이 크게 젓고 있다. 사냥감이 오른쪽으로 도망치든, 왼쪽으로 도망치든 즉각 반응할 수 있게끔 자세를 잡은 늑대처럼.

침묵이 얼마나 이어졌는지 모른다. 호로가 별안간 로렌스의 손에서 숟가락을 빼앗더니 죽을 다시 떠서 후후 식혔다.

그러더니 자기가 먹었다.

"멍청이."

라고 하면서도 한바탕 죽을 떠먹다가 또다시 별안간 로렌스에게 먹여 주었으니 정말로 화가 난 것은 아니었으리라. 정말 함께했으면 그야말로 버럭 했겠지만, 그냥 개의 영역 주장과도 같은 것이다.

"그 계집애를 성녀로 만들어 놓았으니, 순례지 여관에 느긋하게 있을 수가 있겠냐고."

그러면 세림은 어디론가 가야 하는데, 바로 인근에 일손이 부족해 애를 먹고 있는 온천장이 있다. 게다가 그 온천장은 짐승귀와 꼬리를 가진 여주인장의 비밀을 알아도 놀라지 않을 성실한 일꾼을 구하는 중이다.

그렇다면 어떻게 하면 좋겠느냐는 질문의 답은 물론 호로도 안다.

하지만 로렌스가 호로를 알 듯 호로도 로렌스를 안다.

"당신은 박복해 보이는 가련한 계집애가 취향이지? 으응?"

숟가락으로 뜬 죽을 식히지 않고 뜨거운 채로 얼굴에 들이민다.

안 먹겠다 거부할 선택지는 없다.

"그럼, 너도… 앗뜨, 아후!"

당황하여 옆에 둔 맥주를 잡았다.

호로는 그런 로렌스는 아랑곳없이 그대로 숟가락을 입으로 가져가 다시 죽을 먹기 시작했다.

"이렇게 귀엽게 질투를 하고 있는데?"

"…뜨겁다니까."

화상은 입지 않았지만 입이 화끈화끈하다.

우물우물 죽을 먹는 호로에게 로렌스는 말했다.

"간호해 줘서 고마워."

호로의 짐승 귀가 힘차게 쫑긋 선다.

"신경 쓰지 마. 나는 갸륵한 아내의 모범이잖아."

"아무렴요."

진심으로 걱정이 되었겠지. 그러니까 마침내 눈을 뜨더니 대뜸 한다는 첫마디가 "배고프다."여서 안심이 된 나머지 왠지 심통이 났겠지.

현랑이라 불리며 온갖 것을 손바닥 안에서 가지고 놀 것 같으면서도, 정작 자신의 감정은 때때로 조절이 서툴다.

그리고 거기에 휘둘리는 것도 싫지 않은 내가 있고.

"빨리 집에 가고 싶다."

결국, 그릇의 반은 자기가 먹어 버린 호로가 만족스레 한숨을 쉬고는 이렇게 대꾸했다.

"뭐, 한동안은 한가하잖아. 얌전히 잠이나 자."

호로의 재촉에 침대에 드러눕자 모포를 가슴께까지 덮어 준다.

"자, 착한 아이는 눈을 감아야지?"

올해 내가 몇 살인 줄 아느냐 싶었지만, 어린아이 취급을 받는 것도 나쁘진 않다.

이마와 뺨에 다정한 입맞춤을 받으니 순식간에 잠이 쏟아졌다.

꿈속에서도 내내 호로와 함께 있는 것 같았다.

양피지와 낙서

산이 불타듯 물들고, 겨울 채비로 바쁜 이 시기.

북방의 산속 깊숙이 위치한 온천마을 뇨히라는 짧은 여름이 끝나고 겨울맞이를 하는 중이다.

하루가 다르게 바람이 싸늘해지고 낙엽이 떨어지는 소리에 때로 슬픔과도 비슷한 감정이 든다. 이런 느낌을 우울감이라 표현하는 이도 있지만, 굳이 말하자면 선잠과 닮은 듯싶다. 겨울의 방문을 앞둔, 조용하고 꿈결 같은 시간.

싫지는 않은 계절이다.

"로렌스 씨, 아르보 마을에서 온 치즈는 지하창고에 넣어 두면 될까요?"

"아, 그래. 고맙다, 콜. 적당히 쌓아 두… 어이쿠, 상당히 크네."

가을도 꽤 깊어진 그날, 뇨히라의 온천장 '늑대와 향신료'는 겨울철 온천객의 위장을 채울 준비로 분주했다. 인근 집락에서 배달된 물품을 남자 둘이서 분류한다. 쌓여 있는 치즈들은 낱개 하나만 해도 어른이 간신히 안아 들 수 있을 만큼 큼지막했다.

"크면 그만큼 먹을 수 있는 부분이 늘어난다…던가요?"

"딱딱한 겉껍질은 맛도 안 좋고 먹을 수가 없으니까, 치즈를 크게 만들면 그만큼 손실 부분이 줄어들지만… 아무리 그래도 이건 무지막지하게 크구나. 아르보 마을 촌장은 차라리 도시로 나가서 치즈 가게를 차리는 게 더 벌이가 좋지 않을까?"

치즈가 호박색으로 반드르르 윤이 나는 데다 속도 꽉 차 있다.

"크게 만드는 게 쉽지 않다던데. 물이 제대로 안 빠져서 속에 곰팡이가 핀다더군."

"잘라 보니 곰팡이 천지…가 아니길 빕니다."

"하하. 그 마을 촌장은 직인 기질이라 그럴 걱정은 없을 거야."

온천장 '늑대와 향신료'의 주인인 로렌스는 웃으면서 그렇게 말했다. 뇨히라에 온천장을 차린 지 십여 년. 마을에서는 여전히 신참자 취급이라도 이곳 생활에는 완전히 적응했다.

그렇다면 나도 여러 나라를 돌아다니며 신학을 공부하다 이 땅에 정착한 지 십여 년이 된 셈이니, 세월의 흐름이 참으로 무섭다는 것을 절감한다.

"그럼 잠깐 가서 두고 오겠습니다…. 그런데 이렇게 크면 선반이 무너지지 않을지 불안하네요."

어깨에 둘러메기도 힘들 것 같아 꼴이 우습기는 해도 양팔로 어린 양을 안듯이 들어 옮긴다.

비척비척 본채 뒤뜰로 돌아가자, 칸막이 너머 탕 쪽에서 떠들썩한 소리가 들려왔다.

뇨히라는 여름과 겨울이 성수기이고, 이제 슬금슬금 손님이 드는 무렵이다.

손님 대다수가 귀족, 대상회의 지배인, 고위 성직자 등의 지위를 가진 사람들이라, 봄과 가을에는 축제와 행사로 바삐 지내다가 일정이 끝나는 대로 푹 쉬려고들 온다.

늑대와 향신료에도 이미 온천객 몇 명이 들어와 노천탕에서 느긋이 하루를 보내고 있었다.

그래도 아직은 손님이 많지 않아서, 겨울 동안 뇨히라에서 한몫 버는 무희와 악사들은 보이지 않기에 어느 곳이나 한산한 느낌이다.

그런데 지금 칸막이 너머로 들려오는 것은 몹시 열띤 소음이었다.

"와하하하하! 힘내라!"

"자, 술이다, 술! 기합 좀 넣으라고!"

아직 날이 훤한데 꽤나 흥이 나 있다.

게다가 어째선지 따각따각 말발굽이 돌을 밟는 듯한 소리가 들린다.

탕에서 대체 뭣들 하고 있는 거지?

온천객들은 이따금 술에 취해 상상을 뛰어넘는 짓을 한다. 하지만 대개는 인원수가 더 많고, 술의 양도 더 많은, 장기투숙에 질릴 때쯤의 일이다.

그래도 묘하게 가슴이 수런거려서 치즈를 안은 채로 비틀비틀다가가 칸막이 틈새로 상황을 엿보았다.

"밧줄 끊어지지 않게 해! 단단히 묶었나?!"

"아하하하하! 방패! 방패를! 방패를 그렇게… 푸핫하하하하!"

"자, 달려라, 우리의 여신!"

"오오! 신의 가호가 있으시길!"

야릇한 열기였다. 다른 온천장의 손님들까지 와 있는 모양이다.

벌거벗은 그들이 하나같이 손에 든 술잔을 휘휘 돌리며 환성을 내지르고 있었다.

김에 가려 잘 보이지 않았지만 따각따각 소리의 정체는 이내 알았다.

노새다. 짐 끄는 노새가 탕 옆에서 발을 구르고 있었다. 그 옆에서 소년 하나가 불안한 표정으로 노새를 붙잡고 있다. 아르보 마을에서 노새로 물품을 운반해 온 소년이다.

그나저나 노새가 왜 탕에?

의문의 단서는 노새의 멍에에 묶인 굵은 밧줄에 있었다.

그 밧줄이 쭈욱 뻗어 나간 곳, 탕 위에 드리운 밧줄 끝으로 사람들의 시선이 쏠려 있다.

"…응? 엇…."

할 말을 잃었다. 거기에 있는 것은 손을 들어 환호성에 대답하며 애교를 흩뿌리고 있는 소녀였다.

소녀는 벌거숭이 남자들은 아랑곳하지 않고 가슴과 허리에 얇은 아마천만 두른 차림새였다. 탕은 딱히 남녀 구별을 하지 않으니 저 자체는 드문 일이 아니다 할 수 있으나, 소녀는 어째서인지 투박한 장갑을 끼고 있다.

"…무, 무슨 짓을?"

왠지 꺼림칙한 예감이 맹렬히 든다.

사람들의 환호성 중심에 있는 것은, 이 온천장의 주인인 로렌스의 외동딸 뮤리였다.

올해로 열둘인가 열셋인가, 아무튼 이르면 슬슬 시집을 가도 될 나이다. 보통은 매일 재봉과 요리에 매진하면서 남편을 내조할 좋은 아내, 또는 집안의 번영을 짊어질 어머니가 될 준비를 해야 할 때이리라.

그래야 할 소녀가 웬일인지 반벌거숭이에 투박한 장갑까지 낀 채, 탕으로 끌고 온 노새에 묶인 밧줄을 쥐고 있다. 더군다나 뭔가 이상한 것 위에 올라탄 채.

손님이 한 말이 떠올랐다. 방패. 방패다.

이곳 온천에는 고위 인사들만 오기에 동반한 이들도 중무장인 사람이 많다. 그러고 보니, 억센 남자들 몇이 몹시 근심 어린 표정으로 상황을 지켜보고 있었다. 뮤리가 타고 있는 것이 저들의 방패이리라. 키 큰 성인이 덥석 가려질 만큼 거대한 방패를 보고서야 지금부터 무슨 일을 하려는 것인지 이해했다.

그 순간, 방패 위에서 뮤리가 외쳤다.

"으랴!"

전장에서 고함치는 기사처럼 한 손을 쳐들고 외치는가 싶더니, 귀에 닿을 듯 입꼬리를 끌어올리고 이를 악문다.

그 시선 끝에는 노새가 있고, 노새의 옆에는 울상을 지은 소년이 있다. 소년은 사람들의 환호성을 받자, 될 대로 되라는 식으로 눈을 감더니 노새의 엉덩이를 봉으로 철썩 쳤다.

"출진!"

이라고 외쳤는지 어쨌는지 잘 모르겠다.

모든 것은 그야말로 한순간, 세상 모든 것이 정지해 있는 와중에 방패 위의 뮤리만이 옆으로 이지러진 것처럼 보였다.

밧줄에 끌려 뮤리가 방패째 탕 위를 활주한다. 터무니없는 속도로, 웃음이 나올 만큼 훌륭히 수면을 타고 나아갔다. 관객이 커다란 환성을 올리고 손에 든 술잔을 내던진다. 쾅! 하는 엄청난 소리는 탕의 테두리에 방패가 부딪친 소리다.

"오오오오!"

뮤리의 가녀린 몸이 방패째 공중으로 날아오르고—그런데도 뮤리는 나동그라지지 않는다. 허공을 가를 듯한 소리를 내며 착지하더니 젖은 축대 벽 위를 노새가 당기는 대로 미끄러져 나아간다. 하도 훌륭하여 어처구니가 없었다.

흥분의 도가니인 손님들이 줄지어 달려 나가는 모습에 정신이 확 든 순간, 핏기가 가셨다.

품 안의 치즈를 내던지고 손님과 함께 뮤리를 뒤쫓았다. 방패에 좌악 긁혀 나간 축대 벽 너머는 이미 낙엽이 쌓인 숲이 이어진다. 거기부터는 내리막길이니 노새는 쏜살같이 달려 나갔으리라. 낙엽 융단 중간에 새카만 흙이 보이는 길이 한 줄기 뻗어 완

만히 오른쪽으로 구부러진다.

그리고 그 길은 뚝 끊긴다.

자신의 나라로 돌아가면 지위도 명예도 재산도 있을 사내들이 숲속에서 벌거숭이로 야단법석을 떨고 있었다. 그 중심에서 폭소를 터뜨리고 있는 것은, 무덤에서 되살아난 사자(死者)처럼 낙엽 범벅에 진흙 범벅인 소녀.

뮤리가 남자들에게 들린 채 언덕을 올라 이리로 온다.

깔깔대며 웃다가 이쪽을 알아보자마자 순간 뮤리의 얼굴이 굳었다.

그러나 남자들에게 들린 채 눈앞을 지나가는 것을 노려보자 금세 시치미를 뚝 뗀다.

치미느니 분노, 가 아니라 허탈감이었다.

영차, 영차, 운반되는 뮤리의 뒤를 쫓아가다 탕에 던져지는 소리를 듣는다. 물 밖으로 고개를 내민 뮤리는 상쾌한 표정이었다. 진흙과 낙엽이 씻겨 나간 깨끗한 이마에는 곳곳에 긁힌 상처가 나 있다. 시집 갈 처녀의 얼굴에 상처라니!

그러나 뮤리는 아랑곳없이 주위 손님들의 환호성에 손을 흔들어 응답하고는 헤엄쳐 탕 가장자리로 나온다. 무릎을 굽혀 손을 내밀자 주저 없이 이쪽의 손을 잡는다.

"에헤헤, 봤어? 대단했지?"

천진한 웃음은 예전이나 지금이나 달라진 게 하나도 없다.

한숨을 쉬고, 호리호리한 몸을 끌어올렸다.

"다친 데는 없나요?"

"응. 전혀."

라고 하지만, 이마이건 뺨이건 할 것 없이 긁힌 상처가 있고, 늘씬한 다리도 마찬가지다.

하지만 뮤리에게 이런 것은 상처 축에도 들지 않으리라.

재에 은가루를 섞은 듯 신비한 빛깔의 머리카락을 제외하고는 어린 시절 입은 상처가 수없이 눈에 띈다. 피투성이의 뮤리를 보고 몇 번이나 기절할 뻔했던지.

"옷 갈아입은 뒤 난로 앞으로 오도록."

"어? 머리 땋아 주려고?"

"그게 아니고 설교!"

야단을 맞으니 자라목을 하지만, 표정은 노골적으로 귀찮은 기색이다.

"대답은?"

"…예에."

이 온천장의 단골들이야 늘 있는 일이라며 즐거웠겠지만, 이쪽 입장에선 웃을 일이 아니다. 애당초 탕에 진흙 범벅 낙엽 범벅으로 들어가는 것 자체가 말이 안 되고, 방패가 부딪쳐 뒤틀린 축대 벽도 바로잡아야 한다. 그 운 나쁜 소년도 찾아서 사과해 두어야 하고.

못된 짓거리를 한 새끼고양이를 끌고 가듯 뮤리의 목덜미를 잡고 본채로 돌아갔다. 뮤리가 차박차박 발소리를 내며 걷다가 도중에 재채기를 터뜨린다. 반라에 폭삭 젖었는데, 이미 계절은 언제라도 눈이 내릴 수 있는 시기다.

"제대로 따뜻하게 챙겨 입어요."

"응."

본채로 들어가는 것을 지켜보며 한숨을 푹 쉰 뒤, 나동그라져 있을 치즈를 주우러 간다. 그때 문간에서 이쪽을 돌아보던 뮤리가 부른다.

"저기, 오라버니."

"…뭡니까?"

푹 젖은 채로 문간에 기대어 선 뮤리는 약간 자랑스러운 기색이었다. 얌전히 있으면 비 맞은 여자아이처럼 보이기도 하는데.

"…대단하지 않았어?"

이거, 이것 좀 봐, 이렇게 커다란 고기를 잡았어, 오라버니.

천진하게 따르던 어린 시절 그대로였다.

어이가 없는 정도를 넘어서 얼굴이 제멋대로 웃고 만다.

"그거야… 대단하기는 했지…. 눈을 의심했습니다."

"아하하, 만세!"

뮤리는 그 자리에서 깡충 하더니 안으로 들어간다.

그 모습에 반성은 눈곱만큼도 없다.

하지만 대단했던 것은 사실이다. 그런 짓을 누가 하려 하겠는가. 아니, 상상조차 안 한다.

문득 그런 생각을 하다가 머리를 내저었다. 뮤리의 왈가닥 짓을 나무라는 것은 오빠 대신인 나의 역할. 뮤리가 정숙해져서 제대로 시집을 갈 수 있게끔 해야 한다.

"웃샤."

기합을 넣고 일단 치즈를 옮겼다. 모두 옮긴 뒤 난로 앞에서 성전을 한 손에 든 채 진을 쳤으나, 아무리 기다려도 뮤리가 오지 않는다.

방으로 살피러 갔더니, 행복한 얼굴로 낮잠 중이었다.

"크크크."

밥을 먹으며 자초지종을 설명하자. 뮤리와 똑같이 생긴 소녀가 웃었다.

하지만 이쪽의 웃는 방식에는 묘한 박력이 있고 머리카락 색깔도 다르다. 겉모습은 뮤리와 똑같이 십 대 소녀처럼 보이지만, 실제로는 연세 수백 살 잡수셨다는. 보리에 깃든 늑대의 화신, 현랑 호로다.

머리 위에는 커다란 세모꼴 귀, 허리에는 복슬복슬한 꼬리가 달린 호로는 뮤리의 어머니이자 이곳 늑대와 향신료의 주인장인 로렌스의 아내다.

"웃을 일이 아닙니다…."

"뭐 어때서? 결론적으론 무사했잖아?"

"이런 걸 무사하다고 하면 다행이겠지만요."

우적우적 밥을 먹고 있는 뮤리는 얼굴이든 팔이든 온통 붕대로 둘둘 감겨 있다. 붕대 밑에는 약초, 돼지기름, 유황이 조금씩 섞인 특제 연고가 듬뿍 발라져 있다. 상처투성이의 뮤리를 보자 기겁한 로렌스가 흉 지면 안 된다면서 강제로 감았다.

"아버지도 오라버니도 너무 호들갑이야."

"다행히 잘 넘어갔으니 망정이지 실패했으면 크게 다쳤죠."

그렇게 말을 해도 가녀린 어깨를 으쓱할 뿐이다.

정신적 피로에 따른 한숨을 내쉬자 호로가 깔깔대며 웃는다.

"그런데 내 낭군님은 어디 가셨나?"

"로렌스 씨는 뮤리가 억지로 거들게 한 아르보 마을 소년의 노새를 찾으러 나선 김에, 내처 마을로 사과하러 가셨습니다. 향후 물품 조달에도 문제가 있을 수 있다면서."

뇨히라는 산속 깊숙이 자리한 마을이라 물자 유통이 제한적이다. 주변 집락에 사는 이들과 관계가 악화되었다가는 그것만으로도 가게를 접게 될 수도 있다.

"걱정 안 해도 돼."

그러나 사건의 장본인인 뮤리가 그런 소리를 한다.

"무슨 근거로요?"

하고 묻자, 뮤리는 어머니와 똑같이 생긴 귀와 꼬리를 파닥이며 여름철에 숲에서 산더미처럼 따 온 월귤 꿀절임을 씁쓰레한 호밀 빵에 발랐다. 이쪽의 물음은 미뤄 둔 채 넘칠 지경으로 월귤 꿀절임을 바른 빵을 덥석 문다. 시어서 그런지 귀와 꼬리털이 살짝 곤두선다.

평소엔 어머니인 호로와 달리 귀도 꼬리도 집어넣는데, 깜짝 놀랐거나 몹시 화가 났을 때, 감정이 크게 동요하면 툭 튀어나온다. 기본적으로는 내놓고 있는 쪽이 자연체인가 보다.

"애야힘… 우물우물. 왜냐면, 걔가 날 좋아하거든."

"……"

어이없어하는 이쪽과 달리 호로는 박장대소였다.

"수컷은 멍청하니까."

"응, 맞아."

소금으로 간한 버섯 수프를 후루룩 들이켜는 뮤리를 앞에 두고 더는 할 말도 없다.

뮤리는 이제 완전히, 이 집안에 군림하는 호로를 축소한 듯한 계집애가 되어 있다.

"하여간…."

뮤리의 아버지인 로렌스는 뮤리가 호로를 쏙 빼닮아 감에 따라 되레 꼼짝 못 하게 되는 때가 잦아졌다. 호로는 호방하고 활달한 성격이라 소소한 일엔 신경 쓰지 않는다. 그러니 내가 똑바로 해야만 한다.

그러나 뮤리를 훌륭하고 정숙한 아가씨로 만든다—는 분투는 아무래도 헛수고로 느껴질 따름이다.

"아무튼, 그거 다 먹고 나면 글자 읽고 쓰는 연습을 할 겁니다."

"에이~….."

"에이~는 무슨!"

"그래, 뭐. 글자를 읽고 쓰는 것쯤은 할 줄 아는 것이 낫지."

그러면서 호로는 돼지고기 소금절임에 암염을 듬뿍 쳐서 먹고 있다.

그리고 그 한마디에 뮤리는 목을 움츠리며 호로를 보았다가 귀와 꼬리를 축 늘어뜨리고 얌전해진다.

"…예에."

무리의 서열은 분명하다.

호로, 로렌스, 나, 뮤리.

그러던 것이 요즘엔 뮤리의 상승세가 현저하여 이따금 뒷발질을 당할 위기인데, 틈을 봐서 호로가 개입해 준다. 호로의 말만큼은 뮤리도 꼭 지킨다. 숲의 규칙 같은 것이 핏속에 새겨져 있는가 보다. 현랑 앞이면 어린 새끼늑대는 고분고분한 강아지처럼 군다.

"그럼 준비하고 방으로 오도록."

"예에."

뮤리는 재미없다는 투로 대답하고는 분풀이를 하듯 새 빵으로 손을 뻗었다.

초에 불을 붙이고 성전을 펼쳐 소리 내어 읽고 있노라니 문 두드리는 소리가 났다.

그런데, 소리 나는 위치가 이상하게 낮다.

이상하다 싶어 문을 열자 붕대를 푼 뮤리가 커다란 모포를 안고 있다.

"뮤리, 문을 발로 차지 말라고 몇 번이나 말했나요?"

뮤리는 대답도 하지 않고 재빨리 방 안으로 들어가서는 침대 위에 모포를 털썩 내려놓는다. 이 계절에는 춥기도 하거니와 뮤리의 방에 난로 같은 사치스러운 장치는 없으니 이해는 한다만, 왜 양털을 넣은 베개까지 가져온 것인지?

"어머니는 아버지 마중 갔나 봐. 난로에 불 지피면 꼬리털을 싹 다 밀어 버린대. 그러니까 오늘은 여기에서 재워 줘."

대개는 뮤리의 자유에 맡기는 호로이지만, 불 다루는 일만큼은 엄격하다.

"오라버니 침대 오랜만이다! 우와, 짚단이 돌덩이! 제대로 갈고 있기는 한 거야?"

산에 자생하는, 가축 사료로나 쓰는 종류의 보리다발을 묶고 그 위에 아마천을 깔아 침대로 삼고 있다. 뮤리가 눕다가 딱딱하게 느낀 것은, 뮤리의 침대는 주인의 몸무게가 가벼워서 짚단을 단단히 묶지 않아도 되기 때문이다.

어릴 때는 곧잘 함께 자곤 했지만, 자란 후로는 따로 자고 있다. 유난히 추운 지방이라 한겨울에는 옷을 입고 자면 오히려 감기에 걸려서 사람의 살로 온기를 취하는 게 일반적이기는 하다.

하지만 아무리 그것이 관습이라 해도 신의 종복으로서, 또한 착한 오라버니 대신으로서, 뮤리는 처녀의 부끄러움을 좀 가져 줬으면 좋겠다. 게다가 어둠 속의 뮤리는 호로를 쏙 뺀 탓에 종종 식겁하기도 한다.

"그러고 있다간 정말로 잠이 들어요."

뮤리의 특기는 누우면 바로 곯아떨어지는 것. 지금도 이미 조용해졌기에 아차 싶은 순간 팔을 잡고 일으킨다.

"으~…."

"자, 똑바로 하고!"

가는 어깨를 잡아도 목이 푹 꺾인다.

하지만 정말로 자고 있으면 꼬리가 말릴 터이니, 이것은 자는 체하는 중이다.

"이 이상 연기를 하면 바닥에서 자는 겁니다."

"……."

한쪽 눈을 슬며시 뜨고는 뮤리가 에헤헤 웃는다.

"오라버니는 화만 내고. 성전에도 쓰여 있잖아? '너희는 성내지 말지어다'라고."

"외워도 꼭 그런 것만 외워서…."

한숨을 짓자 뮤리가 침대에서 폴짝 내려온다. 모포를 집어 몸에 둘둘 말고는 의자에 앉았다.

그런 뮤리의 앞에서 나그네를 위안하기 위한 설교집을 펼치고 나무판과 뾰족한 막대를 준비한다. 나무판에는 촛농이 발라져 있어, 긁어서 글자를 쓴다. 글자가 가득 차면 촛불을 쐬어 녹여서 거듭 다시 쓸 수 있다.

"하지만 졸린 거는 사실이니까, 빨리 끝내고 자고 싶어."

"동감이에요. 로렌스 씨가 돌아오시지 않으면 내일은 아침 일찍부터 혼자서 일을 해야 하니."

"꼭 나는 아무 일도 안 돕는 것처럼 말하네."

"그럼 동트기 전에 일어나서 우물의 얼음을 깨 줄래요?"

뮤리의 귀가 폭삭 가라앉더니, 글자를 끄적거리기 시작한다.

절대 게으르지는 않다. 굳이 말하자면 일도 잘 하는 편이다. 문제는 아침에 잘 일어나지 못하는 것과 일을 시작하기까지 오래 걸린다는 점. 그리고 손님의 칭찬을 받으면 금세 신바람이 나고 마는 점이리라.

그런 뮤리를 뒤에서 한숨을 지으며 바라보고 있자, 세 줄쯤 쓴 뮤리가 일찌감치 차분하지 못하게 꼬리를 파닥대기 시작했다.

"아—아, 또 바빠 죽겠는 겨울이 오네."

뇨히라에는 여름에도 나름대로 온천객이 들기는 하지만, 역시 본격적인 것은 동절기. 눈이 수북수북 쌓이는 지금부터다.

"봄부터 여름, 가을까지 실컷 놀았잖아요?"

뇨히라는 북방에 위치하기에 봄에서 가을까지의 기간이 후다닥 지나가지만, 그래도 즐길 거리는 산더미처럼 많다. 봄에는 산나물, 여름에는 나무열매를 따러 다니고, 가을에는 버섯과 과일 채집. 거기에 더해 사냥도 가끔 한다.

"그러니까 겨울에는 푹 자고 싶다고."

"…늑대는 동면하지 않을 텐데요?"

"늑대는 공부도 안 해."

이렇게 말하면 저렇게 대꾸한다.

"그럼, 공부는 싫어하고 장난만 치는 것은 뮤리가 어린아이이기 때문이군요."

어린애 취급을 당하면 요즘의 뮤리는 조금 언짢아한다.

"여기, 틀렸습니다."

뒤에서 손을 뻗어 글자를 가리키자, 뮤리는 글자의 홈을 손톱으로 꾹꾹 눌러 뭉갰다.

"대단한 장난을 친 것도 아닌데."

투덜대며 글자를 쓴다.

방패를 썰매 대신 삼아 탕을 건너려는 짓을 해 놓고도 그런 소리가 나오나 하여 어처구니가 없다.

"그럼 어떤 장난이 대단한 장난입니까?"

끄적끄적 글자를 쓰고 있던 뮤리가 가녀린 어깨를 으쓱였다.

"오라버니, 여기는?"

"거기는요."

하며 뮤리의 옆에서 얼굴을 가까이 대고, 받아 쥔 나무막대로 예문을 쓰려던 순간.

뮤리가 별안간 이쪽으로 두 손을 뻗더니 양 뺨을 붙들었다.

그리고 정신을 차렸을 때에는 얼굴을 갖다 댄 뮤리의 긴 속눈썹이 눈앞에 있고, 콧등이 맞닿아 있었다. 그리고 입술에도.

얼어붙는다, 는 표현은 사실인가 보다. 하도 놀라서 꼼짝할 수가 없었다.

숨도 못 쉬고 있자, 뮤리가 눈꺼풀을 희미하게 뜨고는 다소 머뭇대더니 이쪽을 보았다.

울 것 같은, 그러면서도 기쁜 듯, 열에 달뜬 듯한 눈빛.

뮤리는 서서히 얼굴을 떼고 입술을 꼭 오므렸다.

"이 일은, 아버지한테는 비밀로 하기야?"

속삭이듯이. 웃는 얼굴인데도 금세라도 울 것처럼 뮤리는 말했다.

너무도 고요해, 손에 만져질 것처럼 짙은 침묵.

뮤리가 나를 잘 따른다는 것은 알고 있었지만, 그래도 설마.

그런 생각이 든 순간, 무언가가 가슴 깊숙이에서 열기를 띠었다. 뮤리의 입술은 이미 떨어졌건만, 여전히 숨을 쉴 수가 없다. 귀에 들릴 듯이 심장은 쿵쿵대는데 피가 갈 곳을 못 찾는 것처럼 가슴이 쑤신다.

무엇보다, 뮤리가 수줍은 듯이 고개를 숙이고 있는 저 모습.

입술에는 뜻밖에 거슬거슬한 감촉이 아직 남아 있고, 온천욕을 해서 그런지 유황 냄새도 심하게 나는… 응? 거슬거슬?

뮤리의 입술은 겨울에도 트지 않는 반질반질 분홍빛이다.

뭔가 이상하다 싶은 것과 동시에, 뮤리가 이쪽의 뺨을 붙들고 있던 양손을 살며시 거둔다.

뮤리의 손과 손 사이에 붕대가 다리처럼 걸쳐 있다. 그것은 딱, 그야말로 딱, 이쪽의 입을 막기에 딱 맞는 크기였다.

고개를 든 뮤리는 입술을 세모꼴로 만든 채 웃음을 참고 있었다.

"아버지의 특제 연고니까, 오라버니의 튼 입술도 반들반들해질지 몰라."

악마의 웃음을 지으며 그렇게 말하고는 꼬리를 살랑살랑 흔들었다.

무슨 짓을 당했는지 그제야 이해하자, 사고의 뚜껑이 딸깍 열렸다.

가슴께에서 막혀 있던 혈액이 일제히 목에서 얼굴로 솟구친다.

"뮤, 뮤, 뮤리!"

버럭 이름을 부르자 뮤리는 목을 움츠리고 눈을 감지만, 그러면서도 웃고 있다.

"아유~ 너무 화내지 마."

"너, 너, 너는⋯."

"에이, 뭐. 오라버니의 순결도 무사하잖아?"

그런 소리를 하며 가느다란 손가락으로 이쪽의 입술을 꾹 민다. 순종, 순결, 청빈은 신을 받들겠노라 결심한 자들이 맹세하는 세 가지 덕목. 물론 뮤리는 은혜로우신 신의 가르침의 의미로 쓴 것이 아니다.

그러나 이 죄 많고 앞날이 걱정되는 소녀에게 무슨 말을 해야 좋을지 알 수가 없었다. 그리고 무엇보다, 뮤리와 눈이 마주친 그 순간 솟구친 감정에 어찌 대처해야 할지 알 수가 없었다.

"⋯오늘은, 이만하겠습니다."

"어? 진짜?"

뮤리는 반갑게 대꾸하고는 재빨리 의자에서 일어난다. 그런 후 몸에 두르고 있던 모포를 풀어 침대 위에 곱게 깔기 시작했다.

벌레를 죽이듯 촛불 심지를 눌러 끄자 방 안이 어둠에 잠긴다. 아직 모포를 까는 중인 뮤리의 뒤로 살며시 다가갔다.

뮤리가 뭔가 알아챘는지 당황하여 돌아보았다.

"오, 오라버니?"

대답하지 않고, 그대로 손을 뻗어—

모포를 집었다.

"나는 바닥에서 잘 겁니다."

"어?"

"바닥에서 잡니다."

짤막히 대답한 후 모포를 두르고 바닥에 누웠다.

"어, 오라버니? 저기, 어, 왜?"

정말로 당황한 듯했으나 못 들은 척한다.

"혼자 자면 추워서 왔는데…."

딱딱하고 싸늘한 바닥에 누워 뮤리에게 등을 돌린다.

모포를 꽁꽁 몸에 두르고 오로지 성전을 암송했다.

신이시여, 저를 구해 주소서. 신이시여, 저의 죄를 용서해 주소서….

"오라버니!"

꿈쩍도 하지 않았다. 움직였다가는 온갖 것이 산산조각이 날 것만 같았다.

그 후 뮤리는 홀로 자리에 누웠고, 가짜 같은 재채기도 몇 번인가 했으나 결국엔 금세 쿨쿨 소리를 내며 잠들었다.

그래도 그로부터 며칠간 뮤리는 조금 얌전했다.

아마도 이쪽이 화가 난 줄 아는가 본데, 이건 화가 나서 그러는 게 아니다.

뮤리의 얼굴을 똑바로 쳐다보기가 부끄러웠다는 바보 같은 이
유에서.

현랑의 딸 뮤리.

앞날이 걱정되는 소녀였다.

18권 끝

 뭐, 뭐가 어째…? 너는 5년 전 그날 틀림없이 이 손으로 끝을 낸 것으로 아는데…?!

 음하하하하, 나는야 불사신, 내 그리 말하지 않았더냐. 몇 번이라도 되살아나리라. 암, 몇 번이라도!

 ―인 것은 아닙니다만, 5년 만의 신간이 되었습니다. 하세쿠라 이스나입니다.

 이 이야기는 전격문고 MAGAZINE 특설 홈페이지(후술)에 게재된 단편 두 편에 새로이 쓴 중편 하나를 묶은 것입니다. 시간적으로는 17권의 십여 년 후입니다.

 이번 신간이 나오게 된 계기는, 생활이 곤란…해서는 아니고, 다른 시리즈인 『막달라에서 잠들라』 때문에 이런저런 자료를 조사하다 보니 이런 소재는 『막달라에서 잠들라』보다는 『늑대와 향신료』에 더 잘 맞을 것 같다… 싶은 경우가 쌓이기도 했고, 코우메 케이토 작가님이 그려 주고 계신 만화판 『늑대와 향신료』가 클라이맥스에 돌입했기에, 그렇다면 만화판 홍보도 겸해 단편집을 내는 것이 어떻겠느냐는 담당자의 제안이 이번 일의 시작이었습니다. 그래서, 마침 제가 첫 단행본을 낸 지 딱 10주년(!)인 것

도 있고, 모처럼이고 하니 그것에 맞춰 이것저것 하자는 이야기
가 나와서, 이것저것 하게 되었습니다.

하지만 막상 쓰려고 하자 호로와 로렌스의 나 잡아 봐라~ 알
콩달콩 후일담은 문제가 없었는데, 상상 이상으로 둘 사이의 자
식을 그리기가 난감했습니다. 하지만 자고로 이런 말이 있다는
게 떠오르더군요. 말썽꾸러기 자식은 여행을 시키라는.

그래서 지체 없이 17권 이후의 호로와 로렌스의 일상을 그려
나가는데, 모처럼 여행을 떠난다면… 하여, 여행을 떠난 자식 이
야기도 쓰게 되었습니다. 고로, 같은 달에 발매되는 『늑대와 양
피지』도 잘 부탁드립니다! 서브타이틀이 '늑대와 향신료의 새로
운 이야기'라 붙어 있는 대로 연결이 되기는 하지만, 요쪽만 읽
어도 괜찮습니다. 주인공은 콜이고, 호로와 로렌스의 딸내미에
게 휘둘리는 이야기죠. 딸내미는 귀와 꼬리도 휘두릅니다! 지금
이 책의 맨 끝 단편이 새로운 두 주인공의 이야기입니다.

그리고, 『늑대와 향신료』는 앞으로 적어도 단편집이 한 권은
나올 테니, 완결을 향해 박차를 가하고 있는 코우메 작가님의 만
화판 『늑대와 향신료』도 모쪼록 잘 부탁드립니다.

문고 수록 예정인 단편은 '늑대와 향신료 & 하세쿠라 이스나
10주년 공식 사이트' (제가 써 놓고도 부끄럽네요)에도 매달 게재
해 무료로 읽을 수 있으니까, 책으로 나올 때까지 못 기다리겠다
하시는 분은 꼭 이쪽을 읽어 보세요. 『늑대와 향신료』 외에도 10

주년 기념 이벤트 같은 것도 공지가 나가니 살펴보시기 바랍니다.

  URL은 http://hasekuraisuna.jp/입니다.

  그럼, 앞으로 10년도 열심히 하겠습니다.

하세쿠라 이스나

왔소이다, 왔소이다, 로렌스와 호로의 후일담이 왔소이다~!

17권에서 마침내 결혼에 골인한 부부사기단 로렌스와 호로는 그 후로 아들딸 낳고 잘 먹고 잘 살고 있을까? 궁금하고도 궁금했던 두 사람의 근황이 전해졌습니다.

외국동화를 보면 처음 시작은 늘 '옛날 옛적에—Once upon a time'으로 시작해서, 끝은 '행복하게 오래오래 잘 살았답니다—Happily ever after'로 끝이 나잖습니까? 그런데 과연 신데렐라도 백설공주도 라푼젤도 성에 가서 과연 잘 먹고 잘 살았을… 리가 없지 않습니까?! 인간은 생과 사, 삶의 무게에서 일평생 벗어날 수가 없는데. 배움이 짧은 세 사람은 각자의 성에서 귀족들에게 무시와 따돌림을 당했을 수도 있고, 단지 미모 때문에 첫눈에 반한 사랑이란 게 그리 오래가지 않았을 수도 있고, 그렇잖아요? 현실적으로.

『늑대와 향신료』18권은 그런 현실미가 듬뿍 배어 있는 이야기여서 오히려 더 마음이 절절하네요. 두 사람의 사랑이 오래된 포도주처럼 잘 익어서 향마저 느껴집니다. 언젠가는 반드시 닥쳐올 죽음을 염두에 두고 그 준비를 해 나가는 로렌스와 호로가 애

틋하기만 한데, 생각해 보면 우리 모두 시한부 인생입니다. 곁에 있는 사람과 오늘, 내일, 모레, 내년 내후년, 혹은 십 년 뒤. 그 언제 어떻게 헤어질지 몰라요. 죽음은 늘 예고 없이 바람처럼 찾아듭니다. 그러니 집중해야 할 것은 바로 이 순간! 호로의 말처럼 지금 이 순간의 맛을 잘 기억해 둡니다.

『늑대와 향신료』는 매번 '색깔'과 '음식'이 도드라진 작품이었죠. 기억들 하시겠지요? 복숭아 꿀절임, 돼지 통구이, 생강 술, 쥐를 닮은 짐승의 꼬리찜, 그리고 로렌스가 호로를 위해 늘 가득 싣고 다녔다는 사과. 그리고 이번에는 술 이야기가 나왔네요. 저도 맥주는 아직 도전해 보지 못했지만, 막걸리는 빚어 봤습니다. 조상님들이 하셨으면 나라고 못 할 것 없지! 하는 (건방진) 마음에서 시도해 봤는데, 뜻밖에 잘 나와서 지인들과 나눠 마셨죠. 고두밥이 누룩과 만나 보글보글 거품을 내며 흰 음료로 변신하는 것을 지켜보는 것도 재미있어요. 맛이야 온갖 연구 끝에 이름 달고 나온 시판 막걸리만 하겠습니까만, 정성이 담긴 맛이라고 우기는 거죠. 좋은 사람들과 함께 나누는 즐거움도 있고요. 사일러스와 제크가 열심히 술을 빚는 이유도 다르지 않을 거예요.

끝으로 이번 후일담의 세 번째 이야기 「늑대와 진흙투성이의 배웅하는 늑대」에 관해 잠시 부연 설명을. 이미 읽은 분은 짐작

이 가시겠지만, 일본에는 수많은 요괴 이야기가 있는데, 그중에 '오쿠리이누(送り犬)'라는 요괴가 있습니다. 밤길을 가면 뒤에서 쫄래쫄래 따라오는 오쿠리이누는 길을 가는 사람이 넘어지면 왁 덤벼들지만, 넘어지지 않고 집까지 잘 도착하면 뒤돌아 떠나는 개라고 합니다. 위험한 길을 잘 가도록 바래다주는 길동무인 거죠.

호로와 로렌스는 인생이라는 길을 함께 가는 길동무이고, 필연적으로 호로는 로렌스보다 훨씬 더 먼 길을 가야 합니다. 처음에는 무슨 제목이 이래? 했다가 다 읽고 난 뒤엔 참 마음이 스산했습니다. 서로가 서로의 배웅하는 늑대인….

사담이지만, 저는 사람을 배웅하는 게 왜 그런지 참 쓸쓸하더라고요. 금세 다시 만날 수 있을 것을 아는데도 뒤돌아 가는 그 사람의 뒷모습을 끝까지 바라보질 못해요. 하지만 모든 일엔 작별이라는 끝이 있고, 그것을 아름답게 마무리 짓는 것은 지금의 한 걸음 한 걸음이겠죠. 떠나는 사람도, 보내는 사람도 아쉽지 않게끔.

『늑대와 향신료』도 결국엔 끝맺음이 있을 테고, 18권까지 오는 이 여정이 길다면 길었죠. 앞으로 몇 번의 이야기가 더 전해질지 모르겠으나, 담담히 '배웅하는 사람'이 되어 지켜보렵니다. 함께 해 주시길 바랍니다.

…그런데, 쓸쓸함을 메우려는 듯 로렌스와 호로의 '앞날이 걱정되는' 딸내미 뮤리의 소식이 당도했네요. 18권의 네 번째 이야

기 「양피지와 낙서」에서 뮤리가 어떤 아이인지는 맛보기가 되었습니다. 오래 살아 노회한 구석이 있고 속거정도 많은 호로와 달리, 천방지축 우기기쟁이 뮤리를 콜이 어떻게 상대해 나가려는지요(라고 말은 하지만, 호로의 손바닥 위인 로렌스 짝이 날 확률이 매우 높다고 미리 짐작).

자, 이렇게 우리의 여행은 아직 계속됩니다. 조금 더.

역자 박 소 영

늦대와 향신료

하세쿠라 작가의 『늑대와 향신료』 10주년 축하드립니다! 또 이렇게
호로와 로렌스를 그릴 기회를 주셔서 참으로 기쁩니다. 긴 여행을 계
속해 온 두 사람이 찾아낸 안주의 땅. 그곳에서 자아내는 '앞으로'의
행복한 미래를 저도 한 사람의 독자로서 기대하겠습니다!
— 아야쿠라 쥬우

하세쿠라 이스나 작가 데뷔 10주년 및 『늑대와 향신료』 재시동 축하드립니다! 온천
장에서 늘 알콩달콩 지내는 호로와 로렌스도 참 흐뭇했고, 두 사람의 사랑스러운
딸 뮤리도 눈부시도록 귀여웠습니다. 팬의 한 사람으로서 즐겁게 숙독하겠습니다!

—코우메 케이토

"당신,
우리 여행은
아직
계속되는 거지?"

이것은 **부모**에게서

'언제나 **행복**할'

늑대와 향신료

글/ 하세쿠라 이스나

"오라버니, 나도
여행에 데려가 줘!"

딸에게로 이어지는,

여행 이야기.

늑대와 향신료의 새로운 이야기
늑대와 양피지

일러스트/ 아야쿠라 쥬우

늑대와 향신료 [18]

2017년 11월 7일 초판 발행
2020년 11월 10일 3쇄 발행

저자 하세쿠라 이스나 | **일러스트** 아야쿠라 쥬우 | **옮긴이** 박소영
발행인 정동훈
편집 팀장 황정아 | **편집** 노혜림
일본판 오리지널 디자인 Hirokazu Watanabe
발행처 (주)학산문화사 | 서울특별시 동작구 상도로 282 학산빌딩
편집부 02.828.8838(전화), 02.816.6417(팩스) | **영업부** 02.828.8986(전화), 02.828.8890(팩스)
홈페이지 www.haksanpub.co.kr | **등록** 1995년 7월 1일 | **등록번호** 제3-632호

원제 · OOKAMI TO KOUSHINRYOU vol.18 Spring Log
©ISUNA HASEKURA 2016
Edited by ASCII MEDIA WORKS
First published in Japan in 2016 by KADOKAWA CORPORATION, Tokyo.
Korean translation rights arranged with KADOKAWA CORPORATION, Tokyo,
through Korea Copyright Center Inc.

ISBN 979-11-256-8077-2 04830
ISBN 978-89-529-9574-2 (세트)
값 7,000원

늑대와 향신료의 새로운 이야기

늑대와 양피지 1

하세쿠라 이스나 지음 | 아야쿠라 쥬우 일러스트 | 박소영 옮김

『늑대와 향신료』의 새로운 이야기!
뮤리&콜의 두근두근 모험의 시작!

성직자를 지향하는 청년 콜은 윈필 왕국 왕자의 권유로 교회의 부정을 바로잡는 일을 돕기 위해, 은인인 로렌스가 운영하는 온천장 '늑대와 향신료'를 떠나 여행길에 나선다. 그런 콜의 짐 속에 늑대의 귀와 꼬리를 가진 아름다운 소녀 뮤리가 숨어 있는데?! 일찍이 현랑 호로와 행상인 로렌스의 여로에 동행했던 방랑소년 콜은 두 사람의 딸 뮤리와 오누이처럼 자라왔다. 그리고 콜의 여행 소식을 들은 왈가닥 뮤리는 짐 속에 몰래 숨어 가출을 도모한다. 『늑대와 향신료』 대망의 새로운 시리즈는 호로와 로렌스의 딸인 뮤리가 주인공. 언젠가 세상을 바꿀, '늑대'와 '양피지'의 여행이 시작된다―!

(주)학산문화사 발행

『늑대와 향신료』의 하세쿠라 이스나가
시나리오를 쓴
동인 비주얼 노벨의 완전판 등장!!

인류의 프런티어, 월면도시를 가득 메운 마천루에서 수많은 사람들이 실현 불가능한 꿈을 뒤쫓아 달려가고 있는 시대. 달에서 태어나 달에서 자란 가출 소년 하루는 '전인미답의 땅을 밟아 보는 일'을 꿈꾸고 있었다. 그러기 위해서는 압도적인 자금이 필요하다. 소년 하루가 발을 들인 곳은 인류의 희망을 집어삼키고 때로는 무자비하게 짓부수는 곳, '주식 시장'이었다. 그런 하루가 월면도시의 한구석에 있는 어느 낡은 교회에서 시커먼 옷차림의 아름다운 천재 소녀 하가나와 만날 때, 운명의 수레바퀴는 굴러가기 시작한다. 소년의 끝없는 꿈을 그린 금융 모험 청춘 활극.

(주)학산문화사 발행